빙애 1

1판 1쇄 2014년 4월 30일
1판 5쇄 2014년 12월 29일

지은이 이재익·구현
펴낸이 임홍빈
펴낸곳 (주)문학사상
주 소 서울특별시 송파구 중대로38길 17(138-858)
등 록 1973년 3월 21일 제1-137호
전 화 02)3401-8540
팩 스 02)3401-8741
홈페이지 www.munsa.co.kr
이메일 munsa@munsa.co.kr

ISBN 978-89-7012-905-1 04810(세트)
ISBN 978-89-7012-906-8 04810

사도세자가 사랑한 단 하나의 여인

빙애

①

이재익 · 구현 장편소설

문학사상

"세자께서 인원왕후전 침방내인 빙애를 데려오셨다.

세자가 가까이한 내인들은 많지만 다들 함부로 여기시면서

빙애에게는 그리 대수롭게 구시더라.

궁 안에 빙애의 방까지 꾸몄는데 아니 갖춘 세간이 없더라."

"세자의 광증이 심해져 한번 화가 나면 사람을 죽이고서야 화가 풀리시었다.

정월 아침 화병이 나신 세자께서 그토록 총애하던 빙애마저 그릇되게 만드시었다.

제 자녀로 어린 은전군과 청근현주를 놓고 떠나니 빙애의 인생도 가련하도다."

―《한중록閑中錄》 중에서

차례

서序   *9*   1권

1부 운명에 이끌려   *15*   1권

2부 운명을 거슬러   *229*   1권

3부 그 운명이 닿은 곳   *173*   2권

작가의 말   *310*   2권

서序

저승전儲承殿 측실을 흐릿하게 밝혀주던 황촉불이 흠칫 흔들렸다. 불은 위태로운 춤사위로 소멸을 준비하고 있었다. 끊어지기 직전의 가야금 현처럼 팽팽한 긴장감이 방 안 가득 서렸다.

한순간 불이 꺼졌다. 은은한 달빛이 방 안으로 스며들었다. 어둠 속에서 남자와 여자가 서로를 응시하고 있었고, 그들 사이를 검이 가르고 있었다. 검을 든 남자도 검이 겨누어진 여자도 모두 말이 없고 체념에 젖은 얼굴이다. 무언의 패배감이, 그들 사이의 거리를 가늠하고 있는 예리한 검날 위로 무겁게 내려앉았다.

마침내 남자가 입을 열었다.

"정녕 네 뜻이 그러하단 말이냐. 기어이 내게 이리할 것이냐. 어찌 말이 없느냐?"

격분을 참을 수 없는 듯 남자의 언성이 높아졌다.

여자, 빙애氷愛는 아무 말도 없었다. 자신의 침묵이 날 선 검의 분노를 불러오리라는 것을 알면서도.

숱하게 많은 것을 잃고 버리고 낙담하며 살아온 인생이었다. 그 토록 비루한 삶일지언정 살아내려 신산스럽게 갖은 애를 쓰며 버텨왔다. 지켜야 할 것이 있기에, 살아야 할 이유가 있었기에 그리 하였다. 그리고 지금, 눈앞의 분노한 사내를 보며 그녀는 비로소 죽음이 삶의 문턱까지 바싹 다가왔고, 더 이상 피할 길이 없음을 알았다. 그녀는 담담히 받아들였다. 돌아갈 길이 없진 않을 터이 나, 그 길은 그녀가 갈 수 없는 길이었다. 한갓 죽음에 대한 두려움 때문에 거짓을 아뢸 수는 없었다. 그 또한 죽음과 무엇이 다를 것인가.

죽음을 담담히 받아들이는 여자의 모습에 남자의 칼끝이 흔들렸다. 지존이 되어 세상 모든 자들 위에 존재하고 군림하기 위해 태어난 남자. 그러나 그 무엇 하나 진정 가지지 못했고, 어쩌면 앞으로도 그럴지 모른다는 불안에 휩싸인 남자. 그것이 세자 이선李愃, 훗날 사도세자思悼世子라 불릴 남자의 패배감이다. 무엇이 지존이란 말인가. 그의 뜻대로 되는 것은 아무것도 없었다. 세상은 그를 적대시하는 노론의 것이었고, 늙은 아버지는 영원히 살 것만 같았다. 끊임없이 버리고 포기할 것을 강요당하며 살아온 세월이었다. 이제 그가 원하는 것은 자신이 진실로 사랑한 한 여자의 마음뿐이었건만, 그조차도 허락되지 않는 현실 앞에 그는 좌절했다. 한낱 계집의 마음 하나 어찌할 수 없단 말인가. 그러나 그녀는 그에게 한낱 계집이 아니었다. 그의 모든 것이었다. 그의 모든 것이 지금 눈앞에서 부서지려 하고 있었다.

결단을 촉구하듯 어디선가 바람이 스며들었다. 선의 보검이 아스라하게 스며들어온 달빛에 서슬 퍼렇게 빛났다. 하지만 또한 지독하게 아름다운 광채였다. 모든 결단의 시간은 이토록 찬연하고 슬픈 것인가. 그는 미련스럽게 다시 물었다.

"마지막으로 남길 말은…… 없는가?"

빙애는 그윽한 눈길로 선을 바라보았다. 사랑하진 않았으나 연민을 느꼈고, 마음을 주진 않았으나 육체를 품게 하였던 남자. 그리하여 자신이 낳은 두 아이의 아비 된 남자. 자신과 달리 모든 것을 가지고 태어났으나 자신처럼 아무것도 가질 수 없었던 남자에 대한 애처로움이 그득 샘솟았다. 그를 위해 울어주고 싶었다. 자신이 아스러지고도 여전히 살아 세상의 고통을 짊어져야 할 그의 고뇌를 그녀는 잘 알고 있었다. 하지만 그녀는 독해지기로 마음먹었다. 그편이 세자의 마음이 지니게 될 짐 하나를 덜어주는 것이라 빙애는 생각했다.

"저하, 부디 뜻대로 하소서."

이선이 분노에 찬 일성을 내질렀다. 누구에게랄 것도 없이. 아니, 이 추악한 세상을 향한, 그리하여 다시 자신을 향할 분노였다.

"정녕, 네 자식들의 아비인 내게 남길 말이 하나도 없단 말이냐! 함께 밤을 지새우며 생과 사를 논하던 내게, 네 부군에게 한마디 전하지 못한 말도 없더란 말이냐!"

빙애는 역시 아무 말도 하지 않았다. 마지막 인사조차 사치라는 듯, 그녀는 입을 앙다물었다. 한이야 왜 없겠는가마는, 그 또한 자신의 몫인 것을. 그녀는 그저 감내할 뿐이었다.

두 사람의 가슴을 먹먹하게 만드는 침묵이 흘렀다.

선은 잠시 숨을 고른 뒤, 언제 화를 냈느냐 싶게 차분하고 나지막한 소리로 말했다.

"네 마음은 그토록 평온한 것이냐? 정말 그런 것이더냐…… 그렇구나, 빙애야. 너는 더 이상 삶에 미련을 두지 않은 것이로구나."

선이 홀로 넋두리하듯 말을 이었다.

"나도 그러고 싶다. 그래, 정녕 너와 함께 죽어 평안을 누리고 싶구나. 우리 죽어 다시 태어난다면, 그땐 이깟 세자 노릇, 왕이 될 꿈 같은 건 다 집어치우고 네 마음의 정인이 되어 저 산에서 들에서 소꿉놀이하듯이 그리 살고 싶구나. 내 부탁하마. 그리 꿈만이라도 꾸면 안 되겠느냐?"

빙애의 눈에서 꾹 참았던 눈물이 흘러내렸다. 삶에 대한 미련인지, 세자에 대한 연민인지, 작별 인사조차 남기지 못하게 된 정인을 향한 그리움인지 알 수 없었지만, 그것은 생의 마지막 순간을 완전히 소진시킬 만큼 뜨거운 눈물이었다.

그녀가 애써 울음을 집어삼키며 대답했다.

"그리 꿈꾸소서. 그리고 부디 그날까지 만수무강하소서."

"그래, 고맙다, 빙애야. ……잘 가거라. 이제 네가 가게 될 곳에서는 더 행복하거라."

빙애는 눈을 감았다. 세자는 칼을 높이 치켜들었다. 달빛이 만류하듯 다급히 칼날을 휘감았지만 칼은 그대로 빙애의 정수리를 향해 호를 그렸다.

빙애는 그 순간, 찬란하게 눈이 부셨던 십오 년 전의 그날을 떠올렸다. 만나지 않았더라면 더 좋았을 그 운명이 시작된 날. 아니, 아니다. 이리될 줄 알았다 하더라도 다시 태어나면 또다시 그런 만남을 꿈꾸었을 그날이다.

눈부시게 밝고 화창했던 봄날, 그녀는 남루한 옷차림으로 정인의 품 안에 뛰어들었다. 그것이 이토록 길고 쓰라린 삶의 굴곡을 만들어내리라고는 미처 생각하지도 못했던 그때, 세상의 신산함이 아직 그녀의 여린 어깨에 온전히 무게를 싣기 전의 어느 한 날이었다.

1부

운명에 이끌려

1

간밤 내내 그녀가 달려온 길은 열두 살 먹은 소녀에게는 참으로
험준했다. 밤안개가 자욱이 낀 산길을 달리는 동안, 밤새들이 음
산하게 울어 어린 소녀의 마음을 할퀴었다. 어디선가 바스락거리
는 소리가 끊임없이 들려왔다. 무수한 존재들이 가녀린 다리로 위
태롭게 내달리는 소녀의 일거수일투족을 훔쳐보는 듯했다. 나무
둥치가 발을 잡아채고, 밤새 몸을 웅크린 꽃과 풀들이 아우성을
쳤지만, 소녀는 발을 멈출 수 없었다. 당장이라도 누군가 그녀의
어깨를 잡아챌까 봐, 그대로 이 모든 노력이 수포로 돌아갈까 봐,
그녀는 겁이 났다. 소녀에게는 산짐승의 송곳니보다 자신을 잡으
러 올 사내들의 흉악한 손길이 더욱 두려웠다.

빙애는 그저 달렸다. 왼발, 오른발, 다음엔 다시 왼발. 앞은 잘
보이지 않고, 다리는 저려왔다. 아득한 밤의 적막 사이로 잠기운
이 스며들었다. 그래도 그녀는 필사적으로 달렸다. 밤새 추적대가

따라붙는 기척은 보이지 않았으나, 일단 한번 쫓기 시작하면 순식간에 따라잡히리란 걸 잘 알고 있었다. 아직 그들이 눈치채지 못했을 때, 가능한 한 멀리 달아나야 했다.

빙애는 그들에게 끌려 한양 인근으로 향하는 와중이었다. 십여 년 전 아내를 사별하고 홀로 딸을 키워온 그녀의 아비가 큰 빚을 진 까닭이었다. 상민常民임에도 글줄깨나 읽어 딸에게 글을 가르칠 만큼 똑똑한 아비였으나, 무능력하고 심약한 인물이었다. 무슨 연유에서인지 사채업자에게 장리長利를 꾸어 썼고 갚질 못했다. 그들의 겁박에 질린 아비는 딸에게 미안하다는 말 한마디 없이 자맥질을 하여 목숨을 끊어버렸다. 혈육을 잃은 슬픔에 오열하던 소녀에게 닥친 것은 인정머리 없는 세상의 냉혹함이었다.

아버지에게 돈을 꾸어준 업자는 그녀의 턱을 움켜잡고 말했다.

"네 아비가 진 빚을 네가 좀 갚아야 쓰겠다. 그것이 딸로서 당연한 도리 아니겠느냐. 원망하려면 네 못난 아비를 원망해라. 가만 보니, 네년 얼굴이 반반한 것이 제법 쓸 만하겠구나."

아버지의 장례도 제대로 치르지 못한 채, 빙애는 어딘가로 끌려가게 되었다. 가서는 기생이 될 것이라고, 그녀를 호송하던 사내들이 시큼하고 음험한 목소리로 일러주었다. 인근 일대에서 인신매매로 활개를 치던 검계劍契 무리였다. 험상궂은 인상에 우락부락한 덩치를 지닌 사내들은 일말의 동정심도 보이지 않았다. 그들은 빙애와 같은 아이들 여럿을 그러모아 함께 이송했다. 벌써 닷새째 강행군이었다. 멀건 죽 한 끼로 하루를 연명하며 내내 걷다

보니, 탈진해 나가떨어지는 아이들도 나왔다. 그들은 개의치 않았다. 회복될 기미가 없는 아이는 그대로 인적 드문 산길에 내버리기도 했다.

빙애는 달아날 결심을 했다. 글을 배운 탓에, 그리고 글이란 인격과 자존심을 짓는 것인 까닭에, 빙애는 기녀로 살아가야 할 미래를 고분고분 받아들일 수 없었다. 다행히 강행군에 지친 것은 아이들만이 아니었다. 빙애를 끌고 가는 사내들도 조바심을 내며 길을 재촉하느라 다들 지쳐 있었다. 한편으로는 아이들이라 얕잡아본 탓도 있을 터였다. 밤늦어 불침번을 서던 사내가 꾸벅꾸벅 졸기 시작하자, 빙애는 틈을 놓치지 않고 달아났다. 모두들 다음 날 이어질 고된 여정에 대비해 푹 자둘 생각뿐이어서 빙애가 빠져나가는 것을 눈치채지 못했다.

살금살금 숨죽여 야영지를 벗어난 다음부터는 그녀가 낼 수 있는 온 힘을 다해 내달렸다. 처음 가보는 거친 산길이 무섭기도 하였으나, 그리 살 바에야 이리 죽는 것이 나으리라는 심산이었다. 그래서 달렸다. 혈혈단신의 열두 살짜리 소녀가 택할 수 있는 최선이었다.

추적대가 따라붙은 것은 동이 틀 무렵이었다. 숲 속의 어둠 사이로 옅은 횃불이 모습을 드러내기 시작했다. 그토록 내달렸건만, 거리는 순식간에 좁혀졌다. 그들에게 빙애는 내버려두기엔 너무 값나가는 물건이었다. 거친 사내들의 우악스러운 욕설이 산 절벽을 타고 메아리쳤다. 잔뜩 성이 난 목소리들이 천둥처럼 귓가에

울려오자 빙애는 덜컥 겁이 났다. 단단히 화가 난 모양이라, 이대로 잡히면 목적지까지 가기도 전에 초주검이 될 듯하였다. 죽음보다 저들에게 당할 수치가 더 두려웠다. 아직 어린 소녀라고는 하나, 저들은 인면수심의 무뢰한들이었다.

빙애에게 운이 따랐다. 때마침 산길이 끝나고 눈앞에 읍성 입구가 나타났다. 간밤에 산 하나를 넘어온 것이다. 발은 퉁퉁 부르텄지만 희망이 보였다. 눈앞의 읍성은 규모가 컸지만, 평화로운 시절이라 그런지 드나드는 데 아무런 제재도 없었다. 빙애는 추적대가 거리를 더 좁혀오기 전에 얼른 읍성 안으로 들어섰다.

아직 꼭두새벽이라 사람들은 거의 없었다. 어디다 어떻게 도움을 요청해야 할지, 요청한다 한들 저 포악한 사내들로부터 자신을 구해줄 수 있을는지 알 수 없었다. 빙애는 외려 막다른 공간으로 내몰린 토끼처럼 당황했다. 처음으로 그녀의 발이 굳었다. 낯선 마을, 보이지 않는 도움의 손길, 배척하듯 닫힌 사립문들. 그녀는 희망이 사라지는 것을 느꼈다. 그 큰 읍성의 입구에 서서 그녀가 바라보고 있는 것은 절망의 풍경이었다.

물에 퉁퉁 불어버린 아버지의 모습이 떠올랐다. 절망을 헤쳐나가지 못해 스스로 목숨을 끊은 아버지. 아버지처럼 되고 싶진 않았다. 기생으로 남은 생을 술 취한 남정네들의 희롱이나 감수하며 살고 싶지도 않았다. 어쩌란 말인가, 그녀는 멍하니 서서 속말을 했다.

그녀의 정신을 퍼뜩 깨운 것은 지척까지 다가온 추적자들의 고성이었다.

"요, 요 고얀 년! 감히 어디서 도망질이냐. 네가 그런다고 우리 손을 벗어날 성싶었더냐?"

우두머리가 험상궂은 기세로 저만치서 윽박질렀다. 빙애의 발을 묶어둘 요량으로 겁박한 것이었지만, 그 덕분에 빙애의 굳었던 다리가 다시 뜀박질을 시작했다. 지금 여기서 포기할 수는 없다. 빙애는 오직 그 생각뿐이었다. 잡힐 때 잡히더라도, 할 수 있는 데 까진 해보리라.

"아니, 저년이 그래도! 잡히면 내 그냥 요절을 내버릴 테다!"

빙애가 뛰자 그들도 일제히 달리기 시작했다. 대로를 달리다가는 금방 따라잡힐 것 같아, 소녀는 다급히 좁은 골목길로 뛰어들었다. 돌담 사이로 미로처럼 길이 얽혀 있었다. 빙애는 길을 틀고, 또 틀었다. 골목이 보일 때마다 방향을 틀었다. 호흡이 가쁘고 옆구리가 쑤시기 시작했다. 오래 뛰기는 힘들 것 같았다. 이제 끝인가 보다. 빙애는 마지막 힘을 짜내 돌담을 돌아 또 다른 골목으로 뛰어들며 그리 생각했다. 몸이 절로 앞으로 쓰러졌다.

빙애는 맨땅에 찧을 충격을 예상하며 몸을 웅크렸다. 하지만 빙애의 몸은 땅에 닿지 않았다. 대신 넉넉하고 부드러운 온기에 닿았다. 누군가의 팔이 그녀의 여린 어깨와 허리를 감아올렸다. 빙애는 고개를 들어 쳐다보았다. 사내의 얼굴이 보였다. 아니, 사내라고 하기에는 앳된, 소년의 얼굴이었다. 하지만 또한 소년이라고 하기에는 단호한 성정이 엿보이는 성숙한 얼굴이었다. 나이는 자신보다 댓 살 정도 많을까. 얼굴은 갸름하니 곱상한데, 풍채는 건장했다. 그녀를 안은 팔과 너른 가슴에서 강인한 힘이 느껴졌다. 갑작스런 상황에 적이 놀란 듯, 그의 시선이 그녀에게 깊이 박혀 있었다.

빙애는 가쁜 숨을 몰아쉬며 가까스로 말을 토해냈다.

"제발…… 도와주셔요."

빙애가 말을 맺기가 무섭게 골목을 돌아 추적자들이 모습을 드러냈다. 하나같이 덩치 크고 포악한 자들이었다. 그들은 빙애를 안은 소년을 향해 다짜고짜 소리를 질렀다.

"웬 놈이냐? 그 아이는 우리 것이니 거기 내려놓고 썩 꺼져라!"

빙애는 온몸에 소름이 돋았다. 두려움이 가득 밀려왔다. 그때, 빙애의 머리 위에서 소년의 음성이 흘러나왔다. 나지막하고 맑은 음색이었으나, 단호함이 어려 있었다.

"이 아이가 내게 도움을 요청하였으니, 모른 척할 수는 없겠소. 게다가 이 새벽에 장성한 사내들이 소녀 하나를 잡으려 소란을 피우는 모양이 그다지 좋아 보이지 않소. 내막은 모르겠으나 이 아이는 두고 그대들이 물러감이 좋겠소."

"뭐라? 네놈이 우리가 누군지 알고 지껄이는 거냐? 꼴을 보아하니 양반가 도령인 모양인데, 우리가 그런 것을 가릴 자들로 보이느냐? 정말 예서 죽고 싶은 게냐?"

"일개 시정잡배들이 그럴 재주나 가졌을지 의문이오."

소년의 되바라진 대꾸에 무리 중 하나가 참지 못하고 뛰쳐나왔다. 그는 대뜸 몸을 솟구쳐 소년을 향해 발을 내질렀다. 빙애가 깜짝 놀라 소리를 지르려는 찰나, 소년이 민첩한 동작으로 빙애를 뒤로 끌어낸 다음, 한쪽 다리를 축으로 삼아 몸을 휘돌려 솟구친 사내의 복부를 후려쳤다. 물 흐르듯 유연하면서도 번개같이 민첩한 동작이었다.

전혀 예상치 못한 탓인지, 그 일격에 사내는 그대로 나가떨어졌다. 바닥에 널브러져 벌레처럼 꿈틀거리며 신음 소리를 내뱉는 동료를 본 무리는 일순 당황했다. 싸움에는 이골이 난 자들이었다. 단 일격으로도 상대가 예사 실력이 아님을 알아본 것이다. 좁은 골목에서 대치한 채 일각—刻이 흘렀다. 초조한 것은 무리 지은 자들이었다. 소년은 여전히 등 뒤에 빙애를 세워둔 채 여유롭게 서 있었다.

무리는 서로 눈짓을 주고받더니 계획된 포진을 짜고 일시에 덮쳐왔다.

다음 순간, 노련한 이리 떼와 용맹한 호랑이가 맞붙은 양, 좁은 담벼락을 발로 차고 몸을 솟구치더니 주먹과 주먹이 오가고, 발길질과 회피 자세가 연이어 펼쳐졌다. 빙애로서는 그 움직임들이 하나같이 민첩하고 날래, 정확히 어떤 형국인지 알 수 없었지만, 하나만은 확실했다. 상대와 몸을 겹칠 때마다 나가떨어지는 것은 무뢰배들이었다. 소년이 확실히 저들을 압도하고 있었다.

고함과 욕설 속에 몇 합이 오가고 나자, 서 있는 것은 소년과 상대편의 우두머리를 비롯한 두엇 정도뿐이었다. 나머지 작자들은 죄다 바닥에 뒹굴며 바둥거리고 있었다. 우두머리는 잔뜩 기세가 눌려 천천히 뒷걸음질 쳤다. 저 흉포한 무리가 무기력하게 움츠러드는 모습은 빙애에게 실로 놀라운 광경이었다. 갑자기 다리에 힘이 쭉 빠지면서 빙애는 그대로 바닥에 주저앉았다.

때마침 소란에 깨어난 사람들이 얼굴을 내밀고 주변이 웅성거리자, 무뢰배들은 서로를 부축해 황망히 달아나기 시작했다. 곧장 저들을 쫓을까 싶던 소년은 대신 쓰러진 빙애를 살폈다.

"괜찮은 것이냐? 얼굴이 창백하구나. 무슨 사정인지는 모르겠다만, 갈 데는 있느냐?"

갈 데가 없었다. 빙애는 새삼 자신이 천애고아라는 사실을, 저 짐승들의 손아귀에서 벗어난다 한들 뾰족한 수가 없다는 것을 깨달았다. 그녀는 고개를 저으며 저도 모르게 눈물을 주르륵 흘렸다.

"알았다. 그럼 나와 함께 가자꾸나."

빙애는 어떻게든 일어서보려고 다리에 힘을 주었지만, 이미 손 쓸 도리 없이 기력이 소진된 상태였다. 그런 빙애를 말도 없이 시훈이 번쩍 들쳐업었다.

"걸을 수……"

"애쓸 필요 없다. 네가 무거울 리도 없고, 우리 집도 예서 멀지 않으니, 그냥 가만히 있거라."

"고맙습니다, 도련님. 구해주셔서……"

빙애는 딱히 뭐라 불러야 할지 몰라 도련님이라 불렀다. 옷차림을 보아하니 양반집 도령이 분명해, 가히 틀린 호칭은 아닐 것이라 생각했다. 소년 역시 딱히 부인하지는 않았다.

　소년은 마치 가벼운 이불보를 짊어진 듯 빙애를 들쳐업고는 걸음을 옮겼다. 그의 너른 등에 업혀 빙애는 실로 오랜만에 안락함과 포근함을 느꼈다. 마치 꿈을 꾸는 듯하였다. 그 아늑함에 저도모르게 정신이 혼미해져 가는데, 소년이 물었다.

　"네 이름은 무엇이냐?"

　"빙애라 하옵니다."

　"빙애라, 거참 좋은 이름이로구나. 나는 시훈이라 한다. 윤시훈."

　"윤, 시, 훈……"

　빙애는 정신이 너무 혼미하여 자신이 양반 도령의 이름을 함부로 불렀다는 사실도 인지하지 못한 채 스르륵 잠이 들고 말았다.

　시훈은 빙애가 자신의 등 위에서 새근새근 잠이 든 것을 느꼈다. 그의 입은 자신도 모르게 미소를 띠고 있었다.

2

봄날 아침 햇살이 막 윤구선이 자리한 정자로 깃들기 시작했다. 올봄 햇살은 유난히 다채롭고 따사했다. 간밤엔 모처럼 달콤한 꿈을 꾸었다. 벼슬에서 물러나 평양으로 낙향한 후, 그는 늘 마음을 어지럽히는 꿈들에 시달려온 터였다. 대부분은 구선이 모셨던 경종景宗임금의 호된 질책과 분노로 채워진 것이었다. 허나 지난밤은 달랐다. 지난밤 꿈에는 경종임금이 나오지 않았다. 대신 딸아이가 찾아왔다. 다섯 해 전 여덟 살의 나이에 폐렴으로 세상을 떠나 그의 가슴을 찢어놓았던 딸 시연. 꿈에서라도 볼 수 있기를 그토록 빌었건만 한 번 나타나질 않더니, 지난밤 홀연히 찾아온 것이었다.

그 꿈은 묘연했다. 아이는 아무 말도 하지 않았다. 하지만 내내 만면에 미소를 띠고 아비를 바라보고 있었다. 구선은 아이의 이름을 목 놓아 불렀고, 아이는 미소로 화답했다. 어떤 대화도 오가지 않았지만, 그것은 아비와 딸만이 누릴 수 있는 특별한 교감의 순간이었다. 살아 있을 때도 그 애틋함이 남달랐는데, 이리 꿈에서 다시 만나니 그 아련함은 이루 말할 수 없었다.

잠에서 깨고 나서야, 비로소 구선은 가슴이 쓰라렸다. 다시 볼 수 없는 딸, 꿈에서조차 언제 또 만날지 기약할 수 없는 딸. 내가 죽어 저승에나 가서야 다시 볼 수 있겠지. 그런 생각에 함몰되면 그는 죽고 싶은 마음마저 들었다. 그리고 그 생각은 다시 그를 씁쓸하게 했다.

'정작 죽어야 할 때는 죽지 못한 주제에.'

자기모멸감이 그의 맘속에서 솟구쳤다.

'인좌가 난을 일으켰을 때, 함께 죽었어야 했다.'

허나 그랬다면 시훈과 시연, 두 아이를 만날 수 없었을 것임을 구선은 잘 알고 있었다. 하나를 버리고 하나를 얻었으나, 버린 것으로 인해 그는 단잠을 잃었다. 그리고 그의 내면 깊숙한 곳에서는 딸의 죽음 또한 그로 인한 벌이라는 생각을 지울 수 없었다.

그는 홀로 잔에 술을 따랐다. 마음이 뒤숭숭할 때는 이만한 명약이 없었다. 혀끝을 감돌며 세상 시름을 다 잊게 한다는 감홍로甘 紅露였다. 그의 집안에서 삼대에 걸쳐 빚고 있는 조선 제일의 명주였다. 주미酒味가 탁월해 산해진미보다는 소박한 안주가 더 어울렸다. 술도가를 꾸리는 것은 낙향한 후 그가 가장 심혈을 기울인 일 가운데 하나였다.

그가 이른 아침부터 감홍로를 들이켜는 까닭은 술의 힘을 빌려

다시 잠을 청해볼까 해서였다. 그래서 다시 딸을 만나고 싶었다. 조금이라도 더 그 애틋한 시간을 유예하고 싶었다.

사랑채 뒤뜰에 꾸려놓은 소박한 정원에는 봄꽃들이 화사하게 피어 있었다. 문을 열어둔 채 감홍로를 마시며 봄을 감상하는 운치는 실로 그윽하였다. 아들 시훈이 있다면 함께 마시고 싶었으나, 시훈은 아침 댓바람부터 술도가로 길을 나선 터였다.

장성한 양반가 도령이 술도가에 나가 일꾼들과 어울리는 것이 종종 입방아에 오르기도 했지만, 시훈은 어려서부터 그렇게 컸다. 구선 본인에게 물려받은 성정이겠으나, 사람을 대하고 사귐에 반상의 구별을 중히 여기지 않았고, 몸을 쓰는 일에 능통하고 또 즐겼다. 성실하게 일하고 땀 흘려 성취를 이루는 것을 좋아하는 아이인데다, 어려서부터 술도가에 데리고 다닌 탓에 그쪽이 자연스러웠던 것이다. 특히 오늘처럼 특별히 좋은 술을 빚었다는 전갈이 오면 직접 가서 맛을 보고 아비를 위해 항아리째 받아오기도 하였다.

구선이 다시 간밤의 꿈을 복기하며 상념에 젖어들려는 찰나, 갑작스런 발소리가 다가왔다. 행랑아범이었다.

"대감마님, 도련님께서 돌아오셨습니다."

"아니, 어찌 벌써 돌아왔단 말인가. 술도가에 나갔으면 술시戌時나 되어야 들어올 줄 알았는데. 이 좋은 봄날, 술 한잔하고픈 아비의 마음이 통했던 것인가. 이리로 불러주게."

"저, 그것이, 도련님이 웬 어린 계집을 하나 데리고 왔습니다요."

"계집? 시훈이 여자아이를 데려왔단 말이냐?"

"예, 기력이 쇠진한 탓인지 정신을 잃어 지금 별당채에 누였습니다요."

시훈이 어디서 아는 여자아이가 있어 데려온단 말인가. 구선은 무슨 일인지 궁금하여 몸을 일으켰다. 감홍로 한 병의 취기가 나른하게 그의 머리를 감돌아, 순간 어지럼을 느꼈다. 젊은 시절엔 말술을 들이켜도 검을 들고 나가 짚단을 정확하게 두 동강으로 베어낼 수 있었다. 경종임금 시절의 호위무사 구선은 그랬다. 조선 제일 무사였던 그도, 이제는 감홍로 한 병에 취기를 느낄 만큼 늙은 것이다.

별당채 앞은 벌써 소란스러웠다. 어느새 구선의 처, 김씨 부인이 별당채로 건너와 머슴들에게 이런저런 지시를 내리고 있었다. 나이는 구선보다 스무 살이나 어리지만, 집안 살림을 꾸려가는 솜씨는 실로 나무랄 데 없이 똑 부러졌다. 미색 또한 나이 들어도 시들지 않았다. 손재주는 또 어찌나 좋은지, 자수를 두거나 바느질을 할 때는 아랫사람을 부리지 않고 본인이 하는 것이 훨씬 더 나았다. 다만 좀 감상적이고 눈물이 많다는 점이 흠결이라면 흠결이었다. 이런 부인 또한 그가 이인좌李麟佐의 난에 동참했더라면 청상과부로 만들고 말았으리라. 이인좌의 난이 있던 그해, 그는 김씨 부인을 재취로 들였다. 그해 임신하여 시훈을 낳았고, 네 해 뒤에 딸 시연을 낳았다.

늘 차분한 부인이 오늘은 왠지 호들갑스러운 느낌마저 들었다.

"무슨 일이기에 부인까지 이리 나서는 게요?"

"대감, 오셨습니까. 시훈이 웬 여자아이를 업어왔지 뭡니까."

"여자아이?"

"그런데 그 아이가 꼭……"

부인이 말을 하는 와중에 시훈이 별당채의 문을 열고 나왔다. 시훈은 구선을 보더니 다급히 마당으로 내려와 예를 갖추었다.

"아버님, 오셨습니까."

"그래, 어찌 된 영문이냐? 여자아이라니?"

시훈은 아침 일찍 술도가에 나갔다 빙애를 만나 무뢰배들과 겨룬 자초지종을 설명하였다.

"허어, 요즘 인신매매를 하는 검계 조직이 활개를 친다 하더니, 그런 자들의 소행이 아닌가 싶구나."

"네, 아무래도 갈 데가 없는 듯하여 제가 데려왔습니다."

"그래, 어린아이가 얼마나 놀랐겠느냐. 참으로 용하기도 하구나. 어린 소녀가 어찌 그런 흉악한 자들의 손에서 달아날 생각을 하였을꼬. 일단 깨어난 다음에 아이의 처신을 생각기로 하고 잘 보살펴주거라."

그때 김씨 부인이 불쑥 끼어들었다.

"보아하니 갈 곳 없는 아이인 듯합니다. 집안에 받아주심이 좋을 것 같습니다."

그 말에 구선은 의아함이 일었다. 항시 침착한 부인의 목소리에 유달리 열의가 담긴 탓이었다. 옆에서 고개를 끄덕이는 시훈 또한 마찬가지 눈빛이었다.

"부인이 그러자면 그리할 것이오만, 특별한 이유가 있는 것처럼 보이는구려."

"네, 대감께서도 아이를 한번 보시지요."

부인의 말에 더 궁금해진 구선은 대청으로 올라 별당채로 들어섰다. 김씨 부인과 시훈이 따라 들어왔다.

구선은 소녀를 보았다. 그리고 부인의 열의가 어디에서 나온 것인지 바로 알았다. 소녀는 오래전 딸이 썼던 그 방에 곱게 누워 있었다. 딸이 살아 있어 자랐더라면 딱 그만한 나이였을 것이다. 그리고 딱 그런 모양으로 거기서 잠을 청하였으리라. 땀에 절고 땟물에 가리운 얼굴이긴 하나, 그 미색을 감출 수는 없었다. 고왔다. 세상을 일찍 떠난 그의 딸처럼. 어젯밤 꿈에서 아비에게 미소 짓던 그 아이처럼.

꿈. 그것은 그런 의미였던가. 구선은 말을 삼킨 채 그저 소녀를 바라보기만 했다. 그 꿈 때문에 더더욱 낯설게 느껴지지 않았다. 물끄러미 빙애를 바라보는 구선에게 김씨 부인이 들뜬 목소리로 말했다.

"시연입니다. 시연이가 보낸 겝니다. 그렇지 않고서야 어찌 시훈이를 만나 이 집으로 올 수 있었겠습니까."

김씨 부인의 눈가에 어린 눈물과 시훈의 애틋한 눈빛을 보며, 구선 역시 부인할 수 없다는 것을 깨달았다. 구선은 말없이 그저 고개를 끄덕였다. 이것은 또 무슨 징조인가. 삶이란 과거와 현재

를 잇고, 그것이 아직 오지 않은 날들로 이어지는 실과 같은 것이
었다. 그러니 이 또한 어떤 운명의 흐름이 아니겠는가, 구선은 그
리 생각했다.

3

빙애가 눈을 뜬 것은 술시가 다 되어서였다. 낯선 방이었다. 촛불 하나가 어둠을 미미하게 밝혀주고 있었다. 어찌 된 영문인지 몰라 잠시 어리둥절하던 그녀는 차츰 기억을 찾았다. 그녀가 떠올린 마지막 장면은 자신을 구해준 사내의 너른 등이었다. 참으로 넓고 따뜻한 등이었다. 그녀는 그 포근한 느낌이 문득 그리웠다. 그리고 다음 순간, 낯선 사내의 등을 그리워하는 자신을 자각하고는 괜시리 얼굴이 화끈거렸다.

'여기는 그분의 집이로구나……'

열두 해 살면서 처음 보는 넓은 방이었다. 천하고 누추한 자신이 누워 있는 것이 죄스럽게 느껴질 만큼 정갈한 방이었다. 빙애는 황급히 몸을 일으켰다. 몸이 쑤시고 노곤하였다. 간밤 내내 산길을 달린 것은 열두 살 소녀가 한잠으로 해소할 수 있을 만큼 하찮은 피로가 아니었다. 그것은 빙애에게는 생과 사를 가르는 도

주였던 것이다. 간신히 몸을 일으켰으나 어찌할 바를 몰라 빙애는
다시 멍하니 앉아 있었다.

그때, 문이 드르륵 열리고 여종 하나가 얼굴을 들이밀었다. 빙
애는 무언가 말을 꺼내려 했으나, 여종은 빙애가 깨어난 것을 보
고는 아무 말 없이 문을 닫고는 다시 나가버렸다.

잠시 후, 여종 대신 시훈이 들어왔다. 그는 엷은 미소를 띠고 빙
애를 바라보며 말했다. 무뢰배들을 상대할 때의 그 단호하고 무거
운 말투는 사라지고, 한없이 자상하고 부드러운 목소리였다.

"이제 정신이 좀 드느냐?"

"네. 구해주셔서 고맙습니다. 여기는……"

"우리 아버지의 집이다. 여긴 내 누이가 썼던 별당채고. 평양 땅
에서 금군별장 윤 대감댁을 모르는 이는 없을 터이니, 그 무뢰배
들도 함부로 얼씬하진 못할 것이다. 그러니 너는 심려 말고 몸이
나 잘 추스르면 된다."

"허나 미천한 소녀에게 어찌 이런 좋은 방을…… 누이 되시는
분은 어디에……?"

"다섯 해 전에 먼저 세상을 떠났다. 지금은 주인 잃은 빈방이지.
빙애라 하였지? 빙애 너는 아무 걱정 말고 예서 맘 편히 쉬기나 하
여라."

빙애는 방의 원래 주인이 다섯 해 전에 세상을 떠났다는 말에
괜스레 미안해졌다. 시훈이 빙애의 마음을 읽고 말을 이었다.

"미안해할 것 없다. 너와는 상관없는 일이니. 그보다는 그런 장

정들에게 쫓긴 사연이나 들어보자꾸나."

빙애는 그간 있었던 일들을 시훈에게 소상히 들려주었다. 말을 하다 보니 다시 눈물이 솟구쳤다. 아비가 스스로 목숨을 끊은 이야기를 할 때는 더욱 서러워 어린 마음에 참지 못하고 엉엉 울고 말았다. 자신을 구해준 사내 앞에서 도리가 아닌 줄은 알고 있었으나, 빙애는 아직 아비의 죽음을 속으로 삼킬 수 있는 나이가 아니었다.

"외려 내가 미안하게 되었구나. 그럼 정녕 갈 데가 없단 말이지?"

빙애는 그저 고개만 끄덕였다.

"아버님과 어머님 또한 너를 좋게 보셨다. 나 또한 그렇고. 참으로 우연한 만남이었으나, 우리는 그 만남이 꼭 우연만은 아니라 여긴다. 널 처음 보았을 때, 내가 그리 놀란 것은 네가 누굴 꼭 닮았기 때문이었다."

"소녀가 누구를 닮았다는 말인지요?"

빙애가 소녀다운 호기심을 드러냈다.

"이 방의 원래 주인. 내 누이 시연이. 아마 살아 자랐더라면 꼭 너와 같았을 테지."

"어찌 귀한 아씨와 저처럼 보잘것없는 소녀를 비교하시나요. 제가 몸 둘 바를 모르겠어요."

빙애는 눈앞의 사내가 평양 명망가의 양반 자제라는 사실을 알았지만, 이상하리만치 친숙하게 느껴져 갑자기 어리광을 피우고 싶어졌다. 아마 그의 등에 누이처럼 업힌 순간부터 그런 마음이 들었는지 모를 일이었다.

그런 빙애를 바라보는 시훈의 마음도 흐뭇하였다. 남달리 오누이의 정이 두터웠던 시훈이었다. 떠난 지 다섯 해가 되어 이제는 서서히 누이의 죽음을 받아들이게 되었으나, 처음엔 실로 마음을 추스르기 어려웠다. 그런데 이제 누이가 환생한 것처럼, 한 소녀가 그에게 도움을 청하고 이리 누이가 쓰던 방에 누워 있는 것이다. 아이의 신분은 시훈에게 중요치 않았다. 이 아이는 그가 새로 얻은 누이나 마찬가지였다.

"도련님, 그런데 대감마님과 마님께는 언제 인사를 여쭈어야 할까요?"

"그리 부르지 말거라."

"예?"

빙애는 시훈의 생뚱한 대답에 화들짝 놀랐다. 또 무슨 실수를 저지른 것일까. 아니면 그만 너무 친숙하고 자상하게 느껴진 탓에 정도를 넘어섰던 것일까.

"도련님이라고 부르지 말라고. 나는 시훈이라 했다. 기억하지?"

"예."

"그럼, 시훈 오라버니라고 부르도록 해라."

"네? ……하지만 어찌 감히 제가 도련님을……"

"내 널 누이 삼기로 마음먹었으니 안 될 게 뭐 있겠느냐. 부모님께서도 너를 그리 여기실 모양이다. 허니 부담 갖지 말고 그리 불러보거라."

빙애는 이것이 농인지 진담인지 도무지 헤아릴 수 없어, 이러지도 저러지도 못한 채 망설였다. 어제까지만 해도 기녀가 될 처지였는데, 하루아침에 이리 운명이 급변할 수도 있는 것일까. 아니면 이것은 어린 소녀를 희롱하는 고약한 농담에 불과한 것일까. 빙애는 시훈을 바라보았다. 낯선 소녀에게도 말을 툭툭 잘 건네는 것을 보니 능청스러운 면도 없지 않아 보였으나, 어찌 살펴도 어린 소녀를 두고 희롱할 성격은 아닌 듯싶었다. 그의 크고 맑은 눈역시 거짓을 말하는 것 같진 않았다. 하지만 아무리 그래도 어찌 그리할 수 있을까.

빙애가 망설이자, 시훈이 다시 다그쳤다. 그는 어떻게든 오라버니 소리를 듣고 싶었다. 실로 오랫동안 그리웠던 호칭이 아니던가.

"그 말이 뭐가 그리 어렵누. 그냥 오라버니, 네 자만 뱉으면 되는 것을. 너는 나를 오라버니 삼기가 싫은 것이더냐?"

"아니, 아니옵니다. 그런 게 아니오라……"

"그럼 되었다. 오라버니라 불러봐."

시훈이 만면에 미소를 머금고 빙애를 바라보았다. 그런 시훈 앞에 빙애의 두려운 마음도 녹아내렸다.

"오라…… 버니."

"하하. 그래, 그것이다. 얼마나 듣기 좋으냐. 내 다른 식솔들에게도 너를 내 누이처럼 대하라 일러놓을 것이니 그리 알거라."

"하지만 도련님……"

"슛!"

"아, 오라…… 버니. 저는 어찌해야 할지 모르겠어요. 무엇이 옳은 것인지, 지금 제가 어찌해야 하는 것인지……"

갑자기 시훈이 정색하고 말했다.

"그래, 네겐 참 뜬금없는 일이겠구나. 내 너를 누이 삼고 싶은 마음이 커서 그만 앞서 나간 모양이다. 아비 잃은 슬픔도 채 가시지 못한 어린아이인 것을. 하지만 이리 네 삶과 나의 삶이 얽힌 것도 하늘의 뜻이 아니겠느냐. 너무 슬퍼하지는 말거라. 몸이 상해서는 아니 된다. 마음이 울적하고 슬픔이 밀려오면, 이리 좋은 오라버니를 얻기도 쉽지 않다는 사실로 위로를 삼거라. 봄날이 참 좋단다. 어서 쾌차하여 맑은 공기나 쐼이 좋지 않겠느냐. 내 좋은 곳을 구경시켜주마."

시훈은 그렇게 말하고는 빙애를 홀로 두고 방을 나섰다. 처음 만났을 때도 그렇게 홀연히 나타나 구해주더니, 더 이상 갈 곳 없이 홀로 된 그녀에게 오라버니 되어주기를 자처하는 시훈의 뒷모습이 참으로 고맙고 듬직하였다. 아비를 잃었을 때 세상을 다 잃은 것만 같았는데, 오라버니를 얻어 세상을 다시 얻은 듯하였다. 다시 눈물이 핑 돌았다. 빙애는 누군가에게 기대 쉽게 울고 싶었다. 시훈을, 오라버니를 다시 불러 어깨를 빌려달라 부탁하고 싶었다. 어쩌면 언젠가는 정말 그리될 날이 올지도 모를 일이었다.

4

봄이 가고 여름이 왔다. 여름이 가고 다시 가을이, 가을이 간 다음엔 기나긴 겨울이 왔다. 그 겨울은 유난히 길고 추웠다. 그래도 그 겨울은 끝이 나고 다시 봄이 돌아왔다. 이 무한 반복의 영겁永劫 속에서 구선은 길을 잃었다. 선왕의 꿈은 계속되었다. 계속될 뿐 아니라, 더욱 짙고 험악해졌다. 경종임금의 질책은 날이 서서 그의 마음속에 웅크리고 있던 모멸감을 계속 부추겼다.

'너의 임금이 사악한 자들의 간교奸巧에 비명횡사하였건만, 호위무사였던 너는 어찌하여 그리 태평하게 살아간단 말인가.'

살아생전 감정을 잘 드러내지 않았던 경종임금은 꿈속에서는 추상과 같이 엄했고 노골적으로 분노를 터트렸다. 오로지 구선 자신을 향한 분노였고, 믿었던 자에 대한 처절한 배신감의 토로였다. 잠에서 깨고 나면 구선의 온몸이 식은땀으로 젖어 있었다. 어수선하니 세월만 속절없이 흘러가는 듯하여 늘 가슴 한쪽은 없힌

듯 통증이 느껴졌다. 선왕에게 불충한 죄책감만 아니었더라면, 실로 모든 것이 충족되는 나날들이었기에 더욱 그러하였다.

구선은 곁에 앉아 책을 필사하는 빙애를 물끄러미 바라보았다. 빙애가 구선의 식솔이 된 지 이태가 지났다. 이 아이를 어찌해야 할꼬. 구선은 잠시 생각했다. 이태 동안 아이의 하는 모양을 유심히 지켜보았다. 먼저 간 딸이 보낸 아이라는 생각은 부인의 감성적인 사고임에는 분명했다. 허나 그것을 부인하고 싶지 않은 것은 모두의 마음이었다. 시훈은 빙애의 오라버니를 자처하고 나섰고, 부인 역시 딸이 크면 가르치고 싶다 했던 자수를 함께 두며 정을 쌓아가고 있었다. 아니나 다를까, 재주가 참 많아 모두에게 흡족한 아이이기도 하였다. 빙애는 아이다운 살가움과 아이답지 않은 성숙함을 한 몸에 갖추고 있었다. 영특하여 자수며, 글씨며, 그림이며 가르치는 족족 받아들이는 실력 또한 남달랐다.

아이를 향한 애정이라면 구선 또한 남다르지 않았음에도, 그는 여태 빙애를 입적시키지 않고 있었다. 그것은 나날이 깊어가는 어떤 불안감 때문이었다. 경종임금이 승하할 때의 일이 아직도 생생했다. 세자 시절 지척에서 호위했던 호위무사 구선은 경종임금이 용상에 오를 때 금군별장으로 임명되었다. 그래서 그는 임금이 승하하는 순간까지 임금에게서 가장 가까운 곳에 머물러 있었다. 그날의 의심스러운 정황을 그 누구보다 잘 알고 있는 것도 그런 까닭이었다. 소론 계열이었던 그를 노론 일색의 천하에서 임용하고 아껴준 그 정을 어찌 잊겠는가. 그런 임금이 독살을 당했다. 그럼에도 그가 할 수 있는 것은 벼슬을 물리고 낙향하는 것뿐이었다.

이인좌가 선왕의 한을 풀어드리자며 찾아왔을 때, 재취한 부인이 시훈을 임신하고 있음을 핑계 삼아 함께하지 못했다. 이인좌의 계획은 실로 얼토당토않은 것이었다. 대의를 지킬 수는 있으나 필히 멸하는 길이었다. 거사에 실패한 이인좌가 거열형을 당해 사지를 다 찢기고 처참하게 죽어갈 때, 그는 자신의 뒤뜰 정원에서 감홍로에 거나하게 취해 있었다. 술김에 울분을 터트리고, 가슴을 두드리며 피를 토해냈다.

그리고 꿈이 시작되었다. 근 이십 년의 세월을 선왕의 질책을 들으며 잠에서 깨어났다. 시간이 지나면 이조차도 무뎌지겠거니 했지만, 그렇지 않았다. 매번 꿈을 꿀 때마다 새로웠고, 그래서 더욱 아프고 고통스러웠다. 익숙해지기는커녕 끊임없이 쌓여 그의 마음을 병들게 하였다. 그런데 요 근래, 아마도 빙애가 찾아온 즈음부터 그 불길한 기운이 그의 마음에서 더욱 커지고 있었다. 원래 지킬 것이 많으면 잃을 것이 더 크게 느껴지는 법. 일상이 만족스러울수록 억눌러두었던 죄책감과 불안 역시 커져갔다.

게다가 이즈음 그는 새로운 문제에 직면해 있었다. 그 누구보다 사내답게 장성한 아들 시훈의 일이었다. 호위무사 시절, 조선 제일이라 했던 자신의 무예를 뛰어넘은 지는 이미 오래였다. 선왕이 하사한 패월도佩月刀를 시훈에게 물려준 것도 그 무렵이었다. 이제는 소년 태를 완전히 벗고 육 척 장신이 되었다. 당장 과거를 보러 떠나도 이상하지 않을 일이었다. 다만 아비의 허락이 없어 요 근래 의아함을 느끼는 눈치였다. 구선으로서는 허락하기가 쉽지 않았다. 선왕의 죽음에 현왕의 비열한 음모가 있었음을 확신하는 구선이었다. 자신의 아들이 그런 임금의 무사가 되기 위해 과거를 보러 가는 것이 탐탁지 않았다. 하지만 아버지처럼 호위무사가 되리라 꿈꾸는 아들의 장래를 이리 막아도 될 것인가. 시훈의 앞날은 어찌 될 것인가. 집안의 앞날은, 옆에 앉아 서책 필사를 하고 있는 빙애의 앞날은 또 어찌 될 것인가. 아무것도 알 수 없었다. 구선은 그것이 두려웠다.

"아버님, 무슨 걱정이 있으신지요?"

빙애가 심각한 표정으로 상념에 빠진 구선에게 물었다. 입적만 미뤄뒀을 뿐, 이미 빙애는 딸이나 마찬가지였다. 빙애 스스로도 그것을 보채지 않았고, 그저 이렇게 살아가는 것이 만족스러워 보였다.

"아니다. 그래, 글은 다 옮겼느냐. 어디 한번 보자."

빙애가 다소곳이 필사한 글을 내밀었다.

"미문이로구나. 네가 사내로 태어났더라면 큰일을 하였겠구나."

빙애는 구선의 칭찬에 살짝 얼굴을 붉혔다. 칭찬을 듣는 일이 잦아도, 매번 수줍게 얼굴을 붉히는 것이 빙애의 성정이었다.

구선은 빙애의 필체가 좋아, 종종 마음에 드는 서책의 필사를 시키곤 하였다. 그렇게 빙애는 집안에서 제 몫을 다했다. 구선에게는 필사와 딸 같은 살가움으로, 김씨 부인에게는 자수와 그림을 함께하는 모녀지정으로, 시훈에게는 사랑스러운 누이로. 처음엔 객식구를 어찌 대해야 할지 혼란스러워했던 머슴과 몸종들도 시훈과 빙애가 오라버니와 누이로 서로를 호칭하자 자연스레 대감의 막내딸로 대하였다.

그렇다고 빙애가 자신에게 불현듯 찾아온 특권을 당연한 듯 받아들인 것은 아니었다. 이태나 지나 어느 양반집 규수보다도 더 바르고 참하게 성장하였음에도, 빙애는 식솔 모두에게 늘 낮은 자세로 임했다. 마실을 나가도 몸종을 달고 나가지 않았고, 매사 자신의 분수를 넘지 않으려는 자세 또한 집안 식솔 모두에게 미더운 면면이었다.

구선은 빙애가 옮겨 쓴 글을 훑어보았다. 소론 소장 학자 하나가 익명으로 쓴 것이었다. 현 임금의 정책을 비판하고 노론에 치우쳐 균형을 상실한 정무에 대해 논박하는 글인데, 비유와 풍자로 외양을 교묘히 한 글이었다. 태평성대라 하나 세상은 여전히 평탄치 못하고 민심은 흔들리니 이 어찌 국본國本이 바로 서겠는가, 하는 내용도 담겨 있었다. 심지어는 현 임금이 어서 물러나 젊은 세자에게 길을 터주어야 한다는, 거의 역모에 가까운 암시까지 담겨 있었다. 어린 세자가 소론과 가깝다 하였던가. 구선은 한동안 글을 살피다 빙애에게 물었다.

"그래, 이 내용을 알겠더냐?"

"예. 세상이 한쪽으로 치우쳐 균형을 잃었고, 그래서 임금께오서 백성들을 굽어살피지 못하니, 나라가 흉흉하다 하고 있사옵니다."

"어찌 생각하느냐?"

빙애는 잠시 곰곰이 생각한 뒤, 대답했다.

"소녀의 친부가 맞은 죽음을 살피자면, 이것이 그르다 할 수는 없을 것 같사옵니다."

"그래, 기근은 해결되지 않고 백성들은 굶어 죽어가는데, 조정은 늘 당파싸움에 여념이 없으니 참으로 걱정이로구나. 게다가 현 임금은……"

그는 거기서 말을 멈추었다.

"지금 내가 네게 무슨 말을 하려는 것인가. 아니다, 되었다."

"소녀, 아버님의 고견을 듣고 싶사옵니다."

빙애가 사뭇 진지한 표정으로 구선을 올려다보았다. 사람의 마음을 헤아리고 사로잡는 능력은 타고난 천성이리라. 또한 과묵한 아이는 아니나 살갑게 굴 때와 입을 닫을 때를 아는 자중의 성품을 지니고 있었다. 이 아이에게라면 속내를 말하지 못할 것도 없다, 그리 생각하면 딸보다 더 낫지 아니한가. 구선은 또렷한 눈망울로 자신을 바라보는 빙애를 흐뭇하게 여겼다.

"그래, 그렇다면 내 지금부터 하는 말은 누구에게도 전해서는 아니 된다. 나는 선왕이신 경종임금의 호위무사였다. 그분은 생모가 사약을 받고 죽는 것을 보았고, 자신을 폐위하려는 노론의 압박을 늘 견뎌야만 하셨지. 그래서 왕이 되신 후에도 늘 세심한 주의를 기울이셨다. 언제나 속말을 삼키고 의중을 내비치지 않으셨는데, 그것이 그분의 무기였다. 노론 대신들은 임금의 속내를 알수 없어 애가 타곤 했지. 그런 분이 내겐 마음을 터놓고 때때로 속의 울분을 토하기도 하셨다. 아마 그분이 더 오래 사셨더라면 노론의 위세도 그리 당당치는 못했을 것이다. 그런데 돌연 몸져누우셔서 승하하시고 말았지. 원래 강건하신 분은 아니었지만, 그렇다고 그리 급변하실 분 또한 아니었다. 세제였던 연잉군이 그날 게장과 생감을 올렸다. 전하의 병세에는 독이 되는 음식들이었지. 어의가 만류하는데도 엄히 꾸짖고 뜻을 관철시키던 모습을 나는 똑똑히 기억한다. 전하께서 그리되시고, 그 사실을 아는 자들은 모두 의심을 품었지. 하지만 우리는 아무것도 하지 못했다. 전하께서 돌아가신 후, 자주 내 꿈자리를 찾아오시는구나. 자신을 지켜주겠다 약속하였던 내게 어찌하여 그 임무를 다하지 못하였느냐고 그분은 물으신다."

빙애는 당혹스러운 표정이 되었다. 방금 구선의 입에서 나온 말이 역모에 가까운 말이라는 것을 영특한 그녀가 모를 리 없었다.

"그럼, 아버님께서는 지금 임금께서……"

"그렇다. 나는 지금 용상에 앉은 임금이 선왕을 독살하였다고 믿는다. 그것이 내가 벼슬을 거부한 이유이다. 또한 그 때문에 나는 시훈이 과거를 보려는 것이 마음에 걸리는 것이다. 그러나 어찌할 것인가. 아버지의 대의가 아들의 대의가 되는 것이 과연 옳으냐. 그 아이의 꿈은 어찌할 것인가. 과거에 나서지 않는다면 그저 술도가나 꾸려나갈 뿐인 것을. 또한 과거에 급제한다 해도 임금이 구선의 아들을 중용하겠는가. 그것이 지금 이 나의 괴로움이로구나."

구선은 내내 가슴에 뭉쳐두었던 고충을 마음껏 토로했다. 가슴 한구석이 순간적으로 뚫리는 느낌이었다. 빙애에게 연민의 표정이 떠올랐다. 그것은 순수한 걱정을 담고 있었다. 구선은 그런 빙애에게서 한 줄기 위로를 얻었다. 그러나 다음 순간, 괜한 이야기를 했다는 후회 또한 밀려들었다.

"내 이 이야기는 시훈에게도 하지 않은 것이다. 네게 왜 이런 이야길 하는 것인지 나도 모르겠구나. 늙으면 분별이 사라지는 법이란다. 이 이야기는 입 밖에 내지 말거라. 시훈에게는 기회를 봐서 내가 직접 말할 터이니."

"네, 아버님. 말씀대로 따르겠습니다."

"그래, 이런 세상도 곧 바뀔 터이지. 어쩌면 다음 임금이 될 세자는 새롭고 곧은 세상을 만들지 않느냐. 자, 오늘은 그만하자. 나는 잠시 눈을 좀 붙이려니, 필사한 것은 여기 두고, 서책은 복돌아범에게 주려무나."

빙애는 다소곳이 머리 숙여 절하고 사랑채에서 물러나왔다.

빙애의 가녀린 어깨를 보며, 구선은 이제 저 아이를 입적해야겠다고 생각했다. 저 현명함과 지혜가 구선의 집안을 흔들리지 않게 붙들어줄 하나의 주춧돌이 될 수도 있으리란 생각이 들었다.

5

　시훈은 자신의 거처에서 한창 무예 연습을 하고 있었다. 동트기 전에 일어나 글을 읽다 보니 몸이 근질근질하여 뜰에서 가볍게 몸을 푸는 것이었다. 그는 검을 뽑아들었다. 그가 아버지와의 대련에서 이긴 날, 아버지가 물려준 보검 패월도였다. 패월도는 뽑아들 때마다 경탄을 불러일으켰다. 아침 햇살에 부신 검의 결기가 무엇이든 벨 수 있다는 자신감을 내비치고 있었다. 마치 그 자체로 생명력을 지닌 것처럼 영롱하게 빛이 났다.

　그는 패월도를 휘두르며 몇 가지 초식을 연이어 펼쳐 보였다. 넓은 뜰조차 좁게 느껴질 정도로 공간을 크게 운용하는 검술이었다. 바람을 가르고 내달리는 용맹한 범처럼 매섭고 날카롭게 칼끝이 움직였다. 이 검을 막을 수 있는 자는 많지 않으리라. 그는 스스로의 검술에 대한 자부심이 넘쳤다. 그도 그럴 것이, 조선 제일이라 자타가 공인했던 아버지 구선의 무예를 그대로 계승했기 때문이었다. 이제는 그 아버지마저 능가하였으니 무엇이 두려울까. 게다가 패월도 같은 명검이 함께하니 실로 든든하였다.

근래 술도가에는 나가지 않고 있었다. 감홍로의 전통은 완전히 정립되었다. 그는 술도가의 소란스럽고 바쁜 일상이 마음에 들었다. 일꾼들 모두 하나같이 조선의 명주를 빚는다는 자부심이 넘쳤다. 땀과 노력, 장인과도 같은 정성으로 술을 빚는 일은 그가 보기에 글을 읽거나 무예를 섭렵하여 왕을 보필하는 것 못지않게 존엄한 과정이었다. 그런 외경심 덕분에 그는 반상의 구분 없이 두루 사람을 사귈 수 있었다.

그도 때가 되면 낙향하여 감홍로를 빚는 가업을 이을 계획이었다. 하지만 그 전에 이루어야 할 꿈이 있었다. 임금은 세상이었고, 그 세상을 지키고 보필하는 것은 사내의 마땅한 도리였다. 아버지처럼 그도 임금의 호위무사가 되고 싶었다.

한참 땀을 흘리며 부지런히 검술을 연마하는데 어디선가 익숙한 향기가 났다. 시훈은 그 향의 정체를 바로 알아맞혔다. 빙애였다. 그가 지난 장날 빙애에게 선물한 분내가 엷게 흘러나오고 있었다. 그는 검을 바로잡고 마무리 동작을 취한 뒤, 칼집에 꽂아 내려두고는 중문 울담으로 다가갔다. 빙애를 집에 들인 후, 그들은 친 오누이보다 더 살가운 오누이가 되었다. 빙애는 식솔들 가운데 자신을 가장 따랐고, 자신 역시 살갑고 귀여운 빙애를 무척 좋아했다. 과거 준비로 노곤할 때나 술도가에 다녀와 피로가 쌓였을 때도, 빙애의 순수하고 맑은 미소를 보면 절로 마음이 풀렸다. 밖에 나갔다가 저녁 늦게 귀가하여 중문을 넘을 때면, 으레 빙애가 마중을 나와 기다리곤 하였는데, 그때마다 하루의 피로가 싹 가시는 듯했다. 그 느낌이 너무 좋아 그는 지척에서 빙애의 기척이 느껴지면 절로 발길이 향했다. 평소 과묵한 편인 그도 빙애 앞에만 서면 절로 수다스러워지고 시답잖은 농을 주고받는 것이 즐거워지니, 그 연유를 참으로 모를 일이었다.

빙애가 서책 한 꾸러미를 외거노비外居奴婢인 복돌아범에게 건네고 있었다. 복돌아범은 구선이 젊은 시절부터 수하에 둔 노비로, 혼인을 시켜 외거로 내보냈다. 외거한다 하나, 구선의 신뢰가 대단하여 집안 대소사는 물론 구선의 여러 가지 청들을 솜씨 좋게 해냈다. 시훈도 복돌아범과는 어려서부터 아는 살가운 사이이긴 하나, 잠시 그들의 대화를 엿듣기만 하였다.

복돌아범의 목소리가 친근했다.

"그냥 두고 저를 부르시지, 어찌 아씨가 예까지 직접 들고 나오셨습니까?"

"아저씨도 참. 고작 책 몇 권을, 설마 하니 제가 이 정도도 못 들까 봐서요? 그건 그렇고 요건 분가루를 조금 나누어 담은 건데, 복순이에게 가져다주세요."

빙애가 보자기에 싼 작은 종지를 복돌아범에게 내밀었다. 복돌아범이 손사래를 쳤다.

"아이고, 이러지 마십시오. 제가 이런 귀한 걸 어찌 받습니까요. 제 딸년에겐 과분한 선물입니다요."

"제가 늘 아저씨에게 도움을 받고 있는걸요. 처음 이 집에 와서 낯설고 서먹하기만 했을 때, 아저씨께서 절 얼마나 배려해주셨어요. 그때의 감사한 마음은 잊지 못할 거예요. 장날이나 축일에 쓰면 한층 예뻐 보일 터이니 복순이에게 선물해주세요. 오라버니가 사주신 건데, 늘 이렇게 과하게 사주신답니다. 다 쓰기도 전에 또 사오시니, 이렇게라도 드리지 않으면 아까운 걸 못 쓰게 돼요."

"시훈 도련님과 아씨 사이의 오누이 정이 참 보기 좋습니다. 우리 자식들도 좀 배워야 하는데, 연년생이라 그런지 늘 못 잡아먹어 안달이랍니다. 그럼 염치 불고하고 감사히 받겠습니다."

복돌아범은 빙애가 내민 서책 꾸러미와 종지를 받아 총총히 발걸음을 옮겼다. 복돌아범은 상처喪妻하고 홀아비로 남매를 키우느라 어미 없는 아이들이 늘 마음에 걸렸는데, 빙애 덕에 아비의 힘으로는 해주기 어려운 선물을 할 수 있게 되어 한껏 흥이 난 듯했다.

"내가 사준 선물을 그리 마구 처분해도 되는 것이냐?"

시훈이 중문을 넘어 별당채 앞마당으로 들어서며 불쑥 말을 던지자, 빙애는 깜짝 놀랐다.

"어머, 오라버니. 언제부터 거기 계셨어요?"

"말 돌리지 말고, 바른 대로 대답해보거라. 내 선물을 그리 하찮게 처리함은 나를 우습게 여김이 아니냐?"

빙애가 애교스럽게 샐쭉한 표정을 지어 보였다.

"이리 숨어 아녀자의 행적을 훔쳐보는 분에게 모욕이라니, 가당치도 않을 거예요."

"하하, 어쩌다 내가 그런 자가 되어버린 것이냐."

사실 빙애가 있는 곳엔 이내 시훈이 모습을 드러내곤 하였기에, 가히 틀린 말도 아니었다.

"그리고 분을 그리 많이 사다 주시니, 감사한 분들에게 조금씩 나눠드리는 것이 어찌 마구 처분하는 것이겠어요?"

"하하, 내 농담이다. 농담이야. 너만 보면 이리 장난기가 발동하니 이걸 어째야 하누. 네 것이니 네 마음대로 해도 되지. 당연하고말고."

"오라버니는 이 시간에 예서 뭘 하세요?"

"검술을 연마하였다. 아침 바람이 선선한 것이 몸을 움직이기가 참 좋더구나. 곧 과거이기도 하니 더욱 정진해야겠지."

시훈이 불쑥 과거 이야기를 꺼내자, 구선에게서 들은 이야기가 떠올라 빙애는 순간 마음이 아팠다. 시훈은 빙애의 낯빛이 흔들린 것을 대번에 알아보았다.

"아니, 왜 그러느냐? 무슨 문제라도 있는 것이냐?"

빙애는 다급히 표정을 바꾸었다.

"아니에요, 오라버니. 요즘 봄을 좀 타나 봐요. 생각해보니 오라버닐 만난 것도 봄날이었죠."

"그렇지. 오늘처럼 맑고 화창한 날이었지."

잠시 둘은 그날의 만남을 회상하듯 말이 없었다. 잠시 후 빙애가 저어하는 듯하더니 불쑥 물었다.

"과거는 꼭 보셔야 하나요?"

"아니, 그게 무슨 말이냐?"

시훈은 예상치 못한 질문에 의아해하며 되물었다. 빙애의 얼굴이 당혹감으로 살짝 붉어졌다.

"아니, 별 뜻은 없어요…… 그저 소녀는 오라버니가 과거 보러 떠나시면 외로워질 것이 걱정이에요. 제게 이런저런 농을 걸어줄 이가 없으면 얼마나 따분할까요."

"걱정 말거라. 내 과거 보러 가기 전까지 틈날 때마다 널 재미있게 해줄 터이니. 아니다, 아니야. 말이 나온 김에, 이리 날도 좋으니 마실이나 다녀옴이 어떻겠느냐?"

"오라버니의 과거 준비에 제가 방해가 되면 안 되지요."

"방해라니. 안 그래도 내내 글월 읽고 무예 연습만 했더니 바깥 공기가 그립구나. 늘 가던 대동강 지류에 가서 봄꽃 내음도 맡고 강물에 얼굴도 축이면 그 또한 정신이 번쩍 들지 않겠느냐."

빙애는 잠시 망설이더니 고개를 끄덕였다.

"그래요, 그럼. 하지만 잠깐만이에요. 오라버니 앞길을 막는 패역한 누이가 되긴 싫으니까요."

"내 널 패역한 누이로 만들지 않기 위해서라도 기필코 과거에 급제해야겠구나."

빙애가 빙그레 미소를 지었다. 서늘한 초봄에 따사로이 내리쬐는 햇볕 같은 미소였다. 늘 그랬지만, 시훈은 근래 들어 이상하게 그 미소에 더욱 끌렸다. 아침에 글월을 읽는데도 잠시 한눈을 팔면 어느새 오라버니 하고 부르는 빙애의 웃는 얼굴이 떠오르곤 하였다.

게다가 봄나들이를 함께 나서는 이 설렘은 또 무엇인가. 세상의 모든 오누이들이 다 이런 것인가. 복돌아범네 남매도 이토록 오붓한 것일까. 시훈은 이 간질거리는 느낌이 좋으면서도 한편으로는 알 수 없는 불안이 배어드는 것을 느꼈다. 정체를 알 수 없는 그 무엇이 가슴 깊은 곳에 웅크린 채 아랫배에 알싸한 느낌을 전하고 있었다.

인적 드문 오솔길을 따라 지척에 핀 봄꽃 향을 맡으며 오 리쯤 걸으니, 대동강이 굽이쳐 들어가는 물길과 닿는 곳에 꽃이 수두룩이 핀 둔덕이 나왔다. 구선 대감네 집 뒤쪽으로 난 길을 통해 이어진 곳인지라, 사람들이 거의 찾지 않는 둘만의 공간이었다. 빙애를 처음 만난 해 둘이 장난을 치며 야산을 넘다 발견한 이후, 마실을 나가자, 하면 으레 찾아가는 곳이 되었다.

개나리, 진달래, 산수유, 철쭉, 제비꽃이 일거에 피어 있었다. 누가 의도해 뿌려놓은 것도 아닌데, 어찌 이리도 아름답게 피어 세상을 꾸미는가. 시훈은 감탄했다. 하지만 그가 보는 세계를 더욱 아름답게 만드는 것은 마치 조물주가 부린 오묘한 조화처럼 그 꽃들 사이를 누비며 거니는 빙애였다. 저토록 아름다운 아이였던가. 그는 봄 풍경의 화사함에 취한 탓인지 유달리 빙애가 예뻐 보였다.

멍하니 자신을 바라보는 시훈을 돌아보며 빙애가 방긋 웃었다.

"오라버니, 또 뭘 그리 생각하세요? 필시 무슨 농을 걸까 고심 중일 테지요."

"어? 하하하. 장난은 무슨. 오늘 네 모습이 꽃처럼 아름다워 내 잠시 감상 중이었다. 어디가 꽃이고 어디가 빙애 너인지 분간이 안 되는구나."

빙애가 또 곱게 웃었다. 웃음이 많은 아이였다. 시훈은 꽃밭에 앉은 빙애 옆으로 가서 털썩 주저앉았다. 강물이 흐르며 맑은 음색을 냈다.

갑자기 빙애가 물었다.

"오라버니는 과거를 보아 무엇을 이루려 하세요?"

"임금을 지근거리에서 보필하며, 마땅히 세상이 나아갈 바에 힘을 보태는 것이지. 부도덕한 것들을 물리치고 백성들이 배부르며 반상의 구분을 떠나 모두가 자신의 삶에 보다 자부심을 가지며 살 수 있도록 말이다. 그리하기 위해서라도 임금에게 충언을 할 수 있고, 또 임금께서 그 충언을 받아들일 만큼 신뢰받는 신하가 되어야겠지. 그래서 아버지처럼 임금의 호위무사가 되고 싶은 거란다."

빙애는 새삼 시훈의 깊은 속내를 깨달았다. 그녀가 아는 시훈이라면 응당 그러할 터였다. 자신에게는 종종 농을 걸고 장난을 쳐도, 그 마음 깊은 곳에는 항상 정의감과 소신이 불타오르는 사내였다. 빙애와 만난 첫 순간, 도움을 요청하는 소녀를 외면하지 못한 것도 그러한 성정 때문이었다. 그런 시훈의 뜻을 알기에 그녀는 더더욱 구선이 들려준 이야기가 신경 쓰였다.

"그럼, 궁에 들어가셔야겠네요."

"음, 뭐, 그렇겠지."

"저와는 떨어져야 하고요."

"그게…… 그렇구나."

갑자기 시훈의 가슴에 통증이 밀려왔다. 미처 생각지 못한 감정이었다. 임금이나 세자의 호위무사가 되면 한양에 거처할 수밖에 없다. 휴가를 내어 집에 놀러오기도 어려울 터였다. 빙애의 미소를 보지 않고도 살아갈 수 있을까. 시훈은 순간 어려서부터 품었던 꿈보다 눈앞의 빙애가 더 소중하게 느껴져 당혹스러웠다.

"임금님은 어떤 분이신가요?"

"글쎄, 내 알기론 꽤 공평한 분으로 알고 있다. 탕평蕩平을 한다 하셨지, 아마. 우리 집안이 소론 계열이긴 하나, 탕평을 하는 분이시라면 능히 능력을 중히 보실 것이다."

"만일 그분이 오라버니를 싫어하신다면요?"

"나를? 왜 싫어하시겠느냐. 내 무예가 지금의 호위무사들보다 못하다 여기지 않는데. 왜? 네가 보기엔 내가 미덥지 않느냐?"

"그럴 리가요. 절 구해주신 분이 오라버니이신걸요. 저만큼 오라버니의 실력을 잘 아는 사람도 없겠지요."

새삼 그날의 운명적인 만남이 다시 떠올랐다. 그때 열두 살 먹은 소녀는 이제 어엿한 여인의 향기를 내뿜고 있었다. 어느새 몸이 저리 굴곡졌던가. 피부는 또 얼마나 곱고 하얀가. 하물며 마음까지 곱고 용기 또한 가상한 아이가 아닌가. 시훈은 근자 들어 유난히 빙애가 달리 보였다. 그 생각에 한번 침잠하면 돌이킬 수 없게 될까 봐, 시훈이 애써 밀어내려 한 마음이었다. 시훈의 마음속에서 빙애는 더 이상 귀여운 소녀가 아니라 성숙한 여인이 되어가고 있었다.

"세자 저하는 어떤 분이신가요?"

빙애는 오늘 스무고개를 하기로 작정한 모양이었다.

"세자 저하? 네가 언제부터 이리 나랏일에 관심이 많았던 게냐? 오라, 아버님 일을 도우면서 배운 것이로구나. 기특한 내 누일세."

"어쩌면 오라버니가 모실 임금님은 그분이 되실 수도 있잖아요."

"음, 나도 잘은 모르겠구나. 내 듣기론 세자 저하께서도 공부보다는 몸 쓰는 쪽을 더 즐기신다 하더라."

"오라버니가 호위무사가 되시면, 마음이 잘 맞겠네요."

"하하, 그럴지도 모르지."

"저만 외로워지고요."

시훈은 물끄러미 빙애를 쳐다보았다. 문득 치밀어오르는 질문을 삼키지 못하고 뱉어냈다.

"내가 떠나면…… 외로울 것 같으냐?"

빙애의 볼이 갑자기 달아올랐다. 지척에 핀 진달래처럼 연분홍으로. 대동강 물결이 굽이쳐 가까운 바위를 때리는 소리가 매섭게 들려왔다.

"네, 제겐 오라버니가 제일 멋진 분인걸요. 아버님도 좋고 어머님도 좋지만, 그래도 오라버니가 제일 좋으니까요."

시훈의 가슴이 두방망이질로 요동쳤다. 오라버니가 제일 좋다,

이 말이 그리도 듣기가 좋은 것이었던가. 시훈이 다음 말을 잇지 못하자, 빙애가 말했다.

"이제 우리 그만 들어가요. 오라버니도 어서 공부를 하셔야지요."

"뭐, 벌써? 난 좀 아쉬운걸."

"이리 오라버니를 붙들고 있으면 제가 어머님께 혼이 날 거예요."

"그래, 알았다. 그럼 이만 들어가자꾸나."

시훈이 마지못해 고개를 끄덕였다. 빙애가 자리에서 일어섰다. 따뜻한 햇살과 팽배한 꽃향기 때문인가, 빙애가 어지럼증을 느끼며 발을 헛디뎠다. 그만 꽃들 사이로 쓰러지려는 것을 시훈이 얼른 붙잡았다. 꽃의 엉킨 줄기 사이에 발이 걸린 탓에, 시훈의 몸 또한 그만 균형을 잃었다. 아니, 애써 균형을 잡으려 들지 않았다. 둘은 함께 꽃밭 가운데 나뒹굴었다.

제철 만난 꽃향내와 어느덧 여인이 된 빙애의 살내가 마구 섞여 시훈의 머리를 어지럽혔다. 정말로 무엇이 꽃의 향이고 무엇이 빙애의 것인지 알 수 없었다. 심장이 다시 요동치고, 머리는 희미해졌다. 아래에 깔린 빙애의 가슴이 지그시 그의 가슴에 닿았다. 봉긋한 가슴, 부드러운 살결이 옷이라는 거추장스럽기만 한 매개물을 가뿐히 뚫고 전달되었다. 빙애야, 빙애야, 이 어지러움은 도대체 무엇이냐. 내 단순했던 삶이 갑자기 이리 복잡하게 느껴지는 것은 무슨 연유이냐. 시훈은 아찔한 충만함에 잠시 정신을 잃은 듯했다.

빙애는 자신의 몸 위로 엎어진 시훈의 몸을 의식했다. 강하고 단호한 무게감. 잠시 눈을 감았던 빙애가 다시 눈을 떴다. 그 눈에 눈물이 고여 있었다. 뜻도 이유도 분명치 않은 눈물이 그녀의 뺨을 타고 흘렀다. 이것은 무슨 눈물일까. 이토록 복에 겹게 살면서 무엇이 아쉬워서? 빙애는 이미 답을 알고 있었다. 그러나 그것은 꿈꾸어선 아니 될 욕심이라고 생각했다.

시훈이 가까스로 마음을 추스르고 몸을 일으킬 때까지, 그 묘한 상황은 마치 영원처럼 이어졌다. 시훈의 가슴에 무언가 스스로를 얽매고 있던 끈이 탁 끊어지는 듯했다. 빙애 또한 다르지 않았다.

6

창덕궁 후원 가운데 부용정芙蓉亭의 운치가 제일이었다. 어둠이 깔린 연못 위로 달빛이 반사되어 아른거렸다. 그 길을 거니는 임금의 눈빛이 예사롭지 않았다. 곁에서 말없이 따르는 박문수의 마음도 편치 않았다. 현학군주顯學君主이긴 하나 성마른 성격 또한 유별난 임금이었다. 선왕인 경종임금 때 과거에 급제한 이후 병조정랑에까지 이르렀으나, 현 임금의 즉위와 함께 노론이 세력을 차지하자 삭탈관직의 설움을 겪었던 박문수였다. 이후 삼 년은 재기의 희망이 보이지 않는 쓰라린 시절이었다. 그런 그를 임금이 다시불렀다. 탕평의 기치를 올리며 소론을 등용한 정미환국丁未換局 때였다. 그해 구월 암행어사로 나갔고, 그 전력은 지금껏 그의 이름앞을 수식할 정도로 유명했다. 그 이후 임금의 절대적인 신임을 얻고 있었다.

임금이 탕평을 내세운다 하나, 조선은 역시 노론의 세상이었다.

그럼에도 소론 계열인 자신을 변함없이 중임하는 임금에게 그는 진심 어린 충정이 있었다.

임금은 근자 들어 젊은 시절과는 다른 조급함 같은 것이 몸에 배어 있었다. 임금이 늦은 밤, 야심한 시각에 자신을 부른 것 역시 그런 맥락에서 보아야 하리라. 박문수는 임금이 특단의 결의를 보일 때가 아니면 이런 밤 늦은 시각에 그를 부를 리 없다는 것을 알고 있었다. 지방 관아의 부패가 극심해 그를 암행어사로 파견할 때도 골머리를 썩이던 청나라와의 외교 문제에 그를 사신으로 보낼 때도 왕은 야심한 시각 그를 불러내 지령을 내렸다. 그냥 명하여도 그만일 것을. 그것은 박문수에 대한 임금 나름의 예우이기도 했다. 자기 사람에 대한 신뢰를 보여줌에 인색함이 없어, 그런 성마른 성격에도 불구하고 임금 곁에는 충성을 다하는 이들이 적지 않았다. 박문수 역시 그런 이들 가운데 하나였다.

임금이 달빛이 괴괴히 흐르는 화원에서 발걸음을 멈추었다.

"어영대장, 요즘 무탈하시오?"

박문수를 어영대장으로 임명한 것도 임금이었다. 조선의 중앙 오군영 중 하나인 어영청에 박문수를 대장으로 앉힌 것은 나라의 군권을 노론 한 당파에 모두 맡기지 않겠다는 임금의 의중이 반영된 것이었다.

"전하께서 덕으로 다스리신 덕에 신하들의 손발이 부끄럽습니다."

"본디 기은耆隱 대감은 신출귀몰 움직이는 것을 좋아하질 않았소?"

암행어사 시절의 활약을 이야기하는 것이었다. 박문수에게 있어서도 그 시절은 참으로 보람된 시기였다. 허나 지금 왜 갑자기 그런 옛일을 이야기하시는가. 다시 암행어사로 보내려 하시는가. 그러기엔 그는 이제 많이 늙었다. 왕과 동년배인 그로서는 늙어가는 왕의 주름 또한 남의 일 같지 않았다.

　"기은 대감, 대감은 금주령禁酒令에 대해 어찌 생각하시오?"

　"소신의 생각이랄 것이 있겠사옵니까. 신하 된 도리로 전하의 명을 받잡을 뿐이옵니다."

　영조는 그를 물끄러미 바라보며 말했다.

　"내 대감을 믿음이 바로 그러함 때문이오."

　"성은이 망극하옵니다."

　"근자에, 술을 팔아 생업을 삼는 자가 날로 많아진다는 상소를 받았소. 많이 빚는 자는 일백 곡이 넘기도 하고, 가격이 오르니 폭력과 살상까지 벌어진다 하오. 일전에 그 잔당을 잡았더니 사헌부에서 내쫓긴 자와 포도청에서 물러난 군졸들이 연루되었다 하더군. 또한 내자시內資寺의 관원과 서원들이 궐에 바칠 술이라는 명목으로 마음대로 술을 빚어 파는 일도 비일비재하다 하더이다."

　임금이 말을 하며 입술을 실룩였다. 화가 나면 입술을 실룩이는 것은 젊어서부터 여전했다. 아니나 다를까, 임금의 언성이 높아졌다.

　"나라의 녹을 먹는 이들이 법을 어기고 밀주를 하다니! 내 재위 초기부터 줄곧 금주령을 시행하였고, 본을 보이기 위해 종묘제례에서조차 술을 사용치 못하게 하였건만! 술은 만 악의 근원이오. 취하여 제 부모도 알아보지 못하고, 온갖 분란과 문란을 일으키며 사람의 도리를 다하지 못하게 하는 것이 바로 술이란 놈이오. 기근이 심하여 백성이 먹을 곡식도 부족한 마당에 술을 빚다니, 이 어인 방자함인가. 내 이런 뜻을 늘 강조하였건만, 이토록 성과가 없다니 실로 통탄할 일이오. 어명을 어명으로 여기지 않는 자들이 활개를 치는데 어찌 나라가 바로 설 수 있겠소!"

거기서 임금은 잠시 숨을 골랐다. 박문수는 퍼뜩 예감이 왔다. 그의 가슴이 다시 뛰기 시작했다. 이미 예순을 앞둔 나이였지만, 그는 언제나 야인으로 활약할 때 가장 보람되었다. 거기다 임금이 직접 그에게 명하는 일이 아닌가. 임금을 위하여 사는 것이 신하의 마땅한 도리일진대, 어찌 가슴 뛸 일이 아니겠는가.

"소신, 노구老軀이나 전하를 위해 무슨 일이든 할 각오가 되어 있사옵니다. 명을 내려주시옵소서."

"역시 대감뿐이오. 내 그대를 어영대장에 임명하여 군사를 다루게 한 것도 결국은 이 일을 위함이었소."

박문수는 임금의 신뢰에 다시 한 번 감격했다. 임금은 사람을 제대로 다룰 줄 알았다. 다만 근래에 젊은 세자만이 뜻대로 되지 않아 임금의 마음이 불편하다 들었다.

"밀주가 이토록 조정의 눈을 벗어나 성행하는 것은, 조정의 녹을 먹는 자들 또한 그 일에 연루되어 있음이오. 그리하여 나는 밀주단을 척결할 독립된 조직을 원하오. 대감이 그런 조직을 만들고 운용하시오. 어영청의 일은 당분간 내 가볍게 할 터이니, 이 임무에 집중해주길 바라오. 밀주단의 척결에 관한 모든 권한을 대감에게 일임할 것이오."

"소신, 목숨을 걸고 명을 받들겠습니다."

벌써부터 박문수는 전국을 누비며 호령할 생각에 가슴이 벅찼다. 다만 몸이 마음만큼 따라줄지가 관건이었다. 그의 머릿속은 이미 조직을 꾸려갈 능력 있는 자들을 떠올리느라 분주했다.

"대감이라면 필시 할 수 있을 것이오. 그런데 앞서 하나만 묻겠소. 대감은 근래 술을 마신 적이 있소?"

박문수는 허를 찔린 표정이었다. 젊어서는 풍류에 있어서 둘째 가라면 서러울 정도였다. 삭탈관직당한 후 삼 년간 그를 위로한 것은 다름 아닌 술이 아니었던가. 허나 금주령이 떨어진 다음에는 가까이하지 않으려 애써왔다. 그러던 것이 하필이면 바로 며칠 전 어영청의 관리 중 하나가 자신 몰래 집에 들인 술을 부인이 멋모르고 따라주어 못 이기는 척 마시고 말았다. 그 술맛이 어찌나 달았던지, 그는 앉은자리에서 한 병을 다 비우고 말았다. 모른 척할 수도 있었으나, 강직함이야말로 그의 인물됨의 전부라 해도 과언이 아니었다.

"송구스럽게도 있사옵니다. 불충한 소신이 죽을죄를 지었사옵니다."

"과거의 일을 묻고자 함이 아니오. 견물생심이 인지상정인 것을 어찌하리오. 술을 마신 자를 다 벌하려면 하 세월이 다 가도 이루지 못할 일이지. 밀주를 하는 자들을 일망타진하는 것, 그것만이 방도요. 허나 내 그대에게 밀주단 처벌의 권한을 일임한 이상, 앞으로는 일체 술을 마시지 않아야 할 것이오. 그리할 수 있겠는가 묻고자 함이오."

"소신, 목숨으로 맹세하겠사옵니다."

"짐은 한 번도 그대의 충정에 의심을 품은 적이 없소. 암, 믿고말고. 그래, 쓸 만한 자들은 수하에 두고 있소?"

"암행어사와 병조판서 시절 두루 유능한 인재들을 알아두었습니다."

"나라의 녹을 먹는 자들도 믿지 못할 바이니, 그대는 은밀히 일을 도모하여 한 치도 어긋남이 없도록 해야 할 것이오."

박문수는 고개를 조아렸다. 그도 모르지 않았다. 백성을 위하여 술을 금한다는 주상의 진심은 잘 알고 있으나, 다른 한편으로 고된 세상살이에 지친 백성들이 유흥을 얻고 위로를 얻을 곳 또한 술밖에 없었다. 금주령이 있어 밀주단이 번성하는 것이다. 그것은 엽전의 양면과도 같았다. 게다가 지방에는 조정의 그러한 뜻이 반의반도 전달되지 않았다. 심지어 전통 술도가 중 상당수는 어명이 지닌 무게를 전혀 느끼지 못했다. 금주령은 선대 임금 때도 종종 있어왔지만, 늘 전시성 정책에 그쳤음을 알고 있었기 때문이다.

하지만 현 임금은 달랐다. 그는 재위 초기부터 내내 금주령을 유지했다. 임금의 뜻은 하늘의 뜻이었다. 하늘의 뜻이 그러하다면 그 누가 그것을 어길 수 있단 말인가. 지엄한 어명을 어겼다는 사

실 하나만으로도 밀주단을 처벌함은 응당 옳은 일이라는 확신이
있었다. 그리고 그는 확신에 찬 일을 할 때는 조금도 망설임이 없
는 사람이었다.

주상을 배알拜謁하고 나온 박문수는 곧장 한 사내를 떠올렸다.
더할 나위 없는 적임자. 박문수가 그리 생각하는 데는 다 이유가
있었다.

'장도규. 장붕익 대장의 아들이라 했지. 날이 밝으면 우선 그를
만나는 것으로 시작해야겠군.'

박문수는 다시 야인으로 돌아갈 준비를 하며 긴 밤을 지새울 작
정이었다.

7

아침부터 어영대장의 부름이 있어 장도규는 어영청 훈련장으로
나갔다. 어영대장이라 하면 누군가. 암행어사로 유명한 전직 병조
판서가 아닌가. 현 주상의 신뢰 또한 두둑하고, 당파를 떠나 고매
한 인품과 성정으로 두루 존경받는 어른이었다. 그런 지체 높은
대감이 이제 갓 포도청 부장으로 진급한 자신을 찾음은 어인 일인
지 도규는 의아했다. 일전에 한 번 스치듯 일면식이 있긴 하였으
나, 자신이 기억될 만한 위치에 있지도 않았고, 특별히 기억을 불
러일으킬 만한 사건이 있던 것도 아니었다.

어영청 훈련장에는 여기저기 시험용 과녁과 병참 물자들이 즐
비했다. 너르기는 하였으나 항시 쉴 틈이 없는 포도청의 분위기와
는 달리, 상대적으로 한적한 느낌이 들었다. 그가 도착했음을 알
리자, 잠시 후 박문수가 나타났다. 전령이 따라왔으나 박문수가
뭐라 이르자 뒤에 남고, 그 혼자서 도규에게 다가왔다. 도규가 다

급히 예를 갖추었다.

"대감, 소인 장도규라 하옵니다."

"반갑네. 일전에 한 번 본 적이 있었지? 저기 가서 좀 앉으세."

박문수가 자신과의 만남을 기억한다는 사실에 도규는 적이 놀랐다. 박문수는 앞장서서 훈련장 중앙의 단상 위로 올랐다. 의자 두 개가 나란히 놓여 있었다. 박문수가 먼저 걸터앉고는 도규에게 도 앉으라 권했다.

"내 자네를 부른 것은 긴히 할 이야기가 있어서이네."

"예, 말씀하십시오."

"내 그대의 부친을 잘 알고 있네. 장붕익 대장께서는 젊은 시절 내 상관이기도 하셨지."

"네, 소인 어려서부터 들어서 알고 있습니다. 아버님께서도 대감을 본으로 삼으라 늘 말씀하셨습니다."

"허허, 그러셨는가. 내게는 그리도 엄히만 대하셨는데. 조선의 몇 안 되는 진짜배기 무사셨지. 그분이 움직이면 조선의 내로라하는 검계들이 다 벌벌 떨질 않았나. 내 듣자 하니 자네 또한 그분의 피를 그대로 이어받았다 하더군."

"과찬의 말씀입니다. 소인은 아직 한참 멀었습니다."

도규는 박문수가 갑자기 아버지 이야기를 꺼낸 것이 의아하고 한편으로는 불편했다. 어영대장과 형조판서를 역임했고 이인좌의 난이 벌어졌을 때는 총관摠管으로 왕을 호위했던 아버지는 돌아가신 지 십 년도 훌쩍 넘었다. 그럼에도 그가 아버지 이야기를 할 때마다 고통스러운 것은, 그것이 묵은 상처를 헤집는 일이었기 때문이다.

"자네 부군께서는 검계들에게 참으로 엄격하셨지. 그 때문에 자네 또한 큰 상처를 입었다 들었네."

도규는 차마 대꾸를 하지 못했다. 포도대장 장붕익은 법을 어기는 무리들에 대해 엄격했다. 특히 폭력과 살상을 일삼는 무도한 무리들에게는 일말의 자비도 허용치 않았다. 우두머리는 목을 쳐 효시梟示하고 졸개들은 평생 고통과 수치를 느껴야 할 만큼 치도곤治盜棍을 안겼다. 일당의 처자식들은 노비로 만들고, 검계보다 먼저 잡히기라도 하면 본보기로 저잣거리에서 목을 베었다. 그럴지니, 검계들도 '장 대장이 뜬다' 하면 혼비백산하기 일쑤였다. 판서까지 지낸 박문수를 암행어사로 기억하듯이, 역시 판서까지 지낸 장붕익이 내내 포도대장으로 불리는 것은, 그 시절 경상도 일대 검계 무리를 일망타진한 그 전력이 실로 화려했던 까닭이었다.

장붕익 대장으로서는 마땅히 해야 할 임무를 다한 것이지만, 무도한 자들의 원한 또한 많이 샀다. 그중 처자식의 목이 베이는 걸 목격한 자들 가운데 하나가 복수를 획책하였다. 차마 장붕익 대장 본인이나 적자에게는 손을 대지 못하고, 다소 만만하게 여긴 서자 도규의 아내와 어린 딸이 희생당했다.

살해당한 아내와 아이의 시신 옆에는 검계의 우두머리가 붙인 방榜이 남아 있었다. 도규가 평생 잊지 못할 문구는 이러했다.

'만약 우리가 모두 죽지 않는다면 끝내 너희 배에 칼을 꽂고 말

리라!'

아내와 아이의 피로 쓴 문장 옆에는 삼지창 형태의 검계 표식이 인장되어 있었다. 그가 포도청에 들어간 것은 언젠가 자신의 손으로 그 피에 대한 복수를 할 수 있으리란 기대 때문이었다. 삼지창 표식을 쓰는 검계, 그 안에 그가 복수해야 할 대상이 있었다. 그들은 모두 왼쪽 팔목에 삼지창 문양을 새긴다 했다. 허나 포도청에 있으며 백방으로 수소문을 해보았으나 어찌 된 영문인지 좀처럼 실마리를 잡을 수 없었다.

상처가 노골적으로 들춰지자 도규는 가슴이 울컥했다.

"자네 마음을 아프게 해서 미안하네. 자네 부친이야 조정의 신하 된 도리를 다하고 법에 충실했을 뿐이지. 간악한 것은, 법을 어기고도 외려 정의로운 자를 원망하여 사악한 짓을 저지른 바로 그 무도한 무리가 아니겠는가. 내 그대를 보자 한 것도 바로 이 때문일세. 밀주단을 척결하라는 어명이 있었네. 내 알기로 지금 성행하는 밀주단들이 검계 무리와 공생 관계를 이루고 있다 들었네. 포도청에서 시키는 일만 해서는 아무것도 이루지 못할 걸세. 나를 도와 밀주단을 검거하는 데 힘을 보탤 생각은 없는가. 내 그대를 이 조직의 중추로 삼고 싶네. 밀주단을 검거하기 위해 전국을 누비다 보면 자네가 찾는 그 무도한 무리 또한 찾을 수 있지 않겠는가."

도규는 박문수의 의중을 알아챘다. 더 이상의 설명은 필요 없었다. 포도청 군사로 백날을 수소문해도 찾을 수 없었던 것은, 그놈들이 이미 한양 근방에 있지 않다는 의미였다. 경상도 지역도 죄다 수소문해보았다. 자신의 직책으로는 더 넓은 지역까지 훑기에 한계가 있었다. 게다가 포도청 부장의 직무란 참으로 빡빡하여서 별도로 틈을 내기도 힘든 처지였다.

마침 요원해진 복수의 꿈 때문에 더욱 절망스럽던 때였다. 이것은 다시없을 기회였다. 게다가 어명으로 무도한 무리를 척결하는 것은 아버지의 유지遺志를 잇는 것이기도 했다. 늘 대견해했으면서도 서자라는 신분의 한계 때문에 안쓰러워하던 막내아들이 어명을 받들어 검계 무리를 퇴치한다면, 저세상에서라도 어찌 아니 기뻐하시겠는가.

"함께하겠습니다. 제가 대감께 매달려서라도 하고 싶은 일입니다. 이리 저를 불러주시니 저야말로 감사드릴 따름입니다."

박문수가 예상했다는 듯 고개를 끄덕였다.

"아직 하나의 절차가 남았네. 내 나이가 이미 예순을 향해 가고 있으니, 암행어사 시절만 할 리가 없네. 확실히 내 수족이 되어줄 자가 필요하네. 자네가 장붕익 대장의 아들인데다 조선에서 손꼽히는 무예를 갖추었다는 것은 들어 알고 있으나, 내 이 두 눈으로 확인하고 싶네. 보여줄 수 있겠나."

"물론입니다. 어찌 보여드릴까요?"

박문수가 활 통과 과녁을 차례로 가리켰다. 도규가 대번에 자리를 박차고 일어나 활을 들고 화살을 시위에 메겼다. 잠시 겨냥하는가 싶더니 순간 활을 풀어놓았는데, 마치 먹잇감을 발견한 수리처럼 내달려 그대로 과녁의 정중앙을 관통했다. 그 민첩함과 정확

성은 그의 아버지를 능가한다는 생각이 들어 박문수는 만족스러웠다. 그게 끝이 아니었다. 도규는 갑자기 다시 시위를 당기더니, 때마침 날아오른 꿩을 향해 날렸다. 날아가는 화살이 보이지도 않을 정도였다. 어디서 날아오는지도 몰랐을 화살에 꿰여 꿩은 바닥으로 떨어졌다. 실로 놀라운 광경이었다. 가만히 서 있는 과녁을 맞히기에도 먼 거리였다.

"검술도 필요하시다면 보여드리겠습니다."

"아니, 되었네. 내 이런 실력은 일찍이 보질 못했네. 실로 대단하군."

겸손하게 도규가 뒤로 물러나 활을 내려놓았다.

"혹 자네에게 함께할 만한 자가 있는가?"

박문수는 도규에 대한 기대가 확신으로 바뀌어, 스스럼없이 그의 의견을 구했다.

"제가 거느린 포도청 무사 가운데 김휘라는 자가 있사온데, 성정이 분방하긴 하나 몹시 영민하여 곁에 두고 쓸 만합니다."

"그를 부르게. 나 또한 두 사람을 보아두었네. 하나는 어영청 무사로 남중권이라는 자일세. 장비 같은 풍채에 성정 또한 그러하다네. 서글서글하니 가식이 없는 자일세. 그의 주먹은 내가 본 주먹 중에 가장 크고 단단하다네. 또 하나는 의금부義禁府 군졸로 길만석이라는 자일세. 백정은 아니지만 반인이기에 반촌에도 무시로 드나들 수 있다는 장점이 있지. 조선 팔도에 소고기를 유통하는 곳이라면 반인들을 통해 알아내지 못할 것이 없으니 여러모로 유

용할 걸세. 내 조만간 회합을 가질 터이니, 다음 명을 기다리며 포
도청 업무를 잘 갈무리하고 있게나."

도규는 고개를 깊이 숙여 절하였다.

물러나오는 도규의 가슴에 다시 불길이 일었다. 어쩌면 이것은
하늘이 준 마지막 기회일지도 몰랐다. 초식동물도 제 피붙이를 잃
으면 드세지는 법이다. 그는 상처 입은 채 송곳니를 갈아온 맹수
였다. 비록 서자라 괄시당하긴 하였어도, 장붕익 대장의 아들이었
다. 그리고 아버지보다 더 출중한 무사였다. 그는 밀주단과 검계
무리에게 아버지 못지않게 가차 없는 철퇴를 가할 작정이었다.

8

지붕을 타고 내려온 물기가 처마 끝에 대롱대롱 매달렸다가 뚝 떨어졌다. 봄비가 사근거리며 온 천지를 적셨다. 뜰에 막 피어나던 새싹들이 빗물을 머금고 활기를 띠었다. 곧 녹음이 무르익고 여름이 찾아오리라. 이번 여름은 빙애에게 외로운 여름이 될 터였다. 어쩌면 앞으로도 내내 그러할지 모를 일이었다.

과거 일자가 잡히면서 요즘 부쩍 시훈의 얼굴 보기가 힘들어졌다. 과거 준비 때문만은 아닐 터였다. 발길이 어색해진 것은, 지난번 마실을 나갔다 꽃밭에 쓰러진 이후부터이리라.

그때, 그녀와 시훈은 아무 일도 없었다는 듯 몸을 일으켜 집으로 돌아왔다. 오는 내내 둘 다 아무 말이 없었다. 빙애가 흘린 눈물의 의미에 대해서도, 시훈이 빨리 몸을 일으키지 않았던 연유에 대해서도. 그들 둘 다 내재되어 있던 무언가가 꽃망울을 터트렸다는 것을 알았다. 그들의 몸에 짓이겨진 꽃들만이 소리 없이 아우성을 내지를 뿐, 온 세상이 그대로 침묵하며 숨죽였던 그 순간에.

빙애는 이 형언할 수 없는 감정 때문에 혼란스러웠다. 오라버니는 나를 구해주신 분이다. 오라버니는 미천한 나를 누이로 받아주신 분이다. 오라버니는 내가 은혜를 갚고 평생 모셔야 할 분이다. 오라버니는 과거를 치르고 임금을 호위하며 입신양명의 길을 걸으셔야 할 분이다. 오라버니는…… 그녀는 스스로에 대한 다그침 끝에 기어이 답을 내지 못할 질문을 불쑥 떠올리고는 좌절했다. 오라버니는 나를 어찌 생각하실까.

그에게서 사내의 냄새가 났다. 하지만 여느 사내들과는 달랐다. 그것은 처음 시훈의 등에 업혀 구선 대감의 집으로 향하던 그때부터 늘 은밀하게 맴돌던 것이었다. 은은한 감홍로의 향과도 닮았지만, 술도가에서 일하는 식솔이나 구선 대감에게서는 맡을 수 없었던 향이었다. 오직 시훈에게서만 나고, 오직 빙애에게만 전해지는, 그런 향기일지도 모른다.

빙애는 울적한 마음에 괜히 빗속으로 나아갔다. 꽃들 위에서 흘린 이유 없는 눈물처럼, 충동적으로 비를 맞고 싶었다. 아무도 없으니 잠시 비를 맞다 얼른 들어가 옷을 갈아입으면 될 터였다. 그녀는 하릴없이 별당채 앞마당을 거닐었다. 빗줄기는 가늘어 젖는 듯 마는 듯했다. 하지만 시간이 갈수록 그녀의 하얀 소복이 촉촉이 젖어 살에 들러붙는 것이 느껴졌다. 얼굴을 부드럽게 적시며 아래로 흘러내리는 빗물의 동선이 묘한 해방감을 안겨주었다. 모든 고민과 걱정이 비에 씻긴 듯, 그녀는 순간 환희에 찼다. 그녀는 손을 올려 흐르는 빗물을 받아 입으로 가져갔다. 빗물을 마시는 것이 이토록 달았던가. 목울대를 넘어가는 빗물의 감촉이 좋았다.

그때, 발걸음 소리가 들렸다. 빙애는 깜짝 놀라 제정신으로 돌아왔다. 소리가 난 곳을 향해 몸을 틀며 양팔로 살결이 내비치는 어깨를 감쌌다. 모습을 드러내기도 전에 빙애는 상대가 누구인지 알았다. 세상 사람들 중 오직 그에게서만 나는 향이 났으므로.

시훈이 모습을 드러냈다. 며칠을 지새운 것마냥 퀭한 눈이 시훈의 고심을 대변하고 있었다.

"오라버니……"

"빙애야, 예서 무얼 하고 있는 것이냐."

시훈의 목소리가 먹먹하게 감겨들었다.

"그, 그냥 빗줄기를 맞고 있었어요. 봄비가 따뜻하고 달아요."

그 말을 하다 문득 그녀는 자신이 여전히 양어깨를 감싼 채라는 사실을 깨달았다. 그녀의 자그마한 손으로는 드러난 살결을 다 감출 수 없었다. 시훈이 그런 그녀의 어깨를 어쩔 수 없다는 듯 쳐다보고 있었다. 그의 눈에 오묘한 감정이 어려 있었다.

"옷이 그만 젖었어요. 얼른 갈아입고 올게요. 예서 잠시만 기다리시겠어요?"

"아니다. 그럴 것이 아니라 나도 그 단비 한번 맞아보자."

그러더니 시훈은 성큼성큼 문으로 들어와 그녀에게 바싹 다가섰다. 빗줄기가 시훈의 머리를 적셨다. 그는 머리의 두건까지 풀어버린 채, 빗줄기에 몸을 내맡겼다. 봄내음이 빗줄기에 실려 두 사람을 감쌌다.

빙애는 당혹스러웠다.

"이러시면 아니 되어요. 곧 과거도 치르셔야 하는데, 오라버니가 고뿔이라도 들면 큰일이지요."

그녀는 얼른 자리를 피하려고 몸을 틀었다. 혹여 누가 보기라도 하면 무슨 말이 나올지 두려웠다. 아니, 정말 그것이 두려워서는 아니었다. 무언가 돌이킬 수 없는 일이 벌어질까 봐, 정말로 소중한 무엇을 잃게 될까 봐 두려워서였다.

그때, 시훈이 그녀의 손목을 잡아챘다. 빙애는 순간적으로 가슴이 철렁 내려앉았다.

"오, 오라버니……"

시훈이 팔을 잡아채는 바람에 빙애의 젖은 어깨가 완연히 드러났다.

"나는 네가…… 좋다."

"알고 있어요. 오라버니가 저를 좋아해주시는 것은……"

"아니다. 그런 말이 아니다. 나는 너를 한 여인으로 좋아한다."

시훈이 작정한 듯 말을 꺼냈다. 아주 오랫동안 준비해온 말처럼 한 번 더듬지도 않고 그냥 흘러나왔다.

"너를 처음 보았을 때부터 네가 내 눈에 들었다. 그때부터 연심이 있었다고 생각지는 않는다. 그저 귀여운 누이 정도였지. 하지만 언제부터인지 모르겠다. 네가 더 이상 누이로만 보이질 않는구나. 내가 너를 늘 보았으니, 너를 보다가 그리된 모양이다."

"하지만 오라버니…… 그래서는……"

"어차피 우리는 친남매도 아니지 않느냐. 내 과거를 치르고 너를 데리러 올 것이다."

빙애는 가슴이 두방망이질 쳤다. 이 말을 듣고 싶었다. 하지만 들어서는 아니 될 말이 아닌가. 빙애는 어찌해야 할지 몰라 안절부절못했다.

"너는…… 너는 나를 어찌 생각하느냐?"

"저는…… 뭐라 하여야 할지……"

시훈이 그녀의 젖은 어깨를 잡았다.

"말해보거라. 내가 싫은 것은 아니지?"

"오라버니가 싫을 리야 없지요. 하지만……"

"되었다! '하지만'은 중요하지 않다. 내가 너를 좋아하고, 너 또한 나를 좋아하면 그만이다."

그러더니 시훈이 그녀의 어깨를 풀어주었다. 또다시 빙애의 눈에서 눈물이 흘렀다. 이것은 얼마나 배은망덕한 일이란 말인가. 미천한 소녀에게 하해와 같은 은혜를 베풀어준 양부모를 이렇게 배신할 수는 없는 노릇이 아닌가. 연모의 감정이야 숨길 수 없다 해도, 어찌 도리를 저버릴 것인가. 이것은 애당초 말이 되지 않는 이야기였다. 이루어질 수 없는 감정일 뿐이었다. 그것이 서글퍼 그녀는 눈물을 흘렸다.

"오라버니, 저는 그리할 수 없습니다. 제 소원은 그저 오라버니의 어여쁜 누이로 남는 것입니다. 저는 그걸로 족해요."

"나는 그렇지 않다."

시훈이 나지막하게 읊조렸다. 빗줄기가 그녀와 그의 눈에서 흐르는 물기를 가려주었다. 흐르는 것이 빗물인지 눈물인지 알 길이 없었다.

그때였다.

"게서 뭣들 하고 있는 것이냐?"

날카로운 음성이 그들의 머리 뒤에서 울려퍼졌다. 김씨 부인이었다. 그녀답지 않게 냉정하고 앙칼스러운 목소리였다.

화들짝 놀란 빙애가 뒤를 돌아보며 "어머님" 하고 말했다. 반면 시훈은 침착했다.

"어머님, 빙애가 예서 떨어진 물건을 찾고 있기에 안쓰러워 거들고 있었습니다."

김씨 부인이 여전히 의심스러운 시선을 감추지 못한 채 물었다.

"무얼 떨어뜨렸단 말이냐."

빙애가 떨리는 목소리를 애써 감추며 침착함을 가장했다.

"옥환이옵니다. 아버님께서 일전에 구해주셨는데, 제가 미처 간수를 잘하지 못해서……"

"그깟 옥환이 뭐가 대단하다고 둘이서 그러고 있느냐. 게다가 오누이라 하나 다 큰 남녀가 이 무슨…… 너는 이 집안의 여식女息이나 마찬가지인데, 그리 경솔해서야 쓰겠느냐. 하인들을 시켜 찾고 너는 어서 들어가 옷부터 갈아입거라."

틈을 두지 않고 김씨 부인은 시훈을 향해 말을 이었다.

"너도 어찌 아녀자의 일에나 신경을 쓰고 있단 말이냐. 과거가 코앞으로 다가오질 않았느냐. 이리 사사롭게 굴어 어찌 큰일을 도모할 것이냐."

"잘못했습니다, 어머님. 소자가 생각 없이 나선 것이니, 빙애를 너무 나무라진 말아주십시오."

빙애와 시훈은 머리를 깊게 조아린 후 각자의 처소로 향했다. 빙애는 뒤통수에 닿는 김씨 부인의 예리한 눈총에 가슴이 시큰거렸다. 자신을 딸처럼 보듬어주고 자수 또한 가르쳐주신 분이었다. 그래, 이것은 아니 될 말이다. 오라버니를 위해서도. 흠모하기에 가까이해서는 안 되는 것도 있는 법일 터. 일이 더 어긋나기 전에 바로잡아야 한다. 젖은 옷이 심장까지도 움켜쥐는 듯하여, 빙애는 가슴이 심히 저렸다.

9

구선은 안채에서 김씨 부인과 마주 앉았다. 현모양처의 전형이라 할 안사람이었다. 경종임금 승하 후 불안정했던 그의 삶은 그녀 덕분에 겨우 자리를 잡았다. 그녀의 존재는 이인좌의 난에 따라나서지 않은 이유 중 하나였다. 태중에 시훈을 가진 어린 아내를 두고 차마 발길이 떨어지지 않았던 것이다.

그가 낙향하여 입신을 포기한 채 술도가나 꾸려가고 있음에도 부인은 한 번도 남편을 다그치지 않았다. 그런 그녀가 지금 자못 심각한 얼굴로 그를 대면하고 있었다.

가운데 들여놓은 상 위에서 우롱차가 식어가고 있었다. 마음 같아서는 감홍로를 한잔 들이켜고 싶었으나, 부인이 이렇게 정색하고 나오는 데에야 취기로 대할 수는 없는 노릇이었다.

부인이 먼저 주제를 꺼냈다.

"시훈이 말입니다. 곧 과거를 보러 갈 터인데, 이참에 혼사 문제도 함께 준비하였으면 합니다."

구선은 깜짝 놀랐다. 언제까지고 품에 끼고 살 리야 없겠으나, 아들을 금지옥엽으로 키운 부인이었다. 김씨 부인은 남편보다 아들과의 나이 차가 더 적었다. 시훈의 혼사를 입에 담기는 처음이었다.

"그리 생각하시오? 하긴 나이도 꽉 찼으니 슬슬 혼사 자리를 알아봐야겠구려."

"그리고 이번 식년시式年試를 치르겠다 작정한 바이니, 일찌감치 한양으로 보냄이 좋겠습니다."

과거 이야기가 나오자, 구선의 가슴이 다시 먹먹해졌다. 이제 더는 미룰 수 없었다. 시훈에게 '구선의 아들'이 지닌 한계를 일러주어야 했다.

"대감, 대감의 염려는 알고 있습니다. 선왕의 죽음에 금상今上의 책임이 있다 여기심이 아닙니까?"

구선은 말문이 턱 막혔다. 부인은 내내 알고 있었단 말인가.

"제가 대감에게 시집온 이후, 수차례나 거듭하여 들은 대감의 꿈말들을 어찌 해석 못하겠습니까. 비록 아녀자에 불과하나 세상 소문은 다 듣고 있습니다."

"허어, 내 잠꼬대로 그리 실토하였던가. 어찌 한마디 말도 하지 않았소?"

"제가 말한다고 무어 달라질 것이 있었겠습니까. 하지만 그것이 시훈이의 포부까지 막아서는 것은 옳지 않다 생각합니다."

구선은 아내의 작심한 말에 깜짝 놀랐다. 평소 장난삼아서라도 대거리 한 번 한 적 없는 아내였다. 구선은 목이 바싹 말라 우롱차를 마셨다. 텁텁한 우롱차는 시원하게 속을 뚫어주기는커녕 입안을 더욱 메마르게 하였다. 부인은 계속 말을 이어갔다.

"사내로 태어나 임금을 모시는 것은 마땅한 본분이라 하지 않습니까. 시훈이가 그리 꿈꾸는 것을 막지는 말아주십시오."

"하지만 그 임금이 패역하다면? 그를 섬기는 것이 하늘의 도리를 따르는 것이 아니라면?"

"그것은…… 대감의 대의가 아니옵니까. 그것을 시훈이에게까지 강요하진 말아달라 청하는 것입니다."

"아비의 대의라…… 그리되는 것인가."

구선의 마음에 외로운 바람이 불었다.

"물론 아비의 뜻이 아들의 뜻이 되어야 함이 옳겠지요. 하지만 경종임금이 독살되었다 함은 어찌 되었든 이제 와 풍문이 되지 않았습니까. 현 임금께서 백성들을 살피지 않는 폭군도 아니지 않습니까. 시훈이에게 임금은 태어날 때부터 지금의 주상뿐이었습니다. 어찌 아버지의 대의를 빌미 삼아, 한 아이의 세계를 무참히 부술 수 있겠습니까."

부인의 말은 틀리지 않았다. 그러나 옳지도 않았다. 경종임금의 독살은 풍문이 아니었다. 그는 그 현장에 있었다. 현왕이 선왕을 독살했다. 이 얼마나 천인공노할 일인가. 하지만 수긍대는 자는 있어도 누구 하나 이를 바로잡으려 들지 않았다. 오로지 이인좌뿐이었고, 그 시도는 처참하게 끝나고 말았다.

게다가 현 임금은 위민군주為民君主라 했다. 곳곳에 기근이 드는 것처럼 천운이야 종종 따르지 않는다 해도, 백성들을 도외시하는 군주는 아니었다. 암행어사를 보내 탐관오리를 벌하고, 백성들의 조세 부담도 줄이려 애썼다. 비록 성공하지는 못했어도 탕평의 기치를 내세운 것 역시 인정해줄 만했다. 과연 그가 임금이 된 것이 패역의 결과라고 하는 것은 아집에 불과한 것인가. 하지만 저세상에 가서 선왕의 얼굴은 어찌 뵐 것인가. 구선은 한숨을 쉬었다.

"허나 문제는 그뿐만이 아니오."

이번엔 김씨 부인이 의아한 표정을 지었다.

"그 아이가 과거에 급제한다 해도, 자신의 포부를 어디까지 이룰 수 있을지 의문이오. 나는 경종임금께서 승하하신 후 낙향하였소. 허나 그 과정이 순탄치는 않았다오. 새 임금이 된 연잉군은 나를 자신의 금군별장으로 삼고자 했소. 나는 그 자리에서 거절하였소. 한 군주를 섬겼으니 그것으로 족하다 하였지. 임금은 내 실력을 인정하는 만큼 자신의 반대 세력이 될까 염려하였지. 이인좌의 난에 동참하지 않은 것은 감안될 수 있다 해도, 내가 현 임금을 부정하는 복심은 이미 들통 난 것이나 마찬가지요. 임금은 그때도 역정을 냈소. 당장 나를 베려 하였으나, 나를 잘 보아주라는 선왕의 유지가 있어 내버려두었던 것이라오. 임금은 구선이라는 이름을 기억하고 있을 게요."

이번엔 김씨 부인이 한숨을 쉬었다. 아들의 미래가 암담해 보였다. 하지만 그녀는 보기보다 강단이 센 여인이었다.

"역사의 흐름을 일천한 개인이 바꿀 수는 없겠지요. 이제 그 몫은 아들에게 넘겨주세요. 시훈이라면, 그 영민하고 용감한 아이라면 자신의 꿈을 관철시킬 수 있을 겁니다. 만일 실패하고 낙담한다 해도, 그 아인 다른 길을 찾아낼 겁니다. 하지만 시작하기도 전에 모든 것이 끝났다고 말하는 것은 너무 가혹한 일입니다."

부인의 말이 옳은 것일까. 구선은 흔들렸다. 뒤늦게 자신의 한계를 깨닫고 좌절하는 것이 시도해보기도 전에 포기를 종용받는 것보다 나을까. 확신은 없었지만, 언제나처럼 부인의 속 깊은 지혜를 믿어보기로 하였다.

"알겠소. 그리 말한다면, 내 그리하겠소."

"달포 안에 준비시켜 떠나보냄이 좋겠습니다."

"과거 날은 아직 한참 남질 않았소?"

"조급하게 갈 것이 무엇 있겠습니까. 무예가 뛰어나니 별 탈은 없을 것이고, 이참에 세상 구경도 하면서 느긋하게 다녀오라 하시지요."

"아니, 아들을 어찌 이리 못 보내 안달이시오?"

구선은 부인이 이리 독촉하는 연유가 자못 궁금하였다.

"장성한 아들이 부모 곁을 떠나는 것은 당연한 일인데, 안달이라니요. 혼사도 서둘러주십시오. 일전에 평안감사 댁에서 좋은 혼처를 내비치더이다."

"허허 참, 부인이 갑자기 이러니……"

"말이 나온 김에 계속 아뢰지요. 빙애는 어찌하시려는지요?"

갑자기 이야기가 빙애로 넘어갔다. 오늘의 논점이 무엇인지 구선은 아직 감을 잡지 못하였다.

"그 아이도 혼기가 차지 않았습니까. 평생 곁에 두고 노처녀로 만들 수는 없는 노릇이지요. 이미 딸로 여기고 있으니 우리가 혼처를 알아보아야지요."

"빙애까지? 이참에 쓸쓸한 노후 생활을 앞당겨보려는 게요? 아님 혹시 어디 아픈 게요?"

"그것이 아니오라…… 장성한 두 남녀가 한 집 안에서 너무 가까이 지냄이 썩 보기 좋지는 않더이다."

"아니, 그 아이들이야 처음 만났을 때부터 함께 자란 오누이처럼 사이가 좋지 않았소이까. 우리 또한 그리 여기고 있고."

"저도 그 아이를 딸처럼 어여삐 여김은 대감께서도 잘 아실 것입니다. 허나 젊은 남녀의 마음이 어떻게 흔들릴지 어찌 알겠습니까. 그 아이들이 진짜 오누이는 아니지 않습니까."

진짜 오누이가 아니다…… 맞는 말이었다. 게다가 시훈과 빙애는 이제 남자와 여자를 알 나이가 되었고, 그들의 몸 또한 그리되어가고 있었다. 시훈은 얼마나 사내답고 빙애는 얼마나 여인 같은가. 잘생기고 아리따운 남녀가 한집에서 허물없이 지내면 감정의 끌림이 생길 수도 있는 일이었다. 김씨 부인이 이리 강한 어조로 이야기하는 것을 보면 필시 어떤 감을 잡았음이리라. 그제야 구선은 오늘의 요지가 무엇인지 알아챘다.

"내 그리하리다. 말이 나온 김에 빙애를 이제 호적에 입적하는 것이 좋을 듯하오. 그럼 진짜 오누이가 될 터이고, 빙애에게도 더 좋은 혼사 자리를 마련해줄 수 있지 않겠소?"

구선은 자신이 해야 할 일이란 것이 결국 아이들을 곁에서 떠나보내는 것뿐이라는 사실에 심란해졌다. 이제 그도 늙은 것이다. 임금도 많이 늙었을 터였다. 자신이 경종임금의 신원伸冤을 하지 않아도 세월이 그를 해치겠지. 임금의 자리는 격무일 테니, 그리 오래 살지는 못하리라. 그러면 세자가 임금이 되겠지. 그가 성군이 된다면, 그러면 구선도 마음의 짐을 내려놓을 수 있을까. 어쩌면 그 세자가 다스릴 나라에서는 시훈의 길이 평탄할지도 모를 일이었다.

아니면 이 모든 것이 늙은이의 헛된 소망에 불과한 것인가. 구선은 우롱차를 들이켰다. 무언가 섭섭하고 허허로운 마음은 쉬이 가시질 않았다.

10

이별의 날이 무심히 다가오고 있었다. 빙애는 일이 급박하게 돌아가는 이유를 잘 알고 있었다. 가랑비가 마당을 적시던 그날, 김씨 부인이 빙애와 시훈이 함께 있는 것을 목격한 다음부터였다. 이후 오누이의 만남이 빈한貧寒해졌다. 무언가 경계하는 듯한 눈빛이 사방에서 번뜩였다. 목욕물을 받아주고 가끔은 함께 목욕하기도 하였던 몸종 금순이도 뭔가를 캐내려는 기색이었고, 아침마다 별당채 앞뜰을 싹싹 쓸어내던 돌쇠도 꿍꿍이가 담긴 눈빛으로 흘낏거리는 것을 느낄 수 있었다. 모두들 악의는 없으나, 무언가를 경계하는 모습이었다. 빙애는 그 모든 것이 결국 자신과 오라버니를 보호하는 일임을 모르지 않았다. 모르지 않았으나 마음이 아픈 것은 또 어찌할 도리가 없었다.

'사람의 마음이 어디 무 자르듯 그리 쉽게 끊어낼 수 있는 것이던가. 어찌 다짐을 할수록 마음이 이리 혼란스러운 것일까.'

빙애의 마음이 더욱 착잡한 것은, 어제 구선의 부름을 받고 다녀간 복돌아범이 빙애를 위한답시고 들려준 이야기 때문이었다.

"대감마님께서 아씨를 정식으로 호적에 올리시겠답니다. 감축드립니다."

빙애에게는 실로 감지덕지한 일이었다. 이미 딸처럼 사랑받고 있었지만, 양반 가문에 정말 입적이 되리라 기대하지는 않았다. 그저 이렇게 좋은 분들과 함께 살 수 있는 것만으로도 그녀에게는 꿈만 같은 일이었다. 허나 응당 기쁘고 감사해야 할 일임에도 그녀의 마음이 온전히 달갑지만은 않았다. 오라버니와 나는 이제 정말 오누이가 되는 것이로구나. 늘 그걸 바라왔다고 생각했는데, 정말 그걸 바랐던 것인지, 이제는 확신할 수 없었다.

더 충격적인 소식이 바로 이어졌다.

"아씨의 혼사 자리도 알아보시는 중이시랍니다. 필시 좋은 집안에 가셔야지요. 암, 응당 그래야지요."

빙애는 깜짝 놀랐다. 시훈의 혼사 이야기가 오간다는 것은 몸종을 통해 들었으나, 자신의 혼사까지 거론되고 있을 줄은 꿈에도 몰랐다. 생각해보니 자신도 혼기가 차긴 하였다. 입적을 서두르려는 것도 더 좋은 혼처를 찾아주기 위함임을 빙애는 깨달았다. 그런데도 왠지 빙애는 이 집안에서 내쳐지는 듯한 느낌에 서글프기만 하였다.

'이제 시훈 오라버니도 떠나는데, 아버님, 어머님으로부터도 떠나야 하는 것이로구나.'

떠남이 있으면 새로운 만남도 있게 마련이건만, 빙애는 어떤 기대감과 설렘도 없었다. 오로지 이별의 외로움만이 그녀의 내면을 가득 채웠다. 마음이 좀처럼 진정되지 않아, 그녀는 몸종에게 알리지도 않고 홀로 옷가지를 걸치고 밖으로 나섰다.

늦봄의 바람이 어울리지 않게 매서웠다. 비는 내리지 않았지만, 하늘은 우중충했다. 빙애에게는 그편이 나았다. 맑고 따스한 기운이 감도는 날이었더라면, 빙애의 마음은 더욱 쓰라렸을 것이다.

'마음을 다잡자. 내 인생이 언제는 내 뜻대로 흘러갔던가. 운명이 나를 예까지 이끌었으니, 이제 그 흐름에 몸을 맡길 따름이지.'

한참을 걷다 보니 저잣거리로 넘어가는 길목에 좁다란 개천이 나왔다. 그 위로 목교가 놓여 있었다. 대동강 지류 하나가 좁게 갈라져 나와 마을 중간을 관통하며 흐르는 길목이었다. 그녀가 상념에 사로잡혀 다리 위를 지나는데, 순간적으로 강풍이 불어 그녀의 중심을 무너뜨렸다. 아니, 그리 느낀 것은 그녀의 심경 탓일지도 모른다. 그녀의 몸이 마음을 따라 기운을 탁 놓아버린 까닭일지도 모른다.

한쪽으로 기운 없이 쓰러지려는 그녀를 굵고 강인한 손이 잡아챘다. 그 손은 그녀의 어깨와 허리를 망설임 없이 부여잡았다. 빙애는 놀라지 않았다.

시훈이 그녀를 일으켜 세웠다. 그러고는 그녀에게서 천천히 손을 뗐다. 그 더딤이 빙애의 마음을 아프게 하였다. 인적이 많은 길은 아니나, 사람들이 다니는 통행로였다. 지금 이 순간에도 김씨 부인의 지시를 받은 누군가가 그들을 지켜보고 있을지 모를 일이었다. 그런 일이 없다 하여도, 빙애는 이미 다짐하고 있었다. 시훈과는 이것으로 작별이라고. 몸과 마음을 모두 떠나보내야만 한다고. 그것이 옳은 일이라고.

"시훈 오라버니."

"빙애야."

서로의 이름을 부른 후, 둘 다 말이 없었다. 백 마디 천 마디 말보다 더 깊은 감정의 토로였건만, 그들은 다음 말을 선뜻 잇지 못했다. 그리고 그냥 걸었다. 그들이 함께 찾곤 하였던 한적하고 외진 둔덕으로 향했다.

잠시 후 시훈은 마치 격렬한 감정의 순간은 이미 지나갔다는 듯, 차분한 말투로 말을 꺼냈다.

"이곳의 꽃향기는 언제 맡아도 좋구나. 예서 너와 참 많이도 놀았지."

빙애는 수줍게 고개를 숙였다.

"많이 그리울 테지."

"철이 바뀌면 이 꽃들도 하나둘 지겠지요. 겨울이 오면 쓸쓸해질 테고요. 하지만 다시 봄이 오면 한양에도 꽃이 필 것입니다."

"꽃 이야기가 아니질 않느냐."

시훈의 말에 빙애의 얼굴이 확 붉어졌다. 시훈은 이 감정을 정리할 생각이 없었다. 그것이 빙애를 두렵게 하였다.

"아버님이 혼사 이야기를 꺼내시더구나. 아마도 어머님이 부추

기셨겠지. 내 혼사를 과거 이후에 다시 거론해달라 말씀드렸다."

빙애의 마음이 사정없이 흔들렸다. 거센 바람에 여리고 무기력한 풀과 꽃들도 거칠게 몸을 휘젓고 있었다. 강물 또한 바람에 떠밀려 세차게 흐르며 포효했다.

"또한 너의 입적도 미뤄달라 부탁드렸다."

"네?"

"오누이가 부부의 연을 맺을 수는 없질 않더냐."

빙애는 절망적으로 고개를 저었다.

"오라버니, 아니 되어요. 제발……"

"아버님은 그러자고 하셨다. 어쩌면 내 마음을 아시고 묵인하신 것일지도 모르지."

빙애는 절절한 속말을 눌러 삼켰다.

'아마 오라버니가 한양으로 떠나시면 바로 입적을 하실 테지요. 그리고 혼사도 잡힐 것이고요. 급제하여 돌아오실 즈음이면 이미 저는 누군가의 여인이 되어 오라버니 곁에 없을 테지요.'

시훈은 빙애의 속마음도 모른 채 계속 말했다.

"내 필시 급제할 것이다. 그리고 너를 아내로 맞게 해달라 아버님께 간청할 것이다. 쉽지 않으리란 걸 알고 있다. 하지만 내 마음에 다른 선택지가 없구나."

빙애의 눈에서 마침내 눈물이 터져나왔다. 그녀가 울먹이며 말했다.

"아니 되어요, 아니 될 말입니다. 아버님, 어머님이 제게 베풀어주신 은혜를 이리 배신할 순 없습니다. 우린 오누이입니다. 입적이 되든 그렇지 않든, 세상이 알고 우리가 아는 일입니다."

"어찌 그리 말하느냐. 네 마음이 나를 향하지 않았다고 말할 수 있느냐? 네 정녕 나를 연모하지 않는 것이냐?"

"저는 오라버니를 오라버니로만……"

"거짓말이다!"

시훈은 단호하게 빙애의 말을 잘랐다.

"적어도 내게만은 거짓을 말하지 말아라. 내 너를 연모한다. 너도 나를 연모하고. 이보다 중요한 것이 대체 무엇이냐?"

"인륜이라는 것이 있지 않습니까?"

"나는…… 우리 두 사람의 감정이 그보다 더 중요하다 생각한다."

빙애는 소스라치게 놀랐다. 책보다 검 들기를 더 좋아하는 사내라서일까. 군자의 도를 배우는 양반가의 도령이 어찌 이토록 외람된 말을 할 수 있단 말인가. 지금의 시훈에게는 오로지 빙애밖에 보이지 않는 듯했다. 빙애에게 얼마나 과분한 사랑인가. 빙애의 시야가 눈물로 얼룩졌다.

"네게 나는 무엇이냐? 진심을, 부디 진심을 말해다오."

"제게 오라버니는……"

빙애는 그저 오라버니일 뿐이라고 답해야 했다. 하지만 시야가 흐려지면서 세상도 어두워지고, 세상이 어두워지자 속 깊은 곳의 감정도 제어할 수 없었다. 막으려 들면 막을 수도 있었겠지만, 그러지 않았다. 어차피 이곳에서 나눈 두 남녀의 밀담은 한때 열정으로 가득 찼던 청춘의 치기 어린 바람으로 흩날려갈 터.

"제 오라버니이며…… 제 마음속의 정인입니다."

시훈이 비로소 미소를 지었다. 무언가 마음의 두려움을 털어내고, 새로운 용기를 얻은 듯했다.

"되었다. 지금은 그것으로 충분하다. 빙애야, 앞으로 무슨 시련이 닥친다 해도, 너는 나를 믿고 나를 위해 살아라. 나는 너를 위해 살 것이다. 내 꼭 과거에 급제하고 돌아오마. 너는 아무 걱정 말고 기다려라. 나머진 내가 다 알아서 할 것이니."

시훈이 가만히 빙애를 품에 안았다. 코끝이 매울 정도의 짙은 꽃향기 속으로 사랑하는 정인의 거친 숨결이 얽히면서 빙애의 정신이 아득했다. 다리의 힘이 쭉 빠지고 주저앉을 뻔하였다. 하지만 시훈의 탄탄한 손이 그녀의 허리를 잡아당겼다. 이번에는 의도적이었고, 훨씬 단호했다.

빙애는 시훈의 품에 안겨 마냥 울었다. 과거를 마치고 돌아온 시훈이, 자신이 다른 사람의 여인이 되어 떠난 것을 알게 되었을 때 느끼게 될 슬픔을 어찌 감내할지 먹먹하였다. 자신이 느끼는 감정과 다르지 않으리라. 그가 가슴이 아플 것이 또 가슴 아팠다. 부디 시간이, 새로운 만남이, 우리의 애틋한 상처를 치유해주기를. 빙애는 그리 빌고 또 빌었다.

11

박문수의 찻잔이 비자 장도규가 얼른 차를 따랐다. 거나한 술판이 어울릴 법한 사내들이 차를 마시며 회합을 하는 모습은 참으로 생경한 광경이었다. 어쩔 수 없는 것이, 이 자리는 밀주단을 처단하기 위해 조직된 청풍회淸風會 무사들의 모임이었기 때문이다.

박문수는 회합의 이름을 고심 끝에 청풍회라 지었다. 맑은 바람이 되어 세상의 모든 악을 쓸어버리자는 결의를 담은 것이었다. 수장은 어영대장 박문수, 실무 총책은 장도규가 맡았다. 그 아래 핵심 무사로 김휘, 남중권, 길만석이 포진했다.

술은 없어도 상다리가 휘어질 만큼 진미들이 가득했다. 모두 임금의 하사품이었다. 청풍회가 활약을 시작한 지 채 한 달이 지나지 않았는데도, 벌써부터 임금의 신뢰가 두터웠다. 임금은 그들이 성과를 올릴 때마다 거하게 포상해주었다. 전국의 맛난 진미는 물론, 비단을 비롯한 각종 귀한 물품들을 하사하기도 하였다. 오로지 술만 없었다. 술이 없으니 여자도 없었다.

성정이 능글능글한 휘가 한마디 하고 나섰다.

"아, 정말 진미로소이다. 야들야들한 계집의 손이 먹여준다면 금상첨화일 텐데 말입니다."

"아무렴, 형님의 계집 사랑을 누가 말리겠소? 그보단 여기 탁주 한 사발이면 나무랄 데가 없겠소."

중권이 닭다리를 거칠게 물어뜯으며 농 삼아 한마디 던졌다. 덩치가 남다른 만큼이나 식성도 남달랐다. 덩치가 커서 간도 큰 것인가. 앞에 밀주단 검거의 책임을 진 상전을 두고도 저리 쉽게 술 이야기를 꺼내다니. 하지만 그것이 중권의 성격임을 이제는 모두 알고 있었다. 그는 속에 있는 말을 스스럼없이 뱉어내는 자이나, 지켜야 할 것은 반드시 지키는 자였다.

"내 금주령이 풀리는 날이 오면, 자네들 모두 모아 밤새도록 술을 마시도록 해주겠네. 허나 지엄하신 전하의 명이 있는 한, 실수로라도 술을 입에 대는 일은 없어야 할 것이야."

박문수 대감이 통 크게 받아넘겼다. 모두의 마음을 헤아림과 동시에, 다시 한 번 단단히 단속을 해두는 것이었다.

"술 없이 고기를 뜯어보아야 진정 술의 소중함을 알고, 술의 소중함을 알아야 국법이 금하는 술을 제멋대로 즐기는 놈들에 대한 적개심 또한 생길 것이 아니겠습니까. 아니, 나는 이 미적지근한 차를 마시고 있는데 제깟 도적놈들이 술판을 벌이다니, 가당치도 않지요."

휘가 다시 능청스럽게 분위기를 띄웠다. 능구렁이 같은 면이 있긴 하였으나 기지도 뛰어나고 칼 다루는 솜씨도 나무랄 데 없었다. 근래 안성 일대의 밀주단 토벌은 휘의 능청스런 말솜씨 덕이 컸다. 지역 상권 전체가 밀주단 패거리와 밀접하게 연계된 탓에 좀처럼 구체적인 정황을 포착할 수 없던 것을, 휘가 능청스럽게 꾸미고 저잣거리로 나가서는 몇 시간 입담으로 구워삶아 결정적 정보를 물어왔던 것이다. 뛰어난 언변 못지않게 그는 다른 사람의 말을 허투루 놓치지 않는 명민함을 지니고 있었다. 덕분에 지역 유지와 검계의 결탁하에 이루어지고 있던 밀주 행각을 적발하여 대대적으로 토벌할 수 있었다. 이 일에 사대부가 개입되어 있었다는 사실에 임금은 크게 진노하였으나, 그만큼 청풍회에 대한 신임도는 높아졌다.

"허허, 자네 말도 일리가 있네."

도규였다. 박문수는 고령을 핑계 삼아 청풍회의 실질적인 운영을 상당 부분 도규에게 맡겼다. 그래서 도규는 청풍회에 대해 남다른 책임감을 가지고 있었다. 청풍회를 잘 꾸려 임금의 전폭적인 지원을 받으면, 그의 복수도 성취할 수 있을 것이라는 복심 역시 동기부여가 되었다. 이번 안성 밀주단 척결만 해도 검계 한 무리를 완전히 소탕할 수 있지 않았던가. 애석하게도 삼지창 표식을 쓰는 자들은 아니었으나, 이런 식으로 검계 무리를 하나둘 제거해 가다 보면 필시 그놈들과도 조우하리라 믿었다.

만석은 구석에서 조용히 먹는 일에만 열중하고 있었다. 그는 이 무리 중 유일하게 반인 출신인지라 말수를 아끼는 편이었다. 박문수 대감이 청풍회에서는 신분의 귀천을 논하지 말라고 다짐을 두었고, 서출인 도규나 휘 역시 원래부터 신분 운운하며 행세하는 체질이 아니었으므로 그럴 필요가 없을 법도 한데, 만석은 스스로 위축되는 경향이 있었다.

"아니, 자넨 반촌에 있으면 고기는 쉽게 먹을 수 있을 듯한데, 어찌 그리 먹는 것에만 집중하는 겐가."

휘가 괜히 만석에게 농을 걸었다. 순수한 장난이었으나, 만석은 얼굴이 살짝 불그레해졌다. 술도 없는데, 마치 한잔 거나하게 걸친 것처럼. 그걸 또 중권이 놓치질 않았다.

"아니, 이걸 보게. 이 친구 어디서 한잔 걸친 모양인데. 대감님, 우리 만석이 이 친구부터 족쳐야 하지 않을까 싶습니다만."

박문수가 웃음을 터트렸다.

"아니, 자넨 정말로 쉬이 얼굴이 붉어진단 말이야. 검계 무리를 쫓을 땐 그리 날렵하고 강인한 사내가 농담 몇 마디에 그렇게 얼굴이 붉어지다니, 참 알다가도 모를 일일세."

"아니, 이것은 원래 어려서부터 그런 것인지라, 저도 어찌할 도리가 없습니다요. 게다가 반촌에서 저희에게 떨어지는 고기라야 버려지는 잡고기가 전부라서 이리 맛있는 고기는 접하기 쉽지 않습지요."

만석의 정색한 답변에 또 한바탕 웃음이 터졌다.

"이보게들, 만석 이 친구가 없다면 청풍회의 정보망은 아무것도 아닐 걸세. 단기간에 이만한 성과를 올릴 수 있었던 것은 이 친구의 정보력 덕분 아니겠나."

도규가 만석에게 힘을 실어주었다. 박문수 역시 거들었다.

"암만, 내가 사람을 잘 골랐지. 자네 같은 인재가 반상의 원칙에 얽매여야 하다니, 참으로 안된 일이야. 이 청풍회는 자네를 위해 펼쳐진 무대나 다름없으니 그 실력을 마음껏 펼쳐보게. 필시 이 모든 일이 끝나면 전하께서도 자네를 한껏 높여주실 걸세."

"소인, 몸 둘 바를 모르겠습니다요. 저처럼 천한 것을 이리 귀한 자리에 불러주신 은혜만으로도 감개무량할 따름입지요."

만석이 불쑥 무릎을 꿇고는 머리를 크게 조아렸다. 신분에 따른 한계를 제하면, 참으로 나무랄 데 없는 자라고 도규는 생각했다. 그뿐 아니었다. 서출인 휘나 잔꾀가 없어 만년 군졸인 중권이나, 다들 아까운 인재들이었다. 편견 없이 사람을 대하는 박문수 대감이었기에 그들을 한데 모을 수 있었으리라.

박문수가 대뜸 일 얘기를 꺼냈다. 박문수는 일에 중독된 사람처럼 보였다. 사람 좋게 웃다가도 어느새 정색하고 일 이야기를 꺼내곤 하였다.

"말이 나왔으니 말인데, 우리 다음 임무를 논함이 좋겠네. 동쪽으로도 가고 남쪽으로도 한차례 갔으니, 이젠 북쪽을 한번 살펴야겠네."

"예, 대감. 그것이 좋겠습니다. 최근에 대동강 일대에 밀주가 크게 성한다 들어, 제가 만석 이 사람에게 정보를 수집하라 일러두었습니다. 감홍로라 하는 술이 그리 유명하다 하더군요."

도규가 아뢰었다.

"감홍로?"

박문수가 반문하였다. 어디선가 들어본 이름이었다. 저도 모르게 입안에 침이 고였다. 필시 마셔본 술이렷다. 그리고 이름만으로도 군침이 괴는 것을 보니 그 맛 또한 일품이었으리라.

"예, 대감. 만석이, 자네가 수집한 정보이니 직접 말씀드리게."

도규가 만석에게 차례를 넘겼다.

"예. 평양 쪽에 정보통을 돌려 알아보니 감홍로가 한강 이북에서는 최고의 명주라 합니다요. 검계 무리와 얽힌 것 같진 않으나, 이 술 또한 양반가에서 주조한다 들었습니다."

"양반이라? 허허, 전하께서 또 크게 진노하실 일이로군. 그래, 그 고얀 놈이 누구란 말인가."

"예, 듣기로는 선왕 대에 금군별장을 지냈던 윤구선이라 합니다요."

"뭐라?"

그제야 박문수는 무언가가 떠오른 듯했다. 도규가 낌새를 알아채고 물었다.

"아시는 자이옵니까?"

"음…… 그렇다네. 세자 시절부터 경종임금의 호위무사를 지냈던 무관이지. 어찌 이름만 듣고도 침이 고인다 했더니, 이제야 생각이 나는군. 윤 대감과 함께 감홍로를 마신 적이 있어. 그의 집안에서 주조하던 술이라 했던가. 그와 나는 동문수학한 사우師友라네. 성정 곧고 정직한 분인데, 무예 또한 조선 제일이라 하였지. 선왕께서 승하하신 후 전하의 부름에 응하지 않고 낙향하였다네. 그것이 고작 술도가를 꾸리기 위함이었던가."

도규는 박문수의 표정이 편치 않음을 보았다. 어차피 검계 무리와는 인연이 없는 밀주단인 듯하니, 그로서도 시급한 문제는 아니었다. 물론 어명 앞에 그 누구라도 예외가 있어서는 안 된다고 여기는 것은 아버지 장붕익을 빼닮은 그였지만, 상전의 입장 또한 고려해야 했다. 도규는 걱정스런 마음에 슬쩍 떠보았다.

"주조자의 신원이 확실하고 시급한 문제는 아닌 듯하니, 한양 근방의 조직들부터 먼저 발본색원하여 치는 것이 어떨지요."

박문수는 잠시 고심하더니 말했다.

"아니야. 밀주의 정보가 들어왔으니, 그냥 넘어갈 일은 아니지. 허나 이번에는 도규 자네와 내가 먼저 가서 윤 대감을 한번 만나봄이 좋을 듯하네. 그다음 문제는 차후에 다시 논하도록 하세."

"네."

일행이 한목소리로 대답했다.

"그럼 나는 먼저 일어남세. 자네들끼리 마저 즐기도록 하게나."

결국 박문수가 먼저 자리에서 일어섰다. 그의 마음이 뒤숭숭해 보였다.

박문수 대감을 문밖까지 모신 후, 다시 돌아온 도규에게 중권이 스스럼없이 말했다.

"아이고 형님, 뭣 하러 그리 말하셨소. 한양 땅 벗어나 평양 구경도 가고 좋잖소."

"그러게 말이다. 내 괜한 말을 했나 보다."

휘가 끼어들었다.

"아니오. 보아하니 형님 말씀을 듣고 박문수 대감께서 먼저 찾아보자 하였으니 내심은 저어하는 것이 옳았던 듯싶소."

"아무러면 어떻소. 이 진미를 다 먹어치우려면 어서 서둘러야겠소. 저 만석이가 맛난 거는 혼자 다 먹어치울 모양이니 말이오."

중권이 화제를 돌렸다. 골치 아픈 문제는 또 딱 질색인 것이 그의 성격이었다. 만석이 또 불그레해진 얼굴로 중권을 한번 흘낏 보더니, 아예 작정한 것처럼 팔을 걷어붙였다.

"자꾸 그리 말씀하시니, 내 그럼 제대로 보여드리겠습니다요. 아, 먹는다, 라는 것은 바로 저런 것이로구나, 아시게 될 겁니다요."

그러더니 음식을 입에다 마구 쑤셔넣기 시작했다. 그 모습에 사내들의 웃음이 또 호방하게 터져나왔다.

"허, 거참, 얼굴 빨간 가짜 주정뱅이가 제대로 술주정을 하는 모양일세그려."

중권이 받았다. 그때 휘가 불쑥 말했다.

"자꾸 술, 술 그러니 술맛이 더욱 간절하네그려. 저 천운각의 자운이가 따라주던 술맛이 참으로 그립네, 그리워."

기녀 자운은 휘와 주객의 관계를 넘어선 정분이 있었다. 금주령 때문에 한양에서는 기녀의 씨가 말랐다. 퇴기가 되거나 살길을 찾아 지방으로 떠나곤 하였는데, 그녀만은 선대부터 기거하던 옛 기방 터에 머물렀다. 작금은 휘가 먹여살리는 것이나 마찬가지였다. 청풍회 활동을 하며 못 본 지도 한참이 되었다. 휘는 그리 말하며 실로 술이 갈渴한 사람처럼 입맛을 다셨다. 그 표정이 농담 같아 보이지 않아 도규가 다시 한 번 다짐을 두었다.

"밀주단을 잡는 자들이 술을 마신다는 것은 검계 무리가 임금을 위해 칼을 휘두른다고 우기는 것과 다를 바 없네. 말이 씨가 되는 법이니, 이제부터는 장난이라도 술타령은 그만들 하게."

도규가 정색하고 말하는 바람에 분위기가 일순 차분해졌다. 하지만 그런 그도, 청풍회 무사로 활약하기 시작하면서 전에 없이 부쩍 선명해진 아내와 딸 생각에, 독주 한잔의 쓴맛이 간절하기는 매일반이었다.

12

시훈이 과거를 보러 떠난 지 닷새가 지났다. 구선은 떠나는 아들의 등을 담담히 바라보았다. 표정은 담담하였으나 그의 내면은 혹독한 갈등을 겪고 있었다. 고이 키워온 아들을 집 밖으로 내보내는 불안감 같은 것은 아니었다. 시훈의 무예는 한때 조선 제일이라 했던 자신을 능가한 지 오래였다. 그가 나이 들어 예전 같지 않다는 점을 감안해도, 시훈이 물려받은 자질과 성실함이 특출한 것은 부인할 수 없었다. 시훈은 종복을 붙여주는 것조차 한사코 마다하고 홀로 길을 나섰다. 빙애에게 자꾸 머무는 그 애틋한 눈길을 누구나 알아챌 정도였지만, 다들 아무 말도 하지 않았다.

아들이 떠난 이후에도 그의 마음은 갈피를 잡지 못했다. 과거 후 아들에게 찾아올 격랑을 예측할 수 없어서였다. 시훈의 실력이면 무과에 급제하는 것은 일도 아닐 터였다. 허나 임금이 구선의 아들을 곁에 둘 리는 만무했다. 설령 만에 하나 임금의 총애를 얻

는다 해도, 그것은 그것대로 구선을 괴롭힐 터였다. 그저 향리에
물러나 있는 것만으로도 수십 년간 선왕의 꿈에 시달리는 구선이
었다.

시훈이 빙애에게 마음을 품고 있음은 분명했다. 굳이 빙애의 입
적을 자신의 과거 이후로 미루어달라 청한 것은, 그런 내심을 내
비친 것이리라. 구선은 시훈이 없을 때 일을 진행시킬 요량이었
다. 더 이상의 풍문으로 사랑하는 아들과 마음으로 받아들인 딸
모두가 고통 받는 일은 없도록 해야 했다. 그것은 아비로서 마땅
히 할 바였다. 하지만 과거를 마치고 돌아왔을 때, 연모하는 여인
이 다른 사내의 처가 되었음을 알게 되는 것이 시훈에게 또 어떤
충격을 줄지를 가늠하니, 가슴이 아팠다.

빙애는 또 어찌한단 말인가. 빙애를 들인 지 몇 해 되지 않아서
인지, 그에게 빙애는 여전히 어린 소녀인 것만 같았다. 생각해보
면 누구보다 현명하고 조숙한 아이였건만. 급작스런 이별은 그 상
처 많은 아이에게 또 어떤 아픔을 안겨줄 것인가.

마음이 울적해진 그는 술상을 봐오라 일렀다. 적어도 지금 자신
을 위로해줄 수 있는 것은 감홍로밖에 없을 듯했다. 나이 들어 몸
은 쉬이 지치는데 주량은 더욱 늘어갔다. 임금의 금주령 포고가
있긴 하였으나, 이런 지방까지 실효가 미치지는 못했다. 어차피
요식적인 절차일 터였다. 술 없는 세상에서 어찌 그 많은 한과 분
을 달랠 수 있겠는가.

그러나 또한 내심으로는 금주령을 어기는 것이 임금에 대한 소

박한 반발이라는 생각에 은근히 옹졸하게 구는 면도 없지 않았다.

게다가 감홍로다. 전국 명주라는 명주는 대부분 마셔보았으나, 여태 감홍로보다 나은 걸 보지 못했다. 그 자부심은 구선에게 중요한 것이었다. 벼슬에서 물러나 낙향한 선비에게 자부심을 지켜줄 매개가 없다면, 그 얼마나 삶이 비루할 것인가. 그에게 감홍로는 자존심이기도 하였다.

문이 열리고 술상이 들어왔다. 놀랍게도 술상을 들고 들어온 것은 빙애였다.

"아니, 네가 어찌 술상을 들고 오는 것이냐?"

"아버님께 문안인사 여쭈러 가는데, 주안상을 내가는 것을 보았습니다. 오랜만에 제가 아버님께 술을 따라드리고 싶습니다."

"허허, 그것은 좋은 일이다만, 늙은 아비와 이리 어울려서야 무슨 재미가 있겠느냐."

"저는 아버님이 해주시는 이야기를 듣는 것이 가장 재미있는걸요."

빙애의 애교 섞인 말을 듣자 구선은 흐뭇했다. 하지만 이 아이를 곧 출가시켜야 하리라는 생각에 울적하기도 하였다. 그는 빙애가 채워주는 술잔을 받으며 말했다.

"너도 한 잔 받거라."

"소녀가 무슨…… 저는 그냥 따르겠습니다."

빙애는 갑자기 구선이 술을 권하자 놀랐다.

"아니다. 어찌 아들하고만 술을 마시란 법이 있느냐. 너도 이 감홍로의 맛이 어떠한지 보거라. 아비가 권하는 술이니 마셔도 된다."

빙애는 다소곳이 구선이 따라준 잔에 술을 받아 고개를 돌리고 한 모금 삼켰다.

"어떠냐?"

"제가 어찌 술맛을 알겠습니까. 혀에는 쓰지만 코에 드는 향은 참 좋은 것 같습니다."

"하하, 네 말이 옳다. 이 향이야말로 감홍로의 진정한 매혹이지. 그리고 향이 코끝을 감도는 동안 목으로 넘어가는 그 건조하고 씁쓸한 맛은 또 어떠냐. 이것이 바로 조선 제일 명주의 참맛인 게다. 많은 이들의 땀과 정성이 없이는 이런 술이 나오지 않는 법이다."

"이 술맛을 제대로 알려면, 제가 술을 배워야 할까 봐요."

"아서라, 네 얼굴을 보니 벌써 붉어지려 하는구나."

빙애가 얼른 손으로 얼굴을 가리는 시늉을 했다. 정말로 빙애의 얼굴이 분홍 꽃처럼 발그레해졌다. 귀여운지고. 그는 빙애를 향한 아비로서의 마음이 생각보다 훨씬 크다는 것을 새삼 깨달았다.

"빙애야."

"네, 아버님."

"외로우냐?"

구선의 갑작스럽고 단도직입적인 물음에 빙애가 자신도 모르게 입술을 깨물었다. 순간적으로 감정이 동요될까 봐, 그녀는 자신을 다독였다.

"괜찮다. 그렇겠지. 그리 오누이의 사이가 좋았으니 말이다."

구선이 무언가 미련이 남는 목소리로 말을 이었다.

"허나, 세상에는 지켜야 할 법이라는 것이 있다. 또한 따라야 할 도리라는 것이 있는 것이고."

"네, 알고 있습니다."

빙애의 목소리가 촉촉이 젖어들었다.

"이미 너는 오래전부터 내 딸이었으나, 이제 공히 입적하려 한다. 그리고…… 혼례를 치러줄까 한다."

구선이 힘겹게 말을 뱉어냈다. 빙애는 울먹이지 않으려 필사적으로 참았다.

"소녀, 아버님의 뜻에 따를 뿐이옵니다."

구선이 다시 술을 마시고 한숨처럼 말을 토해냈다.

"이것만은 알아다오. 내 너를 버리는 것이 아니다."

"알고 있습니다. 아버님, 그런 걱정은 하지 마셔요."

"마음 같아선 영구히 너를 내 곁에 두고 싶다."

"아버님……"

"하지만 이것이 모두를 위해 가장 좋은 선택인 듯하구나."

빙애가 말없이 고개를 끄덕였다. 눈물이 핑 돌아 흘러내렸다. 그 눈물 때문에 빙애는 고개를 들지 못했다.

빙애의 눈물을 보자 구선의 감정도 격해졌다. 그는 홀로 자작하여 연거푸 술을 들이켰다. 의지와 달리 그의 가슴이 심하게 뛰었다.

잠시 후, 빙애의 흐느낌이 멎었다. 다듬어진 목소리가 흘러나왔다.

"아버님, 심려 마십시오. 저는 아버님의 뜻을 따를 것입니다. 기뻠으로 그리할 것입니다. 제가 이 일로 아버님, 어머님의 은혜를, 오라버니가 제게 베풀어준 애정을 조금이라도 갚을 수 있다면, 이는 응당 감사히 따를 일입니다. 그 사실이 저는 실로 기뻐요."

구선은 당장이라도 일어나 빙애를 안아주고 싶었다. 등을 토닥이며, 이 모든 것이 너의 잘못이 아니라고 말해주고 싶었다. 진실로 이 모든 것은 자신의 나약함 때문이라고 고백하고 싶었다. 하지만 그는 그러지 못했다. 늘 그랬다. 해야 할 일을 제때 하지 못했다. 그것이 그의 한이었고 오랜 응어리가 되었다.

대신 말없이 술 한 잔을 더 따라주려는데, 행랑아범의 목소리가 들려왔다.

"대감마님, 손님이 오셨습니다요."

감정의 동요 속에 마신 술은 훨씬 빨리 취했다. 술에 강하다 자부해온 그였으나, 이제는 젊은 날의 그가 아니었다. 지금 그는 심히 어지럼을 느끼고 있었다. 그런데 예정에도 없는 손님이라니, 그저 성가시게 느껴졌다. 게다가 빙애와 나누어야 할 이야기가 더 있었다. 아직 빙애에게 자신의 진심을 충분히 전하지 못했다.

"뉘기에 기별도 없이 왔다 하더냐?"

구선이 방문 밖으로 들으란 듯이 크게 외쳤다.

"한양에서 오신 박문수 대감이라 하십니다요."

"뭐라, 박문수 대감?"

구선은 느닷없이 박문수의 이름이 튀어나와 깜짝 놀랐다. 박문수는 그와 소론 영수였던 이광좌를 함께 사사하며 동문수학한 사이였다. 연배는 구선이 예닐곱 위였으나 죽이 잘 맞아, 몇 번인가 함께 감홍로의 취기에 젖기도 하였었다. 그가 벼슬을 버리고 낙향하면서 연락이 끊기긴 하였어도, 반가운 이름임에는 변함이 없었다.

　아니, 그가 갑자기 어인 일로 평양까지? 구선은 취기가 머리에 맴도는 것을 느끼며 자리에서 몸을 일으켰다. 빙애가 얼른 따라 일어서며 구선의 팔을 잡아주었다.

13

"아니, 기은! 이게 어인 일이오."

구선은 버선발로 마당으로 뛰어내려가 박문수를 반겼다. 박문수 옆에 예를 갖추고 서 있던 도규는 구선과 함께 나온 빙애에게 절로 시선이 갔다. 딸이 검계 무리에게 당하지 않고 살았다면 저만한 나이가 되었으리라. 빙애는 두 사람을 향해 깊숙이 고개를 숙이고는 자리에서 물러났다.

빙애가 중문을 넘어 사라지는 것을 본 후에야 도규의 시선이 구선을 향했다. 명망가의 양반치고는 참 소탈하니 격식이 없었다. 도규는 우선 집의 규모에 깜짝 놀랐다. 안채와 별당채와 사랑채, 행랑채를 연결하는 돌담 또한 탄탄하고, 각 채마다 너른 마당과 뜰이 있어 실로 고관대작의 집이 부럽지 않을 듯했다. 사랑채에 들어서보니, 앞뜰에 소탈한 정원까지 꾸려져 있었다. 실로 평양에서는 보기 힘든 큰 집이었다.

하지만 구선을 대면한 도규는 무언가 불쾌한 기분이 퍼뜩 들었다. 그리고 곧 그것이 무엇 때문인지 알아챘다. 술 냄새. 구선은 온몸에서 술내를 풍기고 있었다. 그의 눈살이 본능적으로 찌푸려졌다. 허나 박문수 대감이 잠자코 있었으므로, 그도 일단은 입을 다물었다.

"잘 지내셨습니까, 고송孤松 대감."

"참으로 반갑구려, 기은. 이게 정말 얼마 만인지."

그러면서 구선은 박문수의 손을 덥석 잡았다.

"정말 오랜만이지요. 대감께서 금군별장으로 계실 적에 술자리를 가졌던 것이 마지막이었지요. 그래, 내내 무탈하셨습니까?"

"세상사 어디 무탈할 날이 있겠소. 그냥 운명이려니 받아들일 따름이지."

"방금 그 어여쁜 처자는 누구입니까?"

"아아, 그 아인 내 딸이라오."

"딸이라고요? 대감께 따님이 있는지는 몰랐습니다. 아드님이 장성하였다는 소리는 들었습니다만."

"허허, 그렇소. 아들은 배 아파 낳은 자식이고, 방금 그 아인 사연이 있어 내가 따로 들인 양딸이라오."

내내 박문수를 향해 있던 구선의 시선이 마침내 도규를 향했다. 박문수가 도규를 소개하였다.

"제 수하로 있는 자입니다. 돌아가신 운거雲擧 대감의 아들이지요."

"아니, 장붕익 대감의 아들이라고? 어쩐지 눈매가 남다르다 했더니."

도규가 예를 갖추어 인사했다.

"송구스럽습니다. 장도규라 하옵니다."

"그래, 내 자네 부친에게 많이 배웠다네. 실로 타고난 무인이셨지. 오늘 참 그리운 이름들을 많이 듣게 되는구먼. 자, 예서 이럴 것이 아니라 방으로 들어가 이야길 나누십시다."

구선은 버선발로 앞장서 대청으로 오르며 행랑아범에게 말했다.

"아, 뭐 하는가. 어서 가서 새로 술상을 봐오게."

그 말에 박문수와 도규의 표정이 일순 어두워졌다. 박문수가 머뭇거리며 입을 열었다.

"대감, 술상은 놔두십시오."

구선이 의아한 표정으로 돌아보며 말했다.

"아니, 무슨 말이오. 예까지 왔으면 갓 빚어낸 감홍로 맛을 봐야지 않겠소. 무에 그리 급할 것이 있다고 술상을 마다하시는 게요."

박문수의 눈에 서글픈 표정이 어렸다.

"대감, 전하께서 금주령을 내리신 것을 모르십니까?"

순간 구선의 표정이 굳었다. '전하'라는 말이 그의 심기를 어지럽혔다.

"허나, 이보시오, 기은. 술이 없다면 이 세상의 시름은 무엇으로 이겨낸단 말이오. 하루하루가 겨운 서민들이 고된 노동 끝에 마시는 한잔 술을 금한다면 어찌 세상이 평안하겠소."

"술의 가치를 논하고자 함이 아닙니다. 전하의 분부입니다. 어명이 어찌 누구에게는 무겁고 누구에게는 가벼운 것이 될 수 있겠습니까?"

순간 정적이 찾아왔다. 도규는 슬쩍 긴장이 되었다. 연로하였다 하나, 구선 대감은 한때 조선 제일의 무예를 갖춘 자라 하였다. 물론 취기가 어려 있지만, 그렇다고 방심할 수는 없었다. 이미 임금이 내린 법을 어겼다면, 또 무슨 짓을 저지를지 어찌 알겠는가.

구선의 표정이 마침내 허물어졌다. 옛 친구를 만난 반가움은 일순 근심 어린 음울함으로 바뀌었다.

"기은, 대감이 예까지 온 것은 옛 친구를 만나려 함이 아니라, 벌하려 함이었던가."

"대감, 어찌 옛정을 무시하겠습니까. 주상께서 금주령을 내리셨고, 이 미천한 자에게 밀주단을 검거할 특명을 내리셨습니다. 그리하여 대감에게 간곡히 부탁하려 함입니다. 당장 술도가를 폐쇄하고 밀주 행위를 중단하십시오. 그럼 이번만은 모른 척할 것입니다. 금주령은 어명입니다. 따르셔야만 합니다."

도규는 적이 놀랐다. 법을 집행함에 있어 한순간도 감정의 동요를 내비치지 않던 박문수였다. 평소에는 인자하고 호방해도 임무를 수행할 땐 추상같은 인물이었다. 인물 됨됨이가 그러하였기에 불과 일 년 남짓한 암행어사 행적이 그리도 전설로 회자되는 것이었다. 그런 그가, 밀주 행위가 명백하게 드러난 구선에게 기회를 주려 하고 있었다.

물론 도규는 함구할 것이었다. 그는 자신의 목표를 달성하기까지 어떻게든 박문수 대감과 함께 청풍회를 꾸려가야만 했다. 까닭에 도규 또한 박문수 대감 뜻에 따를 것이었다. 참으로 운이 좋은 사람이라고 할 수밖에 없었다.

그러나 취기 때문인지, 분노 때문인지 붉게 상기된 구선에게서 돌아온 것은 꾹꾹 눌러둔 격분이 터진 듯 갈라진 일성이었다.

"무엇이 어명이란 말이오! 연잉군이 선왕에게 무슨 짓을 했는지, 대감은 정녕 모른단 말이오!"

"지금 무슨 소리를 하시는 겁니까. 당장 관두십시오!"

박문수 대감도 언성을 높여 구선 대감의 입을 막으려 했다. 그 것은 구선의 말에 화가 나서라기보다는, 그의 입에서 돌이킬 수 없는 말들이 나올까 두려웠기 때문이다. 이미 임금을 연잉군이라 칭하고 있질 않은가.

"왜 나는 아무것도 할 수 없는 것인가. 경종임금께서는 매일 밤 나를 찾아와 진실을 밝혀달라 당부하시건만, 왜 나는 이토록 아무 것도 할 수 없는 것인가."

"대감! 지금 우리는 금주령에 대해 이야기하는 것입니다!"

박문수의 목소리도 갈라지기 시작했다.

"금주? 금군별장에서 물러나 이곳에 돌아올 때, 내 유일한 기쁨 은 선대로부터 내려오던 감홍로를 이 손으로 직접 빚어내는 것뿐 이었소. 대감도 마셔보질 않았소. 내가 딸과 함께 먹다 남은 술이 방에 남아 있으니, 한번 맛이라도 보시오. 저것이 없으면 무슨 위 로를 얻겠소. 이 일대에 저 술을 마시지 못하면 오늘 하루를 온전히 보내지 못할 이들이 허다하단 말이오. 궁중 보궐에 앉아 권세를 얻었으면 되었지, 어찌 백성들의 위로와 기쁨까지 앗아간단 말이오. 대감 또한 참으로 그렇소이다. 그런 말도 안 되는 명령을 받들자고 예까지 행차하셨단 말이오?"

"대감, 말씀이 지나치십니다. 지금 그것은 전하를 모욕함이 아닙니까?"

도규가 더 이상 참지 못하고 소리쳤다. 박문수 대감을 보아 참으려 하였으나, 임금은 물론 기회를 주려는 박문수 대감마저 욕보이는 작태를 더는 참을 수 없었던 것이다.

"호오, 그렇다면 어쩔 것인가. 이 내 속에 있는 것을 다 끄집어내면 그대는 아예 이 자리에서 나를 베겠구먼."

박문수가 다급히 끼어들었다.

"대감, 너무 취하셨습니다. 지금 무슨 이야길 하고 계신지 스스로도 모르시는 겁니다."

"그래, 맞소. 나는 취했소. 그래서 도무지 말을 멈출 수가 없소이다. 장담컨대 이보다 더 진실한 때가 있었나 싶을 정도요."

마치 실성한 사람처럼 구선은 쉬지 않고 말했다. 내면의 죄의식과 수치심이 취기와 분노에 얽혀들자 그런 식으로 토출吐出되었다.

어떻게든 사태를 수습해보려는 박문수와 달리, 도규는 구선에게 갱생의 여지가 없다고 생각했다. 그런 도규를 구선이 다시 자극했다.

"어디 샛노란 병아리 같은 자를 데려와 나를 위협하는 거요. 운거 대감은 선왕을 위해 목숨 바쳐 헌신하던 장수였소. 시답잖게 술 마시는 자들이나 잡으러 다니며 자네 아버지의 이름에 먹칠하는가?"

"감히 어디서 내 아버지의 이름을 들먹이는가. 그대는 어명을 어긴 죄인이거늘!"

"가서 일러라. 반역자는 내가 아니라 네가 그토록 충성스레 모시는 네 임금이다!"

도규가 더는 참지 못하고 칼을 뽑았다. 칼이 햇살을 받아 섬광처럼 빛났다. 한눈에 보아도 알 수 있을 법한 예리한 보검이었다. 장붕익이 불시에 처자식을 잃은 서자가 안쓰러워 선물한 보검이었다. 용이 하늘을 나는 듯 검기가 뻗쳐 용천검龍天劍이라 했다. 장붕익 대장이 수많은 검계 무리를 도륙한 바로 그 검이었다.

"예가 어디라고 네까짓 애송이가!"

구선도 이성을 잃고 방으로 뛰어들더니 검을 뽑아 나왔다. 예리한 섬광이 빛나기는 마찬가지였다. 박문수가 말릴 틈도 없이 그대로 두 사내가 칼을 맞부딪쳤다. 쩽 소리와 함께 합이 들어갔고, 두어 번 검을 휘두르는 동작이 이어졌다. 한쪽이 내치면 다른 쪽이 받아치고, 다른 쪽이 좌에서 우로 베면 한쪽이 위에서 아래로 내려 막았다. 두세 합에 불과했지만 두 사람 모두 고수임을 여실히 보여주는 광경이었다.

하지만 이내 정황은 도규에게 유리하게 흘렀다. 구선 대감은 확실히 실력자였다. 노령에 취기까지 어렸음에도 도규가 온 힘을 실어 내리친 용천검을 받아낸 실력을 보면 한때 조선 제일의 무예를 지닌 자였음을 실감할 수 있었다. 하지만 구선은 너무 취해 있었다. 두세 합이 더 오가자, 그의 다리가 순간적으로 휘청거리는 것이 느껴졌다.

잠시 칼을 맞대고 숨을 고르면서 도규는 다음 합을 생각했다. 아마 그것이 회심의 일격이 되리라. 그가 맞붙은 검을 세차게 밀어 비틀거리는 구선을 뒤로 멀찌감치 떨어냈다. 구선이 도규의 힘에 밀려 휘청거리며 바닥에 넘어졌다. 빈틈이 보이자마자 도규가 구선의 품으로 재빠르게 달려들었다. 박문수 대감이 멈추라 소리를 질렀지만, 정작 그의 검을 막은 것은 느닷없이 끼어든 여인의 비명 소리였다.

"앗! 안 되어요. 아니 됩니다."

그 소리에 놀라 잠시 호흡이 흐트러진 도규는 막 구선의 가슴팍을 찌르려던 검을 멈추었다. 빙애였다. 검 소리와 빙애의 비명 소리를 듣고 어느새 사랑채 안뜰로 구선의 수하들이 수두룩이 몰려들었다.

"부탁입니다. 제 아버님을 해치지 말아주세요. 아버님은 취하셨습니다."

딸아이 같은 처자의 애절한 목소리가 도규의 단호한 심장을 흔들었다. 도규가 망설이는 틈에, 박문수의 손이 그의 어깨를 잡으며 만류했다.

"그만 칼을 넣게. 우리는 오늘 대감을 베고자 온 것이 아닐세."

박문수는 바닥에 널브러진 채 망연자실한 구선을 향해 말했다.

"대감, 오늘은 이만 돌아가겠습니다. 허나 오늘 일들을 모두 모른 척하긴 힘들 것 같습니다. 이 일은 금방 소문이 날 터이고 그것을 단속하긴 어려울 터. 내 간곡히 부탁드리니, 당장 술도가를 폐하고 가진 술을 모두 내버리십시오. 그마저도 하지 않는다면 실로 큰일이 될 것입니다. 대감의 마음이 어떠하든, 식솔들을 생각해야 하지 않겠습니까. 모두에게 무슨 고통을 안기려 하심입니까."

박문수는 화가 난 것 같기도 하고, 마음이 아픈 것 같기도 하였다. 도규는 그런 박문수를 한 번 보고, 다시 구선에게 말했다.

"오늘은 그냥 돌아가오. 하지만 다음에 왔을 때 역시 이와 같은 일이 벌어진다면 나는 대감을 잠시도 머뭇거리지 않고 벨 것이오."

구선은 넋을 잃은 사람처럼 보였다. 빙애가 그런 구선의 어깨를 부둥켜안고 있었다. 늘 듬직하고 강인했던 상전의 몰락을 지켜보는 식솔들의 표정에도 두려움과 공포가 어렸다.

박문수와 장도규가 떠난 후에도, 극한 충돌 직후라 더욱 두드러지는 정적만이 허허롭게 집 안을 메웠다.

14

빙애는 가슴에 스며드는 한기를 느꼈다. 바람 한 점 없는 여름 밤이었는데도, 몸이 한없이 떨렸다. 우짖는 밤새들의 울음소리조차 서글퍼 목 놓아 우는 것처럼 들렸다. 빙애의 마음이 그러한 까닭이리라. 정말 목 놓아 울고 싶었다. 하지만 꾹꾹 눌러 참았다. 자신보다 더 울고 싶을 이들이 그러지 않았기 때문이다.

구선은 취중에 벌인 칼부림 때문인지, 손님들이 돌아간 다음 혼절하고 말았다. 여태껏 구선을 지탱해주던 무언가가 그만 그를 놓아버리고 사라진 것처럼, 한순간 맥없이 무너졌다. 빙애는 구선을 잠시 간병하다 뒤늦게 들어온 김씨 부인과 교대하여 나왔다.

김씨 부인은 빙애를 통해 자초지종을 다 듣고 눈시울을 붉히긴 하였으나, 눈물을 내비치진 않았다. 그녀는 담담함을 가장한 채, 그 순간 자신이 해야 할 일에만 집중했다. 김씨 부인은 대감이 깨어나면 긴히 할 이야기가 있다는 말로 빙애를 방에서 내보냈다.

'오라버니가 곁에 있다면……'

시훈이 곁에 있다 해도 달라질 것은 없으리란 걸 빙애도 알고 있었다. 그래도 시훈이 보고 싶었다. 그의 단단한 어깨에, 넓은 등에, 풍성하고 아늑한 품에 의탁하고 싶은 마음을 어찌할 수 없었다. 하지만 설령 시훈이 곁에 있다 해도, 그래서는 안 될 일이었다. 그 사실이 또 빙애의 마음을 서글프게 하였다.

빙애에게 이곳에서 지낸 세월은 얼마나 행복한 나날이었던가. 구선 대감과 김씨 부인을 부모로 여기며 살았고, 귀여움을 잔뜩 받았다. 오라버니 시훈과 세상 어느 오누이보다 살갑고 정겨운 시간들을 보냈다. 대동강 지류가 보이는 둘만의 놀이터를 찾아내 얼마나 많은 시간을 함께 보냈던가. 우연찮게 찾아온 그 모든 행복이 너무나 허망하게 사라지려 하고 있었다. 행복의 맛을 알아버렸기에, 이 몰락의 징후들은 더욱더 그녀를 두렵게 했다.

그 밤, 빙애는 시훈과의 행복했던 추억과 눈앞에 닥친 두려운 현실 사이를 수십 번 오가며 웃고 울기를 반복했다. 그러다 지쳐 까무룩 잠이 들고 말았다. 꿈자리까지 심히 사나워 그녀는 깊이 잠들지 못했다. 그 밤은 누구도 편히 잠들 수 없는 그런 밤이었다.

그녀가 다시 깬 것은 잠든 지 한 시진時辰도 채 되지 않아서였다. 무언가 은밀하지만 분주한 움직임들이 밖에서 느껴진 탓이었다. 깊이 잠들었다면 알 수 없을 정도로 조용한 움직임이었으나, 이미 편한 잠을 자기는 글러버린 터였기에 화들짝 잠에서 깨어났다.

그녀는 서둘러 의복을 갖춰 입고 대청으로 나왔다. 까치발을 들고 보니 중문 너머 사랑채로 사람들이 들락거리고 있었다. 빙애는 얼른 사랑채로 달려갔다. 돌담 뒤에 서서 귀를 기울이니, 구선의 목소리가 들렸다. 어제 무슨 일이 있었나 싶을 정도로 평온한 목소리였으나, 그 목소리에 담긴 말들은 두려운 현실을 새삼 상기시키는 것들이었다.

"그러니 이제 가서 술도가 입구를 못으로 박아 폐하고, 술을 담은 독들은 파쇄토록 하여라."

사랑채 앞뜰에 모여 선 장정들이 고개 숙여, 예, 하고 아뢴 뒤 떼 지어 몰려나갔다. 상전의 기개가 되살아난 것에 다소 안도한 까닭인지, 하인들의 움직임에도 머뭇거림이 없었다.

"거기 서 있지 말고 이리 들어오너라."

구선이 담벼락 뒤에 서 있던 빙애를 향해 말했다.

"아버님, 몸은 괜찮으신지요?"

"그래, 나는 괜찮다. 안 그래도 너를 부르려 하였다. 방으로 들어가자꾸나."

구선이 담담한 표정으로 방으로 들어섰다. 그의 뒷모습이 세상에 대한 미련을 버린 사람마냥 초연해 보였다. 빙애가 따라 들어가 구선과 마주 앉자, 구선이 물끄러미 빙애를 바라보았다. 빙애는 구선의 움푹한 눈을 보자니 가슴이 아려와 고개를 숙이고 말았다.

"내 어제는 큰 실수를 하였구나. 취기가 있었다고는 하나, 감춰두었어야 할 속말을 뱉어내고 말았으니, 참으로 돌이키기 어렵게 되었다. 너를 볼 면목이 없구나."

"저는 아버님께 백번 죽어도 다 못 갚을 은혜를 입은 몸인데, 어찌 제게 그런 말씀을……"

빙애는 감정이 북받쳐 끝말을 잇지 못했다.

"나 하나만 생각한다면 후회는 없다. 그것이 나의 진심이고, 또한 진실이라고 믿는다. 허나 내 식솔들을 위해 그동안 참아온 것을 술기운에 그리 토로하였으니, 참으로 면구스러운 일이다."

잠시 침묵이 흘렀다. 구선이 다시 입을 열었다.

"너도 들어 알겠지만, 술도가를 닫았다. 이제 조상님 뵐 면목도 없게 되었으니, 나는 이래저래 살아도 죽어도 죄인이로구나. 허나 당장에 내가 취할 수 있는 일이 이뿐이니 어찌하겠느냐."

빙애는 차마 고개를 들어 구선의 눈을 마주할 수 없었다. 자신의 마음이 이럴진대 아버님의 마음은 어떨지, 빙애는 상상조차 하기 힘들었다.

"아마도 일이 심상치 않게 흘러갈 듯하구나. 나는 임금에게, 임금은 나에게 원한이 있으니, 이 일이 원만하게 끝날 것 같진 않다. 내가 그 도규라는 자와 칼까지 맞대었으니 더더욱 그렇겠지. 나 하나의 목숨은 염려스럽지 않으나, 남은 가족들에게 닥칠 뒷일이 걱정스럽구나. 너와 시훈이는 또 어찌 될는지……"

시훈의 이름이 나오자, 빙애는 내내 참았던 눈물을 흘리고 말았다. 참으로 주체할 수 없는 감정이었다.

"빙애야."

빙애의 눈물 탓일까, 구선의 목소리도 차츰 젖어들기 시작했다.

"내가 너를 귀애하였음은 너도 알고 있으리라 믿는다."

"네, 아버님. 제겐 친아비보다 더 아버지 같으셨습니다."

"그래, 그리 여겨주니 고맙다. 이제 나는 너를 이 집에서 내보내려 한다."

"예?"

빙애는 예상치 못한 구선의 말에 깜짝 놀라, 내내 숙이고 있던 고개를 들었다.

"너는 아직 입적하지 않은 까닭에 내 딸이라 증거할 게 아무것도 없다. 또한 이 집안의 식솔도 아니니 내게 속한 사람도 아니다. 너는 그저 잠시 우리 집에 쉬어간 객일 뿐이야. 그리고 그것이 네가 살길이다."

"허나 저는 홀로 살고 싶지 않아요. 저는 아버님, 어머님, 오라버니와 죽음까지 함께하고 싶습니다."

"안다, 알아. 네 마음을 내 어찌 모르겠느냐. 하지만 시훈이는 어찌할 수 없다 해도, 너까지 죽음으로 내몰 수는 없다. 하나라도 살아야…… 내 죽음이 위로를 얻지 않겠느냐."

빙애의 눈물이 걷잡을 수 없는 지경이 되었다. 뺨을 타고 흐른 눈물이 붉은 치맛자락을 적셨다.

"아버님, 어찌 저에게 가족을 떠나라 하십니까. 제겐 아버님과 어머님, 오라버니뿐인걸요. 제발 함께하게 해주셔요."

"이미 네 어미와도 얘기를 끝낸 문제다. 아마 시훈이가 있었더라도, 그 아이 또한 응당 그래야 한다 하였을 것이다."

"아버님, 저는……"

빙애는 더 이상 말을 잇지 못했다. 눈물이 속으로 흘러 목을 메워버린 듯했다.

구선이 목을 가다듬고는 다시 단호한 목소리로 말했다.

"이 길은 나의 길이다. 선왕의 호위무사이자 금군별장으로서 마땅히 걸었어야 하는 길을 뒤늦게 가는 것일 뿐. 내 가족이야 운 나쁘게 나 같은 지아비와 아비를 만나 고초를 겪는다 해도, 너는 너의 길을 가면 되는 것이다. 내 오늘 아침, 복돌아범을 노비의 신분에서 면천免賤해주었다. 그를 따라가거라. 그가 믿을 만한 자라는 것은 너도 알 것이다. 우리 중 누군가가 살아남게 된다면 필시 너를 찾을 것이니, 너는 심려 말고 때가 되면 복돌아범을 따라가거라."

구선이 흐느끼는 빙애의 손을 끌어다 잡았다.

"빙애야, 나와 네 어미와 시훈이 모두 화를 면치 못하게 된다면, 너는 우리를 잊고 부디 행복하게 살아야 한다. 그럴 수 없다고 하겠지만, 꼭 그래다오. 그것이 아비로서 네게 하는 마지막 부탁이다."

빙애는 엎드려 울었고, 구선은 담담함을 가장했다. 그것이 그 순간, 딸과 아비가 각자의 입장에서 할 수 있는 최선이었다.

15

 박문수는 임금의 부름을 받고 궐내로 들어섰다. 구선의 일을 어찌 아뢰어야 할지 난감하였기에, 발걸음도 그의 마음만큼 무겁게 늘어졌다. 쉬쉬하고 넘어가기는 불가능했다. 평양 명망가의 가내에서 일어난 칼부림이 소문나지 않을 리 만무했다. 설령 소문이 평양 땅을 넘어서지 않는다 해도, 구선과 칼을 맞댄 도규까지 입막음하기는 어려울 터였다. 박문수와 윤구선이 동문이라 해도, 며칠 전의 일을 눈감아주기에는 그 정도가 심했다. 박문수는 그저 구선이 당장 술도가를 폐하고, 그것을 임금이 참작해주기만을 바랄 수밖에 없었다. 오랜 옛 친구를 고변하는 자리로 나아가는 박문수의 마음이 더없이 무거웠다.
 박문수가 선정전宣政殿으로 내키지 않는 걸음을 옮기는데, 때마침 입실하였다 나오는 예조참판 홍봉한洪鳳漢과 마주쳤다. 홍봉한은 세자의 장인으로 노론 실세 가운데 하나였다. 세자를 호위하는 세자익위사世子翊衛司의 세마洗馬라는 보잘것없는 직책에 있다가 딸이 세자빈에 간택되는 행운을 얻으며 일거에 권력의 중심으로 나아온 자였다. 직급은 위이나 손아래인 홍봉한이 먼저 알은체를 하였다.

"아, 기은 대감, 그간 평안하셨습니까?"

"홍 참판께서도 별고 없으셨지요?"

"뭐, 늘 그럭저럭 지내지요. 이런 이른 시각에 전하를 뵈러 가시다니, 어디 밀주단을 또 검거하신 모양입니다."

한양에서의 공적이 워낙 두드러진 바람에, 비밀리에 조직되었던 청풍회는 이제 임금 직속의 특별기구로 공인되어 있었다. 덕분에 박문수에 대한 임금의 각별한 신뢰가 다시 호사가들의 입방아에 올랐고, 소론으로서 임금의 총애를 받는다는 이유로 새삼 노론의 견제를 받고 있었다. 게다가 젊은 세자가 암행어사 박문수의 일화를 그리 좋아한다 하니, 슬슬 걱정이 되는 모양이었다. 혹여라도 세자가 소론의 임금이 된다면, 노회한 노론 세력들도 적이 당황스러울 터였다.

"전하께서 부르셨습니다. 참판께서는 어인 일로 행차하셨습니까?"

홍봉한이 특별한 비밀이라도 되는 양, 은밀한 목소리로 속삭였다.

"세자 저하 때문이지요. 전하께서 세자 저하의 학업이 더딤과 그 자유분방한 성정에 걱정이 이만저만이 아니라오. 근래 연일 꾸지람만 느니, 세자 저하께서도 기가 죽으실 만하지요. 실로 걱정 또 걱정할 일이 아니겠습니까. 장차 이 나라의 국본이 되실 분이 아니오."

세자 저하의 학업 따위가 대신들의 걱정일 리 없었다. 세자가 노론 대신들의 입맛에 맞게 행동하지 않는다는 것이 더 염려스러울 터. 특히나 홍봉한은 세자의 장인으로서 나름의 책임이 있는지라, 노론 영수들의 압박을 심하게 받고 있는 모양이었다.

"전하의 성정을 물려받으셨을 테니, 장차 국본에 어울리는 분이 되실 겁니다."

박문수는 홍봉한과 잠시 담소를 나눈 후, 선정전으로 입실하였다.

임금이 그를 기다리고 있었다.

"오, 기은 대감. 그래, 평양엘 다녀왔다 들었소. 한양만 벗어나면 밀주가 창궐한다 하던데, 실정이 어떠하였소?"

박문수가 평양을 다녀온 것은 이미 임금의 귀에 들어갔다. 밀주의 당사자가 윤구선이라는 걸 알게 되면, 임금의 온화함은 온데간데없이 사라지리라. 인자할 땐 한없이 인자하지만, 화가 나면 그 누구보다도 무서운 사람이었다. 그런 임금에게 매일 꾸지람을 듣고 있다는 세자의 심정도 모를 바는 아니었다.

"소문대로 밀주가 이루어지고 있었습니다. 술도가를 꾸린 자는……"

박문수가 얼른 대답하지 못하고 말을 흐렸다. 예민한 임금이 낌새를 놓칠 리가 없었다.

"밀주를 한 자가 누구요? 내가 알 만한 자요?"

"예, 전하······ 전 금군별장 윤구선이었습니다."

"뭐라! 윤구선!"

예상대로 대뜸 임금의 언성이 높아졌다. 임금이 구선을 회유하려 하였으나 뜻을 이루지 못한 일은 조정 대신들 가운데 모르는 자가 없었다. 임금이 바뀌면 낙향하는 벼슬아치들이 종종 있었으나, 임금은 구선의 낙향이 역심逆心에 기반한 것이라 의심했다. 이인좌가 난을 일으켰을 때도, 가장 먼저 구선의 동향은 어떠했는지, 난과 관련은 없는지 물었던 임금이었다.

"아니, 그자가 그토록 낙향을 갈해하더니, 거기서 밀주를 한다고? 이는 감히 나를 능멸하려 작정한 것이 아닌가? 아니면 역심인가!"

박문수는 구선이 내뱉은 말들을 떠올리며 뜨끔하였다. 잠시 숨을 고르며 임금의 분노가 가라앉기를 기다렸다.

"금주령을 어긴 그 죄 엄히 다루심이 마땅하나, 역심이라기보다는 선대부터 내려온 술도가를 아무 생각 없이 이어간 듯하옵니다. 엄중 경고하였으니, 술도가를 폐하였으리라 사료되옵니다."

"사료가 된다? 그게 무슨 소린가? 이미 짐을 두 번이나 능멸한 자이다. 이제 와서 발뺌을 한다고 지은 죄가 없어진단 말인가? 어찌하여 그대는 당장 그자를 잡아들이지 않았단 말인가!"

예상보다 강경한 임금의 반응에 박문수는 손쓸 도리가 없음을 깨달았다. 마음 같아서는 더 변호하고 싶었으나, 칼부림까지 있었다는 사실을 알게 된다면 그 화는 청풍회에 떨어질 수도 있었다.

자신이 다치는 것이야 감내할 수 있다손 치더라도, 함께한 수하들을 생각하면 수장으로서 할 도리가 아니었다.

"그자를 당장 압송하시오. 내 직접 그자의 저의를 만천하에 밝힐 것이오!"

임금은 두말할 것 없다는 듯 어명을 내렸다. 어조에는 박문수의 우유부단함에 대한 질책 또한 담겨 있었다.

"예, 전하, 분부대로 죄인을 압송하겠습니다."

박문수는 임금의 마뜩잖은 표정이 머리 위에서 배회하는 것을 느끼며 허리를 굽혀 예를 갖추고 물러났다. 그의 가슴이 심히 먹먹했다. 박문수 역시 경종임금이 소론을 중용할 때에야 위세를 얻었다. 그런 선왕의 가장 충성스럽고 가까운 신하였던 구선이 선왕의 죽음에 의심을 품은 판국에 어찌 금상을 따를 수 있었겠는가. 그저 낙향하여 소일하며 지내는 줄 알았건만, 하필이면 그의 가문은 술을 빚어왔더란 말인가. 아니면 그것은 정녕 소박한 역심의 표현이었단 말인가.

그의 신념 역시 흔들렸다. 나이가 들수록 완고하고 표독스러워지는 자가 있는 반면, 나이가 들수록 단호했던 기개가 꺾이고 세상이 보다 복잡한 갈등으로 가득 차 있음을 알고 혼란에 빠지는 자들도 있었다. 박문수는 자신이 후자에 속한다는 사실을 비로소 깨달았다.

박문수는 별실로 돌아와 도규를 호출하고는, 잠시 앞으로의 일에 대한 생각에 잠겼다. 도규는 사명감에 불타 맹렬히 임무를 수행하리라. 검계들에 대한 그의 분노는 이해할 수 있었다. 아버지의 성정을 물려받은 듯한 그 우직함도 믿음직하였다. 하지만 밀주단을 제압할 때 그가 보여준 냉혹함을 고려할 때, 복수에 대한 집착이 종국에 그를 상하게 하지 않을까 염려스러웠던 적도 한두 번이 아니었다. 적들을 대할 때면 도규는 마치 딴사람이 된 듯 돌변하여 칼을 휘둘렀다. 그의 단호함이 자신만큼 나이가 들었을 때도 여전할까. 세상은 이토록 복잡하고 단순하지 않은데, 그는 한 치의 흔들림도 없이 그 길을 걸어나갈 것인가. 그리고 그것은 과연 옳은 것인가. 박문수는 답을 알지 못하였다.

도규는 금방 출두했다. 이미 명이 떨어진 것을 안 듯, 휘와 중권과 만석까지 대동하고 나타났다.

"다들 잘 왔네. 전하의 명이 떨어졌네."

박문수는 심란한 마음을 떨쳐내고 청풍회 수장으로서 엄중히 명을 내렸다.

"지금 수하들을 이끌고 평양으로 간다. 술도가를 폐하고 죄인 윤구선을 체포하여 한양으로 압송한다. 전하께서 친히 친국하실 터이니, 그가 상하는 일은 없도록 하라. 그럴 일은 없으리라 생각하나 혹 구선의 수하들이 저항할 경우, 가차 없이 베어도 좋다. 하지만 구선과 그의 처자식은 온전히 보전하라."

박문수의 지시에 일동이 옛, 하고 대답했다. 박문수의 속내도 모른 채 중권이 의욕을 불태웠다.

"한양 밀주단을 싹 소탕하고 나니 이거 원 몸이 근질근질했는데, 때마침 잘됐습니다. 제가 아주 본때를 보여줄 것입니다."

"자네 주먹을 너무 맹신하지 말게. 상대는 이제까지의 건달 나부랭이들이 아닐세. 전 금군별장이며 한때 조선 제일이라 하였던 무인일세."

도규가 경고했다. 그는 이미 구선과 검을 맞대어본 입장이었다. 술에 취해 있었기에 망정이지, 맨 정신이었다면 쉬운 싸움은 아니었을 것이다. 그가 작정하고 싸우려 들면, 힘든 일이 될 터였다. 하지만 박문수는 구선이 다시 칼을 드는 일은 없을 것임을 알고 있었다.

휘가 비장해진 분위기를 바꿔볼 요량으로 농을 지껄였다.

"감홍로라 했던가. 그게 그리도 명주라던데. 하, 내 한번 마셔보기도 전에 이 땅에서 사라질 판이로군."

"조용하게. 함부로 그런 말을 올리지 말라, 몇 번이나 일렀는가."

도규의 질책에도 휘는 능청스럽게 받았다.

"아, 형님. 알겠습니다. 농입니다, 농. 큰 판을 벌이기 전에 마음을 다잡는 아우의 방식이라 여겨주십시오. 저는 이번에도 공을 세워 받은 하사품으로 자운이랑 뒹굴 생각밖에 없는 놈입니다요. 하하."

수하들을 물린 후, 박문수는 다시 혼자가 되었다. 감내하기 벅찬 적막이 흘렀다.

어찌 되었건 그는 조선의 사대부였다. 임금의 신하 된 자로서의 도리를 다할 수밖에 없었다. 노론이 아님에도 자신을 누구보다 신뢰해준 임금에게 충성해야 했다. 구선이 경종임금에게 충성을 다하였듯, 자신이 금상에게 충성을 다하는 것 역시 마땅한 도리였다. 피차 같은 마음일진대, 이런 식의 결말을 맞게 되었다는 것이 그저 가슴 아플 따름이었다.

16

암흑이 내려앉은 숲 속이었다. 구선은 달빛에 의지해 길을 걸었
다. 도무지 어디를 가는 것인지, 이 길이 무엇을 향해 있는지 기억
할 수 없었다. 숲 속에 어떻게 들어왔는지조차 헤아릴 수 없었다.
소리를 쳐보았으나 돌아오는 것은 불길한 메아리뿐이었다. 어디
선가 산짐승의 울부짖는 소리가 곡소리마냥 구슬프게 이어졌다.

그때였다. 저만치 앞에서 시퍼런 도깨비불이 휘휘 돌다 사라졌
다. 구선은 걸음을 멈추고 도깨비불을 찾았다. 한참 보이지 않던
도깨비불이 눈 깜짝할 새 바로 앞까지 바싹 다가왔다.

"전하!"

구선이 외마디 신음을 내뱉으며 부복俯伏했다. 도깨비불이라 여
겼던 그것은 경종의 안광이었다. 핏기 없고 파리한 용안이, 그가
이미 사자死者임을 말해주고 있었다.

"내가 누구 때문에 죽은 것인지 너는 알지 않느냐? 내가 어찌

억울한 죽음을 맞았는지 너는 이미 그 연유를 알지 않느냐?"

구선의 입에서 자신도 모르게 꺼억꺼억 하는 통곡이 새어나왔다.

"전하, 소신을 죽여주시옵소서."

구선이 할 수 있는 것은 그 말밖에 없었다.

"오냐, 내 너를 죽여줄 것이다. 너도 억울한 죽음이 무엇인지 알아야 내 원한의 깊이를 알겠지!"

그 섬뜩하고 나지막한 말에 구선은 불현듯 고개를 쳐들었다. 임금의 안광이 다시 달빛에 서슬 퍼렇게 빛났다.

"왜 아직도 죽음이 두려운 것이냐? 허허, 허허허."

왕은 헛웃음을 내뱉으며 구선을 비웃었다. 구선이 뭐라 항변하려 하였으나, 말이 되어 나오지 않았다. 외려 내뱉으려던 말이 그의 혀를 꼬고 목을 막아 질식시키려 했다.

화들짝 놀라 이불을 걷어차며 구선이 몸을 일으켰다. 방 안에 새벽 어스름이 새어들고 있었다. 꿈이었다. 늘 꾸던 꿈, 그러나 오늘은 결말이 달랐다. 구선은 마지막 순간 살려고 발버둥 친 자신의 모습을 떠올렸다. 정녕 삶에 미련이 있더란 말인가. 아니, 아니다. 두려운 것은 내 삶이 아니다. 사랑하는 자들의 운명이 어찌 될지가 두려운 것이다. 경종임금은 후사가 없었다. 자식을 향한 아비의 마음은 미처 몰랐을 터였다.

몇 술 뜨는 둥 마는 둥 아침상을 물리려 할 때였다. 밖이 소란스러워지는 것을 듣고, 때가 되었음을 알았다. 구선은 이미 의복을 갖춘 채 정좌하고 있었다. 저항은 없을 것이다. 식솔들에게도 일체 대응하지 말라 일러두었다. 그럼에도 저런 요란을 떠는 것은 본보기로 삼으려는 것이리라. 평양 명망가가 임금이 내린 금주령을 어겨 한양으로 압송되는 광경은 그 무엇보다 금주령에 대한 확실한 인상을 남길 터였다.

이내 우렁찬 고함이 들렸다. 도규의 목소리였다.

"역적 윤구선은 나와 포박을 받으라!"

역적. 그렇게 되는 것인가.

구선은 부름에 응해 순순히 대청으로 나갔다. 이미 수두룩한 군졸들이 마당을 점령하고 있었다. 그 한가운데 장도규가 위세 좋게 서 있고, 마치 숨듯이 그의 등 뒤에 구슬픈 눈빛을 한 박문수가 자리하고 있었다. 그들 좌우에 선 무사들은 일이 너무 싱겁게 끝나는 것이 자못 아쉬운 표정이었다. 한바탕 싸움이라도 벌어지길 기대했던가. 전직 무사의 매서운 칼을 직접 받아보고 싶었던 것인가.

"나는 금주령을 어겼다. 그것이 역적의 범주에 드는 것인가?"

그가 담담한 어조로 박문수를 향해 물었다. 그러나 대답은 도규가 하였다.

"국법을 어긴 자가 어찌 그리 말이 많은가. 게다가 그대는 이미 역심의 말들을 내뱉지 않았던가."

금주령도 금주령이지만, 지난번 술에 취해 내뱉은 말을 그냥 넘길 수 없다는 투였다. 말을 뱉는 도규의 모습은 젊은 날 경종을 호위하며 칼을 뽑아들던 자신의 위세 등등했던 모습과 하등 다를 바가 없었다.

"술도가는 이미 폐하였소. 술도가의 일꾼들 역시 상전의 명에 따라 일하였을 뿐이니 죄가 없소. 역심의 발언에 대해서라면 오직 나 혼자의 묵은 생각이었으니, 다른 모든 이들은 선처를 부탁하오."

그가 다시 박문수를 향해 말했다. 박문수가 미세하게 고개를 끄덕였다. 그러나 도규는 이번에도 냉정했다.

"죄인이 이래라저래라 말이 많구나. 뭣들 하느냐? 어서 죄인에게 오라를 지워 함거에 신도록 하라!"

도규의 명이 떨어지자 관졸 넷이 그에게 다가가 오라를 지웠다. 구선은 순순히 팔을 내주었다. 부디 자신의 가족만이라도 무사하기를 기대하며 그는 말없이 모든 지시에 응했다. 그 기대가 부질없는 희망에 불과할지라도, 그 지푸라기라도 잡을 수밖에 없는 것이 지아비 되고 아비 된 자의 처지였다.

그가 짐승 우리 같은 함거에 몸을 실었을 때, 중문간에 나온 김씨 부인의 모습이 보였다. 곧 쓰러질 듯한 김씨 부인을 옆에서 부축한 것은 빙애였다. 김씨 부인은 통곡하지 않았다. 뺨을 타고 흐르는 눈물까지 숨기진 못하였으나, 어쩌면 살아 다시 보지 못할 지아비를 보내는 순간 그녀는 품위를 지키려 무던히 애쓰고 있었다. 이미 석별의 정은 지난 며칠 사이 충분히 나누었다. 늙은 자신에게 시집와 아들을 낳아주고, 벼슬 하나 없이 허송세월을 보내는 지아비를 보필해준 아내에게 구선은 눈으로 작별을 고했다.

그리고 역시 울고 있는 빙애를 보았다. 빙애가 이 난국을 빠져나갈 수 있도록 최소한의 조치를 해두었다는 것이 구선으로서는 그나마 위안이었다.

그 일별이 끝나고 함거가 움직이기 시작했다. 그제야 식솔들이 우르르 몰려나와 곡지통을 하였다.

"대감마님!"

"대감마님이 가시면 저희는 어찌합니까!"

"몸 성히 돌아오십시오."

문 앞에도 외거노비들과 평양에 살며 한두 번씩은 그의 은혜를 입은 자들이 허다하게 몰려와 있었다. 그 틈에 복돌아범의 얼굴이 보였다. 그 역시 오랜 지우를 잃은 양 통곡하고 있었다. 구선은 그에게 고갯짓을 해 보였다. 빙애를 부탁하네. 그도 역시 눈물을 훔치며 고개를 끄덕였다. 빙애 아씨는 걱정 마십시오.

그렇게 구선은 평양과 작별을 고하였다. 다시 돌아오지 못하리라. 시훈을 보지 못한 것이 아쉬웠다. 시훈을 찾으라 보낸 종복從僕에게서는 끝내 연락이 오지 않았다. 이제 시훈이 한양에 당도할 때가 되었을 터인데. 이 모든 상황을 알게 되었을 때, 아들이 어떤 선택을 할는지 그는 알 수 없었다.

그의 고뇌도 모른 채, 말은 터덜거리며 함거를 끌기 시작했다.

쉬지도 않고 밤낮을 달렸다. 이토록 시급한 것은 어명이 있었음이리라. 구선은 임금을 직접 대면하겠구나 싶었다. 그렇다면 그의 면전에 무슨 말을 해주어야 할까. 권력에 눈이 멀어 선왕을 독살하고 천기를 거스른 것이냐 따져 물을 것인가, 이 한목숨은 처형을 면치 못할 것이나 내 식솔들은 용서해달라 빌고 또 빌 것인가.

그의 마음은 이미 각오를 다졌으나, 울퉁불퉁한 길들에 함거가 요동칠 때마다 그의 번민은 계속되었다.

마침내 함거가 돈의문敦義門을 지났다. 오는 내내 박문수는 한 차례도 구선과 눈을 마주치지 않았다. 그 나름의 배려라는 것을 구선은 모르지 않았다. 도규라는 자도 밉지 않았다. 그는 자신의 일을 하고 있을 뿐이다. 구선 또한 선왕의 지시로 수많은 자들의 목을 쳤다. 서로 섬기는 하늘이 달라 적이 되었을 뿐. 같은 하늘을 섬겼더라면 그와 의기투합이 잘되었을 것이다. 자신의 성정을 물려받은 아들이라면 그와 호형호제할 수 있었을지도 모른다. 젊은 날, 그와 박문수가 그랬던 것처럼.

함거가 멎은 곳은 의금부 국문장이었다. 저녁 어스름이 짙게 물들고 있었고, 도열한 포졸들이 사뭇 엄중한 경계를 서고 있었다. 이상하리만치 고고하고 무거운 기운이 국문장을 감돌고 있었다. 벼슬을 그만두고 낙향한 지 십 수 년. 잊혀질 법도 한데, 구선은 이 기운이 어디에서 기인한 것인지 몸으로 먼저 깨달았다. 그는 눈을 감고 깊이 숨을 고른 다음, 다시 눈을 떴다. 임금이 눈앞 어좌에 앉아 죄인을 기다리고 있었다.

함거를 진 자들이 함거를 내려놓은 다음, 일제히 부복했다. 문수도, 도규도, 관졸들도 모두 자신들의 하늘을 앞에 두고 고개를 조아렸다. 오로지 함거 안에 망부석처럼 앉은 구선만이 꼿꼿했다.

임금의 목소리가 서슬 퍼렇게 흘러나왔다.

"역적을 압송하였는가?"

"예, 전하. 분부대로 그를 잡아왔습니다. 저항은 없었고 술도가도 이미 폐하였더이다."

박문수가 부복하여 보고하면서 굳이 할 필요도 없는 말을 덧붙였다. 부질없는 짓이리라. 박문수도 알고 구선도 아는 일이었다. 그저 옛 친구에게 자신의 마음을 전하고 싶었으리라.

임금은 가타부타 말도 없이 명을 내렸다.

"죄인을 끌어내라."

도규가 벌떡 일어나 함거 문을 열고 구선을 끌어내렸다. 오랜 시간 곧추세우고 오느라 끊어질 듯했던 구선의 허리가 절로 꺾이며 바닥에 무릎을 찧고 말았다. 도규는 그런 구선을 가차 없이 일으켜 미리 마련된 형구에 채웠다.

임금이 구선을 내려다보았다. 구선은 억지로 허리를 꼿꼿이 폈다. 이미 그는 마음의 결심을 굳혔다.

허리를 꼿꼿이 세운 구선의 모습에 임금은 더욱 부아가 난 듯하였다. 안 그래도 엄하고 성마른 임금의 외관이 분노를 감추지 못하고 일그러졌다.

"네 이놈, 구선! 네놈이 정녕 나를 욕보이려 하는구나. 네가 법을 능멸하고 나의 명을 우습게 여김은 이미 아는 일이다. 고하라, 네가 획책하는 것이 무엇이냐?"

획책이라니, 나를 역적으로 몰기 위함인가. 구선은 임금이 치졸하다고 생각했다. 영민하고 꼼꼼하기는 하나 이 왕권은 태생적으로 도덕적이지 않다. 그는 속이 좁고 치졸한 남자다. 구선은 대거리를 했다.

"오랫동안 술도가를 해온 집안에서 술을 빚는 것을 획책이라 하는 줄은 몰랐습니다. 제가 술을 마신 연유에 대해 묻는 것이라면, 그 즐거움 때문이라 하겠습니다. 또한 잊을 수 없는 고통과 수치를 잠시나마 잊게 해주는 그 위무慰撫의 힘 때문이라 할 것입니다. 술을 빚어 판 연유는, 그것이 선대부터 이어온 가업이기 때문입니다."

"고얀 놈이로구나. 감히 내 면전에서 나의 명을 전혀 염두에 두지 않았다 말하는 것이냐?"

임금이 몸을 부르르 떨었다.

"순리를 거스르는 법을 법이라 할 순 없습니다. 백성들을 위로하는 것은 도성에 있는 임금의 영문 모를 명이 아니라, 힘든 노동 후에 기꺼이 나눌 수 있는 한잔 술뿐입니다. 술을 빚는 것이 백성의 고혈을 빼는 것이라 함은 실로 술이 백성들에게 주는 위로의 힘을 모르는 탁상공론일 뿐입니다. 어찌 백성을 위한 방책이라 하겠습니까."

"네놈이 이리 방자하게 구는 것은 끝내 나를 욕보이려 함이냐?"

"어찌 그리 생각하십니까. 제 소신이 그러함에도 불구하고, 저는 기은이 다녀간 다음 술도가를 폐하였나이다."

"내 이미 모든 첩보를 입수하였다. 네놈이 임금의 신하에게 칼을 겨누었다 들었다. 그것이 역심이 아니고 무엇이겠느냐?"

임금의 이 말에 놀란 것은 구선이 아니라 문수였다. 그는 다급히 도규를 바라보았다. 문수의 답변이 미심쩍은 것을 알고 도규를 따로 불러 확인한 것이리라. 도규는 충심으로 소상히 아뢰었을 것이다.

"술에 취해 일어난 일이었을 뿐입니다. 제가 맨 정신이었다면 아무 원한도 없는 저자에게 칼을 들이대었겠나이까. 실로 좋은 신하를 두셨더이다."

왕이 무거운 음성으로 물었다.

"이것이 네게 있어 마지막 기회다. 나는 너의 임금이냐?"

구선은 눈을 감았다. 짧은 순간 그의 머릿속에 얼굴들이 스쳐 지나갔다. 부인과 시훈의 얼굴이, 시연과 빙애의 얼굴이 차례로 스쳐갔다. 살아서는 볼 수 없을 얼굴들. 그런 다음, 경종임금의 용안이 보였다. 노기 서린 표정, 안광을 내뿜던 파리한 얼굴, 그러나 한편으로는 연민에 가득 찬 표정이었다. 그는 구선의 하늘이었다. 그 하늘이 무너졌다. 지금 눈앞에서 자신에게 적의를 드러낸 저 사내 때문에. 그 때문에 모든 것이 어그러졌다. 이 모든 비극이 거기서 시작되었다.

구선은 눈을 떴다.

"제가 섬기던 임금은 일찍이 승하하셨습니다. 선왕께서 왜, 어떻게 승하하셨는지는 누구보다 더 잘 아시지 않습니까."

임금의 눈에서 불이 튀었다. 박문수는 고개를 꺾었고, 도규는 비분강개하였다.

"네 이놈! 그 말인즉슨, 내가 황형皇兄을 어찌 하기라도 했다는 말이냐!"

정말로 억울한 사람의 목소리로 임금이 목청을 높였다.

"생감과 게장을 함께 올린 연유를 더는 묻지 않겠습니다. 진실은 하늘이 알 것이라 믿을 뿐입니다."

구선의 담담한 대답과 반대로 임금의 행동은 격하게 불꽃이 튀었다. 임금은 칼집에서 검을 뽑았다. 한쪽으로 기울기 시작한 붉은 태양이 내뿜는 귀기가 명검에 어렸다. 왕실에서 육십 년에 한 자루씩만 제작한다는 왕실 보검 사인검四寅劍이었다. 검이 지닌 용맹스러움을 표현하는 스물일곱 자의 한자가 새겨져 있었다. 한때는 구선이 모시던 왕이 가지고 있던 검이었다. 눈앞의 남자는 저 보검을 지닐 만한 사람인가, 구선은 마지막 생각을 머금었다. 마음에 슬픔은 있으되 두려움은 없었다.

"무엄한 놈, 네 정녕 죽고자 작정하였구나!"

"선왕께서 비참하게 승하하셨을 때 함께 죽었어야 할 몸이오. 그 한을 다 갚지 못하고 가는 것이 원통할 뿐이오."

구선은 임금을 똑바로 바라보았다. 두려움이 깃들지 않은 담담한 눈길이었다.

"이노옴!"

임금이 분을 참지 못하고 국청 뜰로 뛰어내려와 당장이라도 내리칠 듯 구선의 목에 검을 겨누었다. 하지만 구선은 눈썹 하나 까딱하지 않았다. 확고한 결단과 신념이 서린 얼굴이었다. 임금의 핏발 선 눈과 구선의 담담한 눈이 잠시 서로를 훑는 동안 오로지 정적만이 흘렀다.

마침내 임금이 분에 찬 목소리로 명했다.

"이자의 역심이 만천하에 드러났다. 내 당장 이놈을 요절내고 싶으나, 역모의 죄를 물어 능지처사에 처함이 마땅하다. 그 머리와 수족은 잘라내 사대문에 효시토록 하여 만백성이 역적의 죄과를 명백히 알게 하라! 또한 이 역적의 삼대를 멸족하고, 밀주로 모은 모든 가산을 압수하라. 그 처와 모든 식솔들은 관아의 노비로 삼아 본보기가 되도록 하라!"

임금의 호령이 핏빛처럼 붉은 태양의 잔상과 어우러져 냉혹하고 쓸쓸한 공간을 어지러이 채웠다. 구선은 자신의 죽음이 선고되는 순간, 지그시 눈을 감았다. 더는 세상에 미련이 없다는 듯. 어디선가 밤새가 구슬피 우짖기 시작했다.

구선의 처형은 임금의 분노만큼이나 신속하게 이루어졌다. 다음 날 아침, 행인들이 번다하게 몰려드는 돈의문 앞에서 구선은 네 마리의 말이 끄는 수레 두 대에 사지가 묶인 채 능지처사를 당하였다. 고뇌로 얼룩진 그의 삶이 그의 살과 함께 찢겨나갔다. 마지막 순간 그의 뇌리에 깃든 것은 분노도 회한도 아니었다. 오로지 남겨진 이들에 대한 염려뿐이었다. 그의 머리는 돈의문에 효수되었다.

17

시훈이 한양에 도달한 것은 과것길을 떠난 지 보름이 지나서였다. 유람 삼아 넉넉한 일정으로 출발하긴 하였으나, 그 길이 순탄치만은 않았다. 당장은 빙애에 대한 그리움이 사무쳐 머릿속이 내내 어지러웠다. 과거부터 치르고 차차 그 문제를 해결하자고 스스로를 몇 차례나 다독였지만, 빙애의 미소가 가까이 없다는 것이 이유 없이 그를 불안하게 하였다.

길을 떠나고서야 시훈은 자신이 빙애에게 품고 있는 연심의 크기를 새삼 실감할 수 있었다. 빙애 또한 그만큼 자신을 그리워하고 있으리라 생각하는 것만이 유일한 위안이었다. 남쪽으로 내려갈수록 싱그러운 녹음과 울창한 산길이 절세의 풍경을 펼쳐 보였지만, 그는 뜻 모를 불안과 그리움 때문에 도통 즐길 수가 없었다. 이럴 바에야 하루속히 한양에 도달하는 편이 낫겠다고 여긴 시훈은 외려 걸음을 재촉했다.

계획은 얼마 가지 않아 어그러졌다. 관서와 경기의 경계가 이어지는 지점에 위치한 화전민 마을에서 하룻밤 신세를 지는 중에 한 무리의 검계가 마을을 급습한 까닭이었다. 한양에서 밀주를 하다 적발되어 조직이 와해되었는데, 그 잔존 세력들이 북쪽으로 도망쳐 올라가던 중 그 마을에 들이닥친 것이었다. 피차 운이 나쁜 만남이었다. 갈 길 바쁜 시훈이나, 간단한 노략으로 노잣돈이나 챙길 계획이었던 검계 무리나, 거기서 그러고 있을 상황은 아니었지만, 호랑이와 이리 떼가 한자리에서 만나면 어느 쪽이든 그냥 물러날 수는 없는 법이었다.

게다가 하룻밤 넉넉한 인정을 베푼 마을 사람들을 모른 척할 성격의 시훈도 아니었다. 시훈은 산골 화전민들을 대신해 검계 무리와 검을 맞부딪쳤다. 머릿수는 많았으나, 와해된 조직의 오합지졸들이 시훈의 적수가 될 리 만무했다. 패월도가 허공을 가를 때마다 무뢰배들이 사정없이 나가떨어졌다. 단 하나의 목숨도 빼앗지는 않았으나, 남은 생에 교훈이 될 정도의 상흔 하나씩은 남겨주었다.

무뢰배들은 예상치 못한 고수를 만나 혼비백산했다. 반나절의 칼부림에 온몸이 땀에 전 반면, 시훈은 털끝 하나 다치지 않았다. 그는 마을 사람들의 간곡한 청에 못 이겨 거기서 이틀을 유하며 융숭한 대접을 받았다. 아직 과거 일자에는 여유가 있었다.

다시 행장을 꾸려 산릉을 넘는데, 패주한 검계 무리가 첩첩산중의 산길에 매복하고 있다 시훈을 기습했다. 이번에는 시훈도 깜짝 놀랐다. 그리 호되게 당하고도 악착같이 덤벼드는 집요함에 새삼 놀란 것이었다. 그들 역시 다른 길이 없었던 까닭이었다.

싸움 실력이야 댈 바가 아니었으나, 검계 무리는 며칠간 꼼꼼히 산길을 장악해 시훈을 몰아넣을 채비를 갖춘 상태였다. 초행길인 시훈이 꽤나 당황스러울 만한 상황이 적지 않게 발생하였다. 땅에서 솟구치는 자가 있는가 하면, 나무 위에서 뛰어내리는 자도 있었다. 그물이며 죽창이 덫처럼 곳곳에 설치되어 있었다. 그 탓에 시훈이 길을 벗어나지 않을 도리가 없었다. 돌파하려면 할 수 있을 것이었으나, 자신의 몸 하나만 빠져나가고 말면 이자들이 또 화전민들을 찾아가 분풀이를 할지 모를 일이었다. 시훈은 그들을 일망타진하기로 작심하였다. 시훈이 작정하고 나서자 그들의 잔꾀도 이내 무용지물이 되었다. 시훈은 그들을 포박해 근처 관아에 넘겨준 후에야 겨우 과것길에 복귀할 수 있었다.

그리하여 예정보다 많이 지체된 것이었다. 길에서 벗어나는 바람에, 시훈은 집에서 자신을 찾기 위해 보낸 사람과 마주치지 못한 채 한양에 도달하게 되었다.

그간의 사정을 알 리 없는 시훈은 한편으로 다행이란 생각마저 들었다. 그 한바탕 일전 때문에 자신의 무예를 다시 한 번 다듬을 수 있었을 뿐 아니라, 빙애에 대한 생각에서 잠시나마 벗어나 마음을 추스를 수 있었다. 시훈에게는 피와 살이 튀는 싸움이 빙애에 대한 그리움을 극복하는 것보다 더 쉬운 일이었다. 바지런을 떨어야 과거 시험을 치를 수 있을 듯하여, 걷는 일에 집중하면 할수록 그의 마음도 다소 무념에 가까워졌다.

다만, 한양에 가까워질수록 이상하리만치 마음이 무거웠다. 정체 모를 한기가 내내 다리 언저리를 감도는 듯하고 그의 발걸음을 잡아채는 듯했다. 몸이 상한 것 같지도 않고, 시험에 대한 두려움일 리는 더더욱 없는데, 시훈은 그런 자신이 스스로도 의아했다.

시훈은 도성 입구를 향해 내키지 않는 발걸음을 재촉했다. 돈의문이 저만치 보였다. 깃발들이 나부끼는 사이로 무언가 뭉툭한 것이 쇠꼬챙이에 꿰여 꽂혀 있었다. 마치 양쪽의 깃발을 호위 삼은 것처럼 그것은 과묵하고 무겁게 자리하고 있었다. 성문을 지나는 자들이 입구 왼쪽 벽에 붙은 방을 읽으며 그 형상을 향해 손가락질을 하거나 침을 퉤 뱉고 지나쳤다.

성문으로 다가가며 보니 그것은 효수된 사내의 머리였다. 참으로 큰 죄를 지은 대역죄인인가 보다 여기며 태연하게 걸음을 옮기기는 하였으나, 시훈의 심장은 그 어느 때보다도 요동치고 있었다. 피가 역류하는 듯한 비린내가 코끝을 맴돌았다. 그의 마음속에 불안감이 이유 없이 증폭되고 있었다. 갑자기 빙애가 떠올랐다. 걷잡을 수 없이, 그녀가 보고 싶었다.

'어찌 죄수의 머리를 보며 빙애를 떠올린단 말인가.'

그 생각 자체가 너무 불길해 그는 머리를 세차게 저었다. 발걸음은 무언가에 밀린 듯 자꾸만 더뎌졌다. 그런 더딘 걸음으로도 꾸준히 걷고 있자니 마침내 돈의문 아래에 닿았다. 그리고 불길한 마음을 억누르며 성문 저 위에 놓인 머리를 힐끗 올려다보았다.

시훈의 발걸음이 그 자리에 못 박힌 듯 굳었다.

18

누군가 시훈의 옷자락을 잡아당겼다. 그제야 퍼뜩 정신이 든 시
훈은 본능적으로 패월도를 움켜잡았다. 눈앞의 상황이 꿈인지 생
시인지 분간할 수 없었다. 시훈이 다급히 고개를 돌려 노려보자,
젊고 깡마른 사내가 보였다. 모든 것이 너무 혼란스러워, 시훈은
한순간 그를 알아보지 못했다. 하지만 곧 그가 집안의 대소사를
문중에 알리는 일을 하던 종복임을 알아차렸다.

그는 누가 들을세라 시훈에게 작은 소리로 읊조렸다.

"도련님, 잠시 예서 자리를 피하시지요. 한시바삐 한양을 떠남
이 좋을 듯합니다."

"아니, 자네는 예서 무얼 하는 겐가. 아니, 이게 지금…… 말해
보게, 내가 지금 꿈을 꾸고 있는 게지?"

"도련님, 진정하십시오. 자초지종은 제가 다 설명드릴 터이니,
일단 예서 벗어나셔야 합니다."

"꿈이…… 꿈이 아니란 말인가…… 그렇다면 저기 저……"

시훈이 차마 말을 잊지 못한 채, 몸을 부들부들 떨며 아버지 구선의 머리를 쳐다보았다. 성곽에 내려앉은 까마귀들이 호시탐탐 기회를 엿보고 있었다. 시훈은 머리가 어질하였다. 피가 머리끝까지 역류하는 듯하였다. 가슴이 터져나가 오장육부가 당장이라도 몸 밖으로 쏟아질 것만 같았다.

조용히 그를 잡아채는 종복의 팔을 뿌리치고 시훈은 사람들을 헤집고 들어가 방을 읽었다.

—밀주를 하여 주상의 깊은 뜻을 멸시하고 역모를 꾀한 대역죄인 윤구선의 목을 여기 효수한다. 또한 그 삼대를 멸하고, 그 처와 식솔들은 노비로 삼을 것이다. 역적의 말로가 필시 이러할진대, 만백성들은 이를 본으로 삼아 교훈을 얻으라.

'역적이라니, 아버지가 역적이라니!'

시훈은 걷잡을 수 없는 분노에 휩싸였다. 저도 모르게 패월도의 칼집에 손이 갔다. 아버지가 선왕께 하사받아, 아들에게 뜻을 펼치라 물려준 칼이었다. 당장이라도 뽑아 세상 모든 것을 베어버리고픈 욕망이 솟구쳤다. 가까스로 사람들을 헤집고 따라온 종복이 다시 그의 손을 잡았다. 이번에는 그 손에 힘이 들어가, 시훈을 세게 잡아당겼다.

"도련님 마음은 십분 알고도 남으나, 일단은 고정하셔야 합니다. 대감마님께서 무얼 원하실지 생각해보십시오."

시훈의 눈에서 눈물이 흘렀다. 칼집에 손을 올린 채 망부석처럼 눈물을 흘리는 건장한 사내가 자못 수상쩍다는 듯, 주변의 행인들이 한둘씩 흘낏거리기 시작했다. 젊은 종복이 좀 더 힘을 주어 시훈을 인파 밖으로 끌어냈다.

꿈쩍도 않을 것 같던 시훈의 발이 마침내 떨어졌다. 마치 한순간 모든 의지를 상실한 자처럼, 시훈은 눈물을 흘리며 종복이 이끄는 대로 따랐다. 두 사람은 돈의문 입구에서 벗어나 한적한 외곽의 초라한 주막으로 들어섰다.

그제야 시훈은 종복에게 자초지종을 들었다. 시훈이 떠난 후 금주령을 위반한 사실에 대해 한양에서 감사가 내려왔다는 것, 그리고 집 안에서 칼부림이 일어 구선이 쓰러졌다는 것, 삼대째 내려오던 술도가를 폐하였다는 것, 그 직후 구선이 사람을 보내 시훈을 찾게 하였으나 길이 엇갈리는 바람에 성문 앞에서 내내 그를 기다렸다는 것까지는 종복이 직접 목격하고 경험한 이야기들이었다.

"그자의 이름이 장도규라고? 내 아버지에게 칼을 겨눈 자 말이다."

"예, 그리 들었습니다. 검술 실력으로 이름이 높다 하였습니다."

그 이름을 잊지 않을 것이다. 시훈은 그리 마음먹었다. 그날, 아버지와 도규라는 자가 칼을 맞댄 날, 자신이 거기 있었어야 했다. 그랬다면 제아무리 이름 높은 무사라 해도 무사치 못했을 것이다.

종복도 그 이후의 이야기는 한양에 와서 수소문하여 알았다 했다. 그는 한참을 망설이다 말했다.

"제가 떠나고 얼마 지나지 않아, 그자들이 내려와 대감마님을 압송했다 합니다요. 그리고 그제 밤에 운명을 달리하신 모양입니다."

"어찌…… 돌아가셨다 하던가."

시훈의 목소리에 고통이 묻어나왔다. 종복이 잠시 망설이다 말했다.

"대감마님께서는 의금부로 호송되어 임금께 직접 국문鞫問을 당하셨다 합니다. 그 자리에서 역모의 죄가 추증追增되어…… 능지처사를……"

"어찌 금주령을 어긴 것 하나로 역적으로 몬단 말인가! 임금은 어찌하여……"

"제가 지난 며칠 수소문해본 바에 의하면, 선왕의 일로 임금께서 대감마님을 원래부터 마뜩잖아 하셨다 합니다. 쉬쉬하며 선왕 독살설에 관한 소문이 돌았는데…… 대감마님께서 거기 연루되신 것이 아닌지……"

그래서였나. 그래서 아버지가 그토록 자신의 과것길을 망설이셨던 것인가. 시훈은 원통하고 또 원통했다. 결국 그 과것길은 파멸을 향한 길이었을 뿐이었나. 그의 마음이 갈가리 찢어졌다. 그는 화가 치밀어 참을 수가 없었다. 도대체가 누구를 향한 분노인지조차 알 수 없었다. 아버지를 역적으로 몰아 극형을 내린 임금을 향해야 하는 것인가. 이제껏 그의 하늘이었던 임금이 이제 아버지의 원수가 되는 것인가. 아버지는 왜 그 무거운 짐과 내면의 갈등을 아들에게 풀어놓지 못했나. 왜 그런 죽음을 맞아야만 했던 것인가. 하지만 어찌 아버지를 원망할 수 있겠는가. 저리 돌아가신 아버지를. 그럼 이 분노는 누구를 향해야 하나. 그의 뇌리 속에 당장 하나의 이름이 떠올랐다. 장도규. 적어도 그자로부터 시작해야 할 것이다.

시훈은 끓어오르는 내열內熱을 감당할 수 없어, 자리에서 벌떡 일어나 주막 밖으로 뛰쳐나갔다. 뒤편으로 난 산길을 타고 달음박질하였다. 종복이 따라올 수 없을 만큼 빠른 속도로 인적이 없는 산중으로 들어간 그는 패월도를 뽑아 눈앞에 보이는 것을 닥치는 대로 베었다. 오랫동안 인적을 타지 않아 울창했던 나뭇가지들이 사정없이 베여나갔다. 심지어는 위세 좋게 서 있던 바위조차도 그의 무자비한 칼에 부서져나갔다. 그는 자신의 겉옷을 찢고 머리를 봉두난발로 풀어헤치고, 실성한 사람처럼 소리를 질렀다. 그 괴로운 절규가 메아리가 되어 그의 귀에 다시 돌아왔다. 한참을 그렇게 미친 사람처럼 분을 터트린 후, 그는 마침내 칼을 내려놓고 울음을 쏟아냈다.

얼마나 시간이 흘렀을까. 어둠이 짙게 깔려올 즈음에야 그는 가까스로 정신을 수습했다. 그의 머릿속에 아까 본 방의 글귀가 다시 떠올랐다. 삼대를 멸하고, 그 처와 식솔들은 노비로 삼을 것이다. 자신의 목숨은 얼마간 지켜낼 자신이 있었다. 당장 시훈의 머리에 떠오른 것은 어머니와 빙애였다. 평생 양반집 규수로 조용히 살아온 어머니가 노비가 되는 굴욕을 감당할 리 만무했다. 보기보다 강단이 있으신 분이었으나, 여태 극한 고통을 겪어보지 못한 어머니였다. 아버지를 잃은 것도 모자라 어머니까지 잃을 수는 없는 일이었다. 그리고……

빙애. 그는 과거를 치르고 돌아와 그녀를 배필로 맞을 작정이었다. 세상이 이를 용납지 않는다 하면, 그 세상과 싸울 각오도 서 있었다. 기녀로 팔려갈 뻔한 아이를 그가 구했다. 그 아이를 다시 노비로 끌려가게 내버려둘 수 없었다. 어떻게든 빙애를 지켜야 했다. 그 아이 없이는 살아도 산 것이 아닐 터였다.

한시가 급했다. 당장 무언가를 해야만 했다. 분기로 가득했던 그의 심장이 할 일을 찾아 다시 요동치기 시작했다. 그는 서둘러 산길을 내려왔다. 아까 그 주막 입구에서 종복이 안절부절못하며 서 있는 것이 보였다.

봉두난발에 너덜해진 옷차림이 되어 내려오는 시훈을 보고 종복이 깜짝 놀라 달려왔다.

"도련님!"

"나는 아직 예서 할 일이 남았으니, 자네는 내려가서 어머님의 안위를 살펴주게. 나도 곧 따를 것이네."

"아니, 무얼 어찌하시려고요?"

종복이 가슴을 졸이며 물었다. 그러나 시훈은 아무 말도 없이 도성을 향해 다시 발걸음을 옮겼다. 그 기세에 눌려 종복은 이러지도 저러지도 못한 채 발만 동동 굴렀다. 하지만 이내 발걸음을 돌려 낙향의 길을 택했다.

시훈의 시야에 다시 돈의문의 모습이 들어왔다. 그 위에 세상 모든 시름에 초탈한 것마냥 말없이 구선의 머리가 놓여 있었다.

그러나 살아 있는 자의 눈에는 그저 까마귀 밥이 될 준비를 하는 비루한 인생의 초상에 불과했다. 평생 한 사람의 왕에게 충성을 다한 군자였던 아버지가 아무것도 모르는 시정의 잡배들에게 그런 취급을 받도록 내버려둘 수는 없었다. 마음 같아서는 당장 아버지의 시신을 탈취하고 싶었으나, 그는 아직 평양으로 돌아가 해야 할 일이 있었다. 자중해야만 했다.

그는 성안으로 들어가 은밀한 곳에 몸을 숨긴 채 야음夜陰이 오기를 가만히 기다렸다. 해야 할 일들이 정리되자, 그는 분노의 충동을 어느 정도 자제할 수 있었다.

19

까마득한 길을 한달음에 달려온 구선의 처형 소식은 예상했던 것보다 더욱 세차게 빙애를 후려쳤다. 이미 복돌아범의 집으로 옮겨온 터라, 빙애는 장터에 나갔다 온 복돌아범으로부터 소식을 전해 들었다. 슬픔이 그녀의 마음을 가득 메우더니, 이내 주체할 길 없는 분노가 치솟았다. 짧았던 지난 세월의 행복이 너무 달고 깊어서, 느닷없이 닥친 불행의 심연은 바닥을 알 수 없을 만큼 절망적이었다. 그 절망의 심연을 뚫고 처연히 올라오는 것, 그것은 바로 그 모든 것을 망가뜨린 이에 대한 분노의 감정이었다. 하지만 도대체 무엇을 어떻게 해야 할지 그녀는 알지 못했다. 복돌아범의 딸인 복순이의 도움이 없었더라면, 당장은 미음 한 술을 뜰 기력도 회복하지 못했을 터였다.

빙애의 내면에서 일고 있는 소용돌이를 아는지 모르는지, 복돌아범은 그 비보에 얹힌 소문까지 알려주었다.

"돈의문 앞에서 능지처사를 당하셨다 합니다요. 효수까지 되셨다 하니, 어찌 우리 대감마님이 그런 지경을 당하셔야 하는지 원통할 따름입니다."

복돌아범은 마치 제 아버지를 잃은 양 울었다.

"이는 임금이 대감마님에게 대역죄를 물으셨다는 뜻이지요. 이제 시훈 도련님과 마님께서도 평안치 못하실 것 같습니다요. 이를 어쩌면 좋습니까, 아씨. 흐흐흑."

빙애는 뒤통수를 세차게 한 대 후려맞은 듯했다. 당장 김씨 부인이 어찌하고 있을지 그녀는 상상도 할 수 없었다. 자신의 감정에 짓눌린 바람에 어머니의 절망감까진 미처 떠올리지 못한 탓이었다.

그리고 시훈 오라버니. 그녀는 시훈의 절망한 표정이 눈앞에 그려지듯 선연하였다. 자신이 섬기고자 했던 임금이 아비를 죽인 사실을 대면하였을 때의 그 슬픔과 고통을 어찌 헤아릴 수 있을까. 아니, 당장 역적의 아들로 목숨을 잃게 될 판국이니, 살아생전에 다시 만날 수나 있을까. 그리고 오라버니를 다시 볼 수 없다면, 그렇다면 자신은 어찌 살아갈 수 있을지 암담하기만 하였다. 그것은 죽느니만 못한 것이리라. 누군가의 처가 되어 그의 곁에서 떠날 운명이었으나, 그녀의 진실한 속내는 역시 그러했다.

'아아, 오라버니.'

빙애는 얼른 일어나 두루마기를 걸쳤다.

"아씨, 뭐 하시는 겁니까?"

"어머님께 가봐야겠어요. 지금 어떤 심경이실지, 어쩌면 거동조차 불편하실지 모를 일입니다."

복돌아범이 다급히 그녀를 만류했다.

"안 됩니다요. 아씨만은 절대로 대감마님 댁에 모습을 비추셔서는 안 됩니다요. 이제 곧 의금부에서 들이닥칠 터인데, 여차하단 아씨마저 연루됩니다요."

"상관없어요. 어찌 이런 상황에 어머님을 외면할 수 있겠습니까. 제겐 하늘 같은 은혜를 베푸신 분입니다."

"대감마님의 유지를 생각하십시오. 아씨마저 그리되시면, 하늘에 가신 대감마님께서 어찌 편히 눈감으시겠습니까. 게다가 시훈 도련님도 생각하셔야죠. 아직 소식은 없으나 곧 기별이 있을 것이니, 그때 아씨라도 계셔야 하지 않겠습니까."

"아아, 이를 어찌합니까. 저는 어찌해야 하는 것입니까?"

빙애는 그 자리에서 오열을 터뜨리며 무너졌다. 다리에 힘이 하나도 들어가지 않았다. 복돌아범이 얼른 부축해 자리에 뉘였다.

"아씨, 마님 일은 제가 나가 알아볼 터이니, 심려 말고 계십시오. 아씨도 아시겠지만, 마님께서는 보기보다 강한 분이십니다."

김씨 부인이 강한 사람이라는 것은 빙애가 누구보다 잘 알고 있었다. 하지만 이런 상황은 전혀 다른 문제였다. 지아비와 아들을 잃게 된 참담한 마음을, 하루아침에 노비로 전락하게 된 그 수모를, 바로 앞도 보이지 않는 이 절망적인 어둠을, 그 누구라 견딜 수 있을까.

빙애는 그렇게 울고 또 울다가, 몸을 일으키려다 쓰러지기를 수차례 반복하다가, 마침내 혼절하고 말았다.

그리고 혼탁한 꿈을 꿨다.

경종임금이 보였다. 한 번도 뵌 적이 없건만, 빙애는 그가 선왕이라는 것을 한눈에 알아보았다. 그의 옆에 구선이 서 있었다. 평소처럼 인자한 미소를 띠고 있었으나 핏기 하나 없는 얼굴 때문에 가슴이 아팠다. 구선이 빙애에게 애써 빙그레 웃음을 지어 보였다.

"빙애야, 보이느냐. 나는 이제 내가 있어야 할 자리에 왔다. 그러니 너도 네가 있어야 할 자리에 있거라. 내 바람은 그것뿐이니라."

그리 말하고 구선은 몸을 틀어 경종임금 곁으로 다가갔다. 빙애가 무언가 말하려 하였으나, 입이 봉해진 듯 열리지 않았다. 불안한 듯 눈을 희번덕이던 경종임금이 일어나 구선의 어깨를 감쌌다. 임금의 용포와 구선의 수수한 흰색 도포 자락이 엉키더니 하나의 춤사위처럼 흐려져 도깨비불이 되었다. 이생의 미련을 떨치려는 듯 휙이휙이 돌면서 사방을 어지럽히던 불길이 서서히 식으며 또 다른 형체를 만들어내고 있었다.

김씨 부인이었다. 그녀의 얼굴 또한 창백하였다. 평소의 자상하고 인자한 모습과 달리, 어딘가 아픈 사람처럼 몸을 떨고 경직된 얼굴이었다.

"실로 원통하고 또 원통하구나. 대감의 마지막도 지켜보지 못하고, 살아 시훈이의 얼굴 또한 보지 못하고, 너를 이리 한 많은 땅에 남겨두고 떠나가는구나."

그녀는 빙애가 보이지 않는 듯 넋두리처럼 무언가를 읊더니 다시 불길로 화했다. 그리고 그 불길은 다시 사람의 형상을 만들려고 시도했다. 하지만 여의치가 않은지 모양을 이루려다 흩어지기를 반복했다. 빙애는 불길의 형상이 무엇이 되려는지 이미 알고 있었다. 시훈 오라버니.

흐릿하고 정제되지 않은 불길의 형태가 가까스로 시훈의 얼굴이 되어 어른거렸다. 이번에는 목소리도 선명치 않았다.

"빙애야, 기다려라, 빙애야. 내 너를…… 반드시……"

시훈이 말을 다 맺지도 못했는데, 갑자기 불길이 커지고 커져 무서운 짐승의 형상으로 화하더니 갑자기 빙애를 향해 덮쳐왔다. 그 순간, 봉해졌던 입이 열려 빙애는 비명과 함께 시훈의 이름을 외쳐 불렀다.

눈이 번쩍 뜨였다. 식은땀이 빙애의 온몸을 적시고 있었다. 그녀가 잠든 내내 눈가에 눈물이 마르지 않고 흐르고 있었다. 머리가 찌르는 듯이 아팠다. 그녀는 문득 깨달았다. 그것이 그녀를 구해주고 자신을 가족으로 받아들여준 분들과의 마지막 작별의 순간이었음을.

그때 문이 열리고, 복돌아범이 들어왔다. 얼마나 혼절해 있었던 것인지, 복돌아범이 들어올 때 보니 바깥은 이미 어둠이 자욱이 깔려 있었다. 그 어둠의 빛깔만큼이나 복돌아범의 표정이 어두웠다.

"아씨, 몸은 좀 괜찮으십니까?"

"어머님, 어머님은요?"

빙애의 다급한 물음에 복돌아범이 말문을 닫았다. 그가 한지 한 장을 내밀었다. 겉에 빙애라는 이름이 적혀 있었다.

빙애가 떨리는 손으로 열어보았다. 김씨 부인의 정갈한 서체가 보였다.

—빙애야, 나는 이제 내가 마땅히 가야 할 길을 가려 한다. 너는 부디 너의 길을 찾아 행복하게 살기를 바란다. 그리고 혹 네가 시훈이를 만날 기회가 생긴다면, 이 어미는 아비를 따라 편히 갔다고 알려주려무나. 잘 있거라, 내 딸아.

빙애의 눈이 흐릿해졌다. 빙애는 편지를 손에 든 그대로 복돌아범을 바라보았다. 복돌아범이 고개를 떨구며 말했다.

"마님께서…… 자진自盡하셨습니다."

20

마침내 밤이 찾아왔다.

이제 시훈이 행동해야 할 때였다. 이미 역적으로 몰린 몸, 그는 두려울 게 없었다. 밤을 기다리는 동안, 그는 무수한 번민에 휩싸였다. 임금에 대한 분노는 점점 커졌다. 가업으로 이어온 술을 빚었다는 이유로 역적이 되어야 하는 세상이라면, 그런 임금의 천하라면, 그 모든 것을 부숴버리고 싶었다. 하지만 아직 방법도 그 때도 알지 못했다. 겨우 지금 할 일만 떠올릴 수 있을 뿐이었다. 아버지의 시신을 수습하고, 어머니의 신변을 보호하고, 빙애를 만나야 한다. 지금으로서 시훈이 생각할 수 있는 것은 딱 거기까지였다.

성문 주변에 인적이 서서히 줄어들더니 마침내 끊겼다. 괴괴한 달빛만이 몸을 잃은 구선의 머리를 비추고 있었다. 성문을 경비하는 관졸들도 평화로운 시절의 모습이 흔히 그러하듯 하품을 하거나 서로 잡담을 나누며 지루한 야간 근무를 버티고 있었다. 성문을 지키는 자는 고작 넷뿐이었다.

봉두난발의 귀신 같은 모습으로 시훈은 느닷없이 관졸들을 향해 돌진했다. 무탈하게 하룻밤을 보내며, 가능하면 눈치껏 쪽잠을 청할 요량이었던 관졸들은 달빛을 받으며 맹렬히 달려오는 무사의 모습에 화들짝 놀랐다. 그들의 졸린 눈이 순식간에 동그래졌다. 마치 인간이 아닌 원귀라도 본 듯했다.

"웨, 웬 놈이냐?"

다음 순간 앞서 있던 두 포졸이 그대로 고꾸라졌다. 무엇이 자신의 급소를 쳤는지 채 보지도 못했다. 시훈의 발차기는 쾌검처럼 빠르고 날랬다. 그 어느 때보다도 그랬다.

앞에 선 두 포졸이 쓰러지는 걸 보고 관졸 하나가 검을 뽑았다. 그가 검을 휘둘러 시훈을 흠칫 물러서게 하였다. 그사이 다른 포졸은 저항할 엄두도 내지 못한 채 그대로 내뺐다. 시간이 없었다. 급소를 내리쳐 잠시 혼절만 시킬 생각이었으나, 이리되면 시훈도 칼을 뽑지 않을 도리가 없었다. 칼을 든 포졸이 미처 보지도 못한 사이 패월도가 칼집에서 빠져나와 시훈의 손에 들려 있었다. 시퍼런 월광에 휘감긴 패월도가 서늘한 아름다움을 뿜어냈다.

포졸이 어떤 방어를 취하기도 전에 시훈의 초식이 뻗어나가 포졸의 다리를 쳤다. 얕게 베긴 하였으나, 워낙 예리한 칼인지라 이내 다리에서 피가 솟구쳤다. 자신의 피에 놀라 포졸은 전의를 상실하고 비명 소리만 내질렀다. 시훈이 얼른 달려가 그의 머리를 후려쳐 기절시켰다.

시훈은 성곽 위로 향한 석계石階를 날듯이 타고 올랐다. 거기 아버지가 고요히 머물러 있었다. 멀리서 볼 때와 달리 가까이에서 본 아버지 구선의 얼굴은 더욱 피폐하여, 시훈은 자신도 모르게 눈물이 차올랐다. 그는 준비해둔 보자기를 꺼내 죽창에서 뽑아낸 아버지의 머리를 고이 감쌌다. 그러고는 어깨에 짊어지고 재빨리 성문 반대편으로 뛰어내렸다. 상당한 높이였으나 시훈은 날렵하게 착지했다.

막 발걸음을 떼어 달아나려는데, 우렁찬 소리가 들려왔다.

"이런 미친놈을 봤나. 죽은 역적의 머리는 가져가 어디 쓰려는 것이냐?"

'죽은 역적의 머리'라는 말에 시훈이 발끈하여 뒤를 돌아보았다. 몸매가 날렵한 호리호리한 사내와 덩치가 산만 하여 보는 자를 위압하는 거구의 사내가 성곽 위에 서 있었다.

"감히 내 아버지를 욕보인 자 죽여 마땅하나, 나는 지금 할 일이 있어 간다. 조만간 내 기필코 너희들의 목을 쳐줄 것이다."

눈물을 머금고 시훈은 감정을 추슬렀다. 그는 다급히 몸을 틀어 산길을 향해 발걸음을 뗐다.

"네놈이 그 역적의 아들이라면, 네 머리가 있어야 할 곳 또한 여기가 아니냐!"

우락부락한 덩치의 사내가 시훈에게 소리치더니, 거구답지 않은 민첩한 동작으로 성벽을 뛰어내렸다. 호리호리한 사내도 곧장 따라 뛰어내렸다. 둘 다 무예에 깊이가 있어 그 과정이 유연했다.

뛰어내린 두 사내는 전력으로 질주하여 시훈을 쫓았다. 한참을 내달려 빽빽한 산길로 접어든 시훈은 쫓아오는 사내들이 포기할 기색을 보이지 않자, 몸을 틀어 두 사내와 마주했다.

"내 그대들에게 살 기회를 주었건만, 이리 죽음을 자처하는 것인가."

거구의 사내가 코웃음을 쳤다.

"아니, 어디서 이런 애송이가 감히 청풍회 무사에게 그런 대거리냐. 허, 정말 세상 무서운 맛을 봐야 알겠느냐."

'청풍회 무사'라는 말에 시훈의 눈이 번뜩였다.

"네놈이 장도규라는 자냐?"

"뭐라. 감히 우리 형님의 이름을 들먹이다니, 네가 정녕 예서 죽고 싶은 것이로구나."

거구의 사내가 흥분하자, 호리호리한 사내가 그에게 속삭였다.

"침착하게. 저 녀석의 하는 양을 보니 만만한 실력은 아닐 듯하네. 윤구선의 아들이라면 허투루 다룰 일이 아닐세."

그러고는 시훈을 향해 말을 걸었다.

"정녕 네놈이 대역죄인의 아들이냐?"

"대역죄인이라니, 나의 아버지를 두고 함부로 말하지 말라. 그 원한을 내 기필코 갚을 것이나, 지금은 때가 아니니 물러나라."

"역적의 자식이 제 발로 죽으러 와주었으니 찾으러 갈 수고를 덜게 되었군."

그들은 야간 근무를 마치고 미리 언질을 둔 주막에 가서 밤참을 먹던 중이었다. 때마침 한 관졸이 다급히 뛰어가기에, 불러 세워 사태의 심상치 않음을 듣고 한달음에 달려온 것이었다. 구선의 머리를 취하러 온 자라면, 청풍회 무사의 소관이기도 하였다.

세 사내의 눈빛이 허공에서 맞부딪쳐 불꽃처럼 튀었다. 달빛이 울창한 수목들 사이에 고인 듯하였다. 밤안개가 지면에서부터 스멀스멀 올라왔다. 그 덕에 세 사내는 마치 몽환 속의 존재들처럼 보였다. 주변의 모든 존재들이 소리를 멈추고 절대적인 정적이 잠시 스쳐간 순간, 세 사내가 동시에 몸을 솟구쳤다.

시훈의 패월도가 휘의 검을 가볍게 퉁겨냈다. 그와 동시에 뒤에서 찔러 들어오는 중권의 칼날을 발로 지르밟았다. 일순 검을 놓친 중권이 그대로 주먹을 휘둘렀다. 바위라도 으깰 듯 커다란 주먹이 기습적으로 날아오는 바람에 시훈이 다급히 몸을 꺾어 피했다. 그와 동시에 휘의 검이 재차 허리춤을 향해 찔러 들어왔다. 시훈은 몸을 휘돌려 검을 밀쳐내고는 그대로 휘의 상반신을 향해 패월도를 휘둘렀다. 검기가 살을 벨 듯 날카롭게 날아가 휘의 옷 앞섶을 풀어헤쳤다. 휘가 다급히 물러난 덕에 치명상은 피했으나, 날래고 예리한 검이 한 치만 더 들어왔어도 그대로 장부臟腑를 꿰뚫릴 뻔하였다.

예상을 뛰어넘는 시훈의 무예에 놀란 휘가 잠시 멈칫한 사이, 물불 가릴 줄 모르는 중권이 시훈의 뒤를 노렸다. 시훈이 본능적으로 몸을 젖히며 패월도의 검광을 중권의 다리를 향해 내리쳤다. 중권 역시 거의 본능적으로 몸을 솟구쳐 칼날을 피하긴 하였으나,

그대로 바닥에 머리를 찧고 말았다. 중권이 곰처럼 힘으로 우직하게 밀어붙인다면, 시훈의 검은 뱀과 같은 유연함으로 빈틈을 공략하는 형국이었다.

시간이 갈수록 세 사람의 합과 호흡이 거칠어졌다. 고수들의 싸움인지라 일견 유려하게 흘러가는 듯하였으나, 휘는 곧 자신들에게 승산이 없음을 깨달았다.

'아, 이것이 구선을 조선 제일로 만들어준 무예였던가. 이토록 어린 나이에 이만한 실력이라니, 참으로 무서운 일이로군.'

휘는 패월도를 다시 한 번 아슬아슬하게 피하며 생각했다. 오로지 강공뿐인 중권도 자신들의 실력이 상대에 미치지 못함은 이미 간파하였다.

'이런 실력이라면, 도규 형님 정도나 되어야 상대가 되겠어.'

중권 또한 그리 생각하고 있었다. 그리고 바로 그 순간 패월도가 빈틈을 파고들어와 중권의 가슴을 그었다. 중권의 가슴이 배어 나온 피로 젖어들기 시작했다. 휘가 몸을 던져 시훈의 결정적인 공격을 쳐내고 쓰러지는 중권을 잡아 뒤로 끌어냈다. 휘의 민첩함이 아니었다면 중권은 그 순간 이미 황천길로 떠났을 터였다.

"중권이, 괜찮은가?"

"으으, 형님, 저놈 실력이 만만치 않소. 이대로 당할 수는……"

두 사람이 가까스로 몸을 가누고 있는데, 시훈이 패월도를 들고 다가왔다. 휘는 이대로 끝인가 싶었다. 자운이를 보아야 하는데. 휘는 절체절명의 순간, 아끼던 기녀가 먼저 떠오른 것이 우습게 느껴졌다. 하지만 그것이 또한 무엇보다 중요한 일처럼 생각되었다.

"무고한 아버지의 죽음을 너희의 목숨으로 갚으리라."

시훈이 패월도를 높이 치켜들었다. 바로 그때 활 하나가 시훈을 향해 맹렬히 날아왔다. 시훈은 들어올린 패월도로 날아온 활을 다급히 후려쳤다. 지원군이 숲길 아래에서 때마침 나타난 것이었다. 고함 소리와 날아오는 활의 양을 보니, 만만찮은 수의 무리였다. 예서 더 시간을 끌 수 없다고 판단한 시훈은 패월도를 칼집에 넣고는 재빨리 아버지의 머리를 어깨에 짊어졌다.

"오늘은 운이 좋았다. 다음에 다시 나를 보는 날은 네놈들의 제삿날이 될 것이다."

휘가 가쁜 숨을 몰아쉬며, 달아나는 시훈의 뒤에다 대고 소리쳤다.

"도규 형님만 계셨더라면 여기가 네 무덤이 되었을 것이다!"

시훈은 도규라는 이름을 다시 한 번 새겨들으며 걸음을 재촉했다. 방금 전의 두 사내가 생각보다 실력자였던지라, 시훈도 적이 당황스러웠다. 생각보다 더 지체하게 된 것이 불안했다.

'그래, 지금은 빙애를 만나러 가는 것이 무엇보다 급한 일이다!'

시훈은 추격자들을 피하기 위해 온 힘을 다해 험준한 산길을 내달렸다.

21

　도규는 피가 배어나오는 가슴을 천으로 둘둘 감아놓은 중권의
모습을 보고 분이 솟구쳤다. 역적의 자식은 달리 역적의 자식이
아니었다. 악한 자는 결국엔 악한 일을 저지르는 법이라는 자신의
신념을 재차 확인할 수 있었다. 도규는 비통한 침묵에 잠긴 박문
수를 향해 말했다.

　"대감, 어서 명을 내려주십시오. 내 이놈의 역적의 자식을 당장
요절내고 말 것입니다."

　박문수는 가슴이 답답하였다. 구선의 비참한 죽음에서 받은 충
격을 아직 다 감내하지 못하였는데, 그의 아들마저 이런 참극을
저지르다니. 그나마 중권의 생명이 상하지 않은 것이 다행이었다.
청풍회의 수장으로서 그냥 넘어갈 수는 없는 노릇이었다. 어차피
구선의 아들은 어명에 따라 대역죄인이 된 몸이었다. 망설일 이유
가 없는데도, 박문수는 마음이 내키지 않았다. 오랜 벗의 죽음에

직접 관여한 것도 모자라, 그의 하나뿐인 혈육마저 잡아 죽이라 말하고 싶지 않은 까닭이었다. 그는 근자 들어 청풍회 일이 버겁기만 하였다. 술이 있다면, 구선이 그토록 권하던 감홍로 한잔만 있다면, 잠시나마 세상 시름을 떨쳐낼 수 있을 터인데.

박문수는 한숨을 내쉬며 도규와 휘 그리고 만석을 보았다. 생사고락을 함께하기로 결의한 동료가 다친 것에 분개하는 그들을 달리 달랠 방법이 없었다. 그의 마음이 아무리 흔들린다 해도, 어쨌거나 그는 청풍회 수장으로서의 책임이 있었고 어명 또한 지엄하였다.

"구선의 아들은 아마도 평양으로 향했을 것이다. 아비의 목을 취했으니, 어미의 안위가 걱정되었을 테지. 도규, 자네는 휘와 만석을 대동하고 평양으로 가게. 역적에 대해 전하께서 내리신 명을 수행하도록 하게."

"네, 대감!"

도규가 확신에 찬 목소리로 대답을 하고는, 잠시도 머뭇거릴 것 없다는 듯 문밖으로 향했다. 휘와 만석이 박문수에게 절하고는, 다급히 쫓아나갔다. 침상에 누운 중권은 아직 정신이 없는 듯하였다. 의원은 생명에는 지장이 없다 하였으나 쉬이 깨어날 기미도 보이지 않았다. 주먹에 있어서는 조선에서 둘째가라면 서러울 중권을 이리 해치다니, 게다가 쾌검을 쓰는 휘마저 제압하였다 하니, 실로 구선의 아들이라는 생각이 들었다.

"구선 대감, 대감의 아들은 쉬이 대감 곁에 갈 마음이 없나 봅니다. 내 심경이 대감에 비할 바는 아닐 터이나, 이 내 마음도 참으로 찢어지게 아픕니다그려."

박문수는 혼잣말을 하며, 의식이 없는 중권의 손을 잡았다.

•

시훈을 앞서기 위해 도규는 휘와 만석을 포함해 십여 명의 날랜 무사들만 추려 곧장 길을 떠났다. 도규의 용천검이 부르르 떨고 있었다. 중권과 휘의 공격을 홀로 뿌리칠 정도라면, 상당한 고수임에 분명했다. 하지만 도규는 여태 자신을 능가하는 무사를 만나본 적이 없었다. 게다가 역도逆徒가 정의를 이길 수는 없으리라는 확신도 있었다.

그는 머뭇거림 없이 말을 내달리며 생각했다.

'그 아들녀석을 처단하고, 구선의 처를 압송한다. 그리고 그에게 딸도 있었지.'

문득 도규는 구선을 처음 대면하던 날 보았던 아리따운 처자를 떠올렸다. 자신의 죽은 딸을 생각나게 하였던 소녀.

'양딸로 입적되었다 하던데, 참으로 안된 일이로구나. 허나 역적의 딸이 된 것도 제 운명인 것을 어찌할꼬.'

어명을 집행함에 한 치의 흔들림도 없어야 한다고 굳게 맹신하는 도규에게는 역적 구선의 집안에 대한 처벌이 완수될 때까지 자신의 임무가 끝난 것이 아니었다. 이번 평양 길에서 그는 사명을 모두 완수하고 돌아오리라 다짐하였다. 하나를 온전히 끝내야 다음 일을 맡을 수 있고, 그런 과정을 반복하다 보면 조선의 모든 검계들과 마주할 수 있으리라. 임금께서 청풍회의 위세를 인정한 마당이니, 비단 밀주단뿐 아니라 조선의 내로라하는 검계 무리를 일망타진하는 임무를 맡는 것도 시간문제일 터였다.

그는 이 모든 과정이 복수의 순간을 향하고 있음을 느낄 수 있었다. 일이 어떤 식으로 흘러가든 기어이 그날은 오고야 말리라는 믿음도 있었다. 그것이 지금 그가 온 힘을 다해 말에 박차를 가하는 이유이기도 하였다.

22

빙애는 잠드는 법을 잊어버린 듯하였다. 구선의 처형과 김씨 부인의 자진 소식을 들은 이후, 그녀는 도무지 잠을 이룰 수 없었다. 간신히 몸을 뉘여도 밤새도록 뒤척이며 슬픔에 허덕여야 했다. 가까스로 눈을 붙일라 치면 사나운 꿈이 훼방하여 정신이 퍼뜩 들었다.

그녀가 지금껏 살아 있는 유일한 이유는 시훈을 만나야 하기 때문이었다. 그 만남이 어떤 식으로 펼쳐지고 어떤 결과를 가져올지 몰라도, 그 한 번의 만남을 위해 살아야만 했다.

매일 시훈의 소식을 수소문하였지만, 도통 알 수가 없었다. 복돌아범 역시 저잣거리에 나가 소문을 수집하거나 한양에 기거한다는 사촌에게 연통을 넣어보았지만, 생사조차 알 수 없었다. 그런 초조한 나날이 사흘이나 흘렀다. 그녀의 아리따운 얼굴도 불면과 불안 때문에 많이 수척해지고 말았다. 아직 한창때의 꽃다운 나이였지만, 그녀에게는 더 이상 앳된 기운이 느껴지지 않았다. 지난 한 달 사이 그녀는 급격하게 성장했고, 정신은 그 이상으로 나이 들어버렸다.

밤새들도 울다 지쳤는지, 밤은 이제 정적으로만 가득하였다. 그 지독한 침묵에 몸서리가 날 지경에 이를 즈음, 빗방울이 듣기 시작했다. 복돌아범네의 허름한 창호문이 빗물에 젖어들었다. 대청이 따로 없어 빗방울 소리는 빙애의 머리맡 지척에서 들려왔다.

빗소리를 듣자 다시 시훈이 떠올랐다. 그가 처음으로 빙애에게 좋아한다고 말한 날의 광경이 선연하였다. 너를 보다가, 보기를 계속하다가 그리된 모양이라고 했었다. 시훈에게 밝히지는 않았으나 빙애 또한 다르지 않았다. 어쩌면 빙애의 마음이 더 오래된 것일지도 모른다. 시훈이 처음 자신을 구해주고 업어 집으로 데려온 날부터. 빙애는 시훈의 그 너른 등과 따스한 체온을 한순간도 잊을 수 없었다. 오라버니로 함께할 수 있다는 것만 해도 감지덕지한 은혜라 여기며, 그 진실한 속내를 자신조차도 알지 못하게 숨겨왔었다. 지금 이 고통스럽고 괴로운 밤, 그날의 풍경을 상기시키는 빗소리를 듣고 있자니, 모든 것이 보다 선명해졌다.

'나는 오라버니를 정말로 흠모하였던 것이로구나. 하지만 그 사실은 나를 아프게만 하는구나.'

빗소리가 마치 그녀의 심경을 대변하듯 점점 거세고 요란해졌다. 곧 광풍이 몰려올 것만 같았다. 빙애는 시훈이 보고 싶었다. 별당채 앞뜰에서 그랬던 것처럼, 그녀에게 좋아한다고 말해주었으면 싶었다.

그리고 여느 때처럼, 그 모든 것을 부질없는 것으로 만들어버린 임금에 대한 원망이 치밀어올랐다. 살면서 임금은 언제나 저 멀리 다른 세계에서만 존재하는 줄로 알았다. 그런데 지금 임금의 존재는 그녀의 맘속에 너무 생생하게 느껴졌다. 바로 곁에서 눈을 부라린 악한처럼. 분노의 마음은 그녀로 하여금 세상을 달리 보이게 하였다. 하지만 여전히 무엇을 해야 할지, 또 할 수 있는지 그녀는 알지 못했다.

그리하여 그녀는 또 그 밤을 그렇게 속앓이를 하며 지새워야 했다.

비는 다음 날 아침이 되어서도 그치지 않았다. 방문을 열어보니, 세상이 온통 잿빛으로 우울한 인상을 짓고 있었다. 삶의 의욕을 잃어버린 것처럼, 하늘 역시 내내 울고만 있었다.

그때, 복돌아범이 댓바람부터 밖에 나갔다 헐레벌떡 사립문을 밀고 들어오는 것이 보였다. 그의 표정이 심상찮았다. 마침 방문을 열고 밖을 내다보던 빙애를 보더니 다급히 달려왔다. 복돌아범 역시 구선 대감이 처형된 이후, 몇 날을 참으로 분주하였다. 젊어서부터 반평생을 함께해온 상전의 몰락은, 반상의 한계를 뛰어넘은 우정의 문제였다. 빙애는 복돌아범이 있는 것이 얼마나 다행인지 몰랐다. 그마저 없었더라면 빙애는 이 고통에 혼자 몸부림치다 진즉에 쓰러져버리고 말았을 것이다. 그의 수선에 복돌이와 복순이도 옆방에서 고개를 뻐끔히 내밀었다.

복돌아범이 다급한 목소리로 말했다.

"아씨, 큰일 났습니다요. 지난밤에 한양에서 그자들이 내려왔다 합니다요."

"그자들이라니요?"

"대감마님과 칼부림을 했던 자들 말입니다. 직접 어명을 받고 시훈 도련님을 잡으러 왔다 합니다요."

"그럼, 오라버니가 살아 계시단 말인가요?"

빙애는 청풍회 무사들이 시훈을 잡으러 왔다는 말보다 시훈이 살아 있을 희망에 먼저 가슴이 뛰었다.

"그건 모르겠습니다만, 관아에 아는 녀석이 말해주기를 놈들이 아씨도 찾고 있다 합니다."

"저를요?"

"네, 일전에 아씨를 보았다며, 호적부에 없다 해도 잡아가겠다 고 난리랍니다. 서둘러 몸을 피하셔야 합니다. 쉬쉬하긴 하였으 나, 저희 집에 아씨가 있다는 건 어떻게든 알려질 겁니다요. 당장 이라도 그자들이 쳐들어올지 모릅니다요."

빙애는 어찌해야 할지 몰랐다. 하지만 하나는 분명했다. 시훈 오라버니가 살아 있다면, 빙애 자신도 어떻게든 살아남아야 했다.

"하지만 어디로 가죠? 그이들이 벌써 평양 땅에 도착했다면, 이 미 늦은 건 아닐까요?"

빙애가 걱정스러운 목소리로 말했다.

"아씨, 저를 믿어주십시오. 제 말을 따라주셔야 합니다. 좀 갑갑

하긴 하겠으나 어떻게든 이 순간을 모면하고 방도를 마련해야 할
것 같습니다."

복돌아범은 다짜고짜 빙애를 마당 한구석의 옹색한 텃밭으로
이끌었다. 조촐하게 가꾼 텃밭 사이로 빈 공간이 보였다. 그 아래
겨울 김장을 위해 비워둔 장독이 묻혀 있었다.

"아씨가 들어가시면 제가 뚜껑을 봉하고 그 위에 다른 장독대
를 옮겨두겠습니다. 깊이 묻혀 있어 땅 아래 장독이 있는지는 눈
에 띄지 않을 겁니다. 그자들이 가면 다시 꺼내드릴 터이니, 야
음을 틈타 평양을 벗어남이 좋겠습니다. 제가 이미 한양에 연통을
넣어두었으니, 그리로 가십시다."

"하지만 오라버니는요? 저는 오라버니를 만나야 해요."

"시훈 도련님이 이런 판국에 당장 평양으로 오실 만큼 무모한
분은 아니실 겁니다. 만일 오신다 해도 저들이 진을 치고 있으니
예서 만나긴 어차피 글렀고요. 어쩌면 아직 한양 어딘가에 몸을
숨기고 계실지도 모르지요. 어찌 되었건 일단 아씨부터 사셔야지
요. 그래야 도련님을 뵙지요."

복돌아범은 당장이라도 청풍회 무사들이 들이닥칠까 염려스러
운지 연신 사립문 쪽을 살폈다.

"아저씨는 괜찮으시겠어요?"

"제 걱정은 마십시오. 아이들을 데리고 잠시 피할 곳은 있습니
다. 지금은 아씨께서 몸을 숨기시는 게 가장 시급한 일입니다요.
자, 어서요."

복돌아범은 풀을 헤집어 땅에 묻힌 장독 뚜껑을 들어냈다. 빙애 정도의 몸이 들어가기에 딱 적합한 좁고 협소한 공간이 아득한 심연처럼 입을 벌리고 있었다. 빙애는 복돌아범의 팔을 의지 삼아 겨우 몸을 밀어넣었다.

"답답하시겠지만, 조금만 참으십시오. 금방 꺼내드리겠습니다."

그러더니 복돌아범은 작은 돌을 꺼내 장독 입구의 끄트머리를 살짝 깨트렸다. 공기가 좀 더 수월하게 통하도록 하려 함이었다. 장독 뚜껑이 덮이자 빙애는 어둠 속에 갇혔다. 생각보다 더 좁고 답답했다. 폐소에 대한 공포가 엄습했다. 깨진 뚜껑 아래로 희미한 빛과 옅은 공기가 흘러들어왔지만, 내부의 어둠과 밀폐감을 해소시켜 주기엔 턱없이 부족했다. 그나마도 복돌아범이 다른 장독들을 끌어와 위를 가리자 더욱 흐릿해졌다. 빙애는 몸이 으스스 떨리는 한기를 느끼며 장독 바닥에 웅크리고 주저앉았다. 벌써부터 저 뚜껑이 다시 열렸으면 하는 마음이 간절했다. 그리고 이왕이면 시훈이, 오매불망 기다려온 오라버니가 열어주었으면 싶었다. 하지만 그 장도규라는 자가 저승사자처럼 저 뚜껑을 깨트리고 그녀의 머리채를 잡아 끌어올릴지도 모를 일이었다.

간간이 빗방울이 장독대의 언저리를 때리는 투박한 소리 외에는 아무것도 들리지 않았다. 그 적막이 영원까지 이어질 듯하여 한없이 무서웠다. 바깥세상으로부터 철저히 버림받아 유폐된 듯하여, 그녀는 한층 더 불안했다. 가슴 밑바닥에서부터 무언가 무섭고 음습한 것이 스멀스멀 기어올라오기 시작했다.

23

도규는 평양까지 밤낮으로 말을 달렸다. 이미 세 번째라 길은 한결 수월했다. 시훈을 놓칠지 모른다는 불안감에 그는 더욱 민첩하게 움직였다. 평양에 도착한 것은 한밤중이었다. 타고 온 말은 물론이고, 도규와 함께 속력을 냈던 일행들도 죄다 지친 모양새였다. 마음 같아서는 밤을 지새우면서라도 임무를 수행하고 싶었으나, 한밤중에 평안감사를 깨우기는 힘들 터였다. 그는 수하 두엇을 구선 대감의 집으로 보내 감시케 하고는 그날 밤을 보냈다.

새벽빛이 어둠을 몰아내자마자, 도규는 평안감사를 찾아가 병력 지원을 요청했다. 또 그에게 저간의 사정을 들었다. 구선의 처가 이미 자진하였다는 소식을 듣고 도규는 눈살을 찌푸렸다. 구선 정도 되는 명망가의 집안 살림을 꾸려왔을 부인이니, 일견 이해가 가는 행보였다. 하지만 처자식의 죽음으로 상흔이 생긴 도규는 여전히 여인의 죽음을 자연스럽게 받아들이는 것이 어려웠다. 사실

구선의 양녀를 잡아들여 노비로 만드는 일 또한 썩 내키지는 않았다. 하지만 그것은 어명이었다. 인정의 도리보다 어명이 우선인 것이 도규라는 사내의 소신이었다.

구선의 양녀는 구선이 한양으로 압송된 이후로 행적이 묘연하다고 하였다. 구선이 압송되기 전에 외거노비들을 상당수 면천시켜주었는데, 그들 가운데 하나를 따라가지 않았을까, 하고 감사는 추정하였다. 그리 추정하면서도 감사는 그녀를 쫓는 일에 열심을 내지 않는 기색이었다. 호적에 오르지도 않은 아이를 굳이 찾는 것이 무슨 의미이겠는가, 하는 말까지 했다. 평양 명망가였던 구선이다. 평양 유지인 평안감사와도 돈독한 사이였을 것이다. 내색은 않았으나, 감사 역시 구선의 죽음을 애도하고 있음이 여실히 느껴졌다.

도규는 평안감사에게 포졸 지원만 요청하고, 직접 휘와 만석을 대동하고 구선의 집으로 향했다. 안팎으로 주인을 모두 잃은 구선의 자택은 괴기스러울 정도로 쓸쓸하였다. 마당이며 집안 곳곳이 살뜰하게 정돈은 되어 있었으나, 주인 잃은 슬픔이 여기저기 배어 있었다. 하늘에서 새벽 어스름을 어지럽히듯 세찬 비가 내리고 있어, 그 쓸쓸함이 더했다.

도규는 비가 내리는 것도 개의치 않고 식솔들을 모두 마당으로 끌어냈다. 상전을 잘못 만난 탓에 뿔뿔이 흩어질 처지였다. 딱히 죄가 없는 자들이니 안타까운 마음은 들었으나, 이 역시 어명이었다. 마치 산짐승을 포위하듯 늘어서 있는 관군들을 보자 구선의 하인들은 겁에 질렸다. 계집종들 가운데는 국문이 이루어지지 않았는데도 벌써 훌쩍이는 이들까지 있었다.

"너희의 상전이었던 자는 임금의 명을 어기고 역모를 꾀한 죄로 능지처사되었다. 역적의 종들 또한 역모에 개입되지 않았다 말할 수 없으리라. 만일 지금부터 묻는 말에 하나라도 허튼소리를 지껄이거나, 거짓을 고변한다면 너희 또한 역모의 죄를 물어 이 자리에서 베어버릴 것이다."

도규의 낮고 위엄 실린 음성에 하인들은 단박에 움츠러들었다. 도규는 시훈과 빙애의 행방을 집요하게 캐물었다. 처음엔 다들 눈치만 보았으나, 자신의 목을 칠지도 모르는 자 앞에서 숨길 도리가 없었다. 마침내 나이 지긋한 행랑아범이 앞으로 나섰다.

"시훈 도련님은 과것길을 떠난 이후 저희도 생사를 모르옵고, 빙애 아씨는 대감마님의 명으로 외거노비들 가운데 하나와 같이 떠났습니다요. 이미 평양을 벗어나지 않았을까 생각하고 있습니다요."

"닥치거라. 어디 거짓을 고하는가. 네놈이 네 주인을 따라 저세상에 가고픈 모양이로구나. 내 이미 상당한 정보를 가지고 있거늘!"

도규는 없는 정보를 꾸며 행랑아범을 윽박질렀다. 포도청에서 오랫동안 활동하며 갈고닦은 심문 기술이었다. 무언가 숨기려는 자들은 상대가 정보를 가지고 있다는 추측만으로도 무너지는 법이었다. 아니나 다를까, 얼굴이 사색이 된 행랑아범이 머뭇거리며 말을 꺼냈다.

"대감마님께서 아끼던 외거노비 가운데 복돌아범이라는 자가 있는데, 그자를 면천하며 아씨의 안위를 맡기신 걸로 압니다요."

"그자는 어디 사느냐?"

도규가 약간 어조를 풀며 물었다. 표정을 보건대, 저들 사이에 암묵적으로 합의한 선이 여기까지인 모양이라고 여긴 까닭이다. 이제는 그 복돌아범이라는 자를 잡아 족치면 될 일이었다.

"마을 어귀 주조장 건너편 골목에 살고 있습니다요. 제법 세간 살림이 괜찮은 편이라 쉽게 찾으실 수 있을 겁니다요."

행랑아범의 표정에 죄책감과 안도의 기색이 동시에 어렸다.

도규는 휘에게 말했다.

"너는 여기 남아 집 안 곳곳을 샅샅이 수색하여라. 숨을 데가 없는지 꼼꼼히 확인하고, 이 집 노비들의 명부도 작성해두어라. 그리고 그자가 나타나거든, 이 폭약 연통을 하늘에 날려 터뜨려라. 내 한달음에 달려올 것이다."

"예, 형님. 여기는 제가 확실히 지키고 있겠습니다. 그놈의 자식에게 이번에야말로 본때를 보여줄 것입니다."

도규는 관아의 포졸들로 하여금 구선의 집을 이중으로 감시하도록 보초를 세워두고는, 만석만 데리고 복돌아범을 찾아 나섰다. 비가 점차 거세지고 있었으나, 도규는 신경 쓰지 않았다.

행랑아범이 알려준 길을 그대로 따라가니, 구선이 감홍로를 빚었다던 주조장이 나왔다. 이미 못질이 되어 폐쇄된 상태였다. 박문수와 도규가 다녀간 다음, 구선은 정말로 술도가를 닫은 모양이었다. 애초에 군말 없이 그리하였더라면 이런 지경까지는 오지 않았을 것이다. 하지만 도규는 다시 고개를 저었다. 역적 구선의 속에 담긴 말들은 언제고 터져나오고 말 것이었다. 금주령은 하나의 기폭제였을 뿐이었다. 그의 아들 역시 마찬가지였다. 아버지의 대의가 곧 아들의 대의이다. 그 아들이 과거를 보러 떠난 것은 어쩌면 실로 임금을 해치려 아비와 공모한 계략이었을지도 모를 일이었다. 그 싹을 아예 잘라내리라 도규는 작심했다.

'그자의 배를 확실히 갈라놓지 않으면, 필시 더 큰 악을 저지르리라. 내 아내와 딸을 무참히 살해한 놈들처럼.'

주조장 맞은편으로 좁은 골목이 나 있었다. 도규와 만석은 성큼성큼 골목으로 들어섰다. 빗물에 젖은 진흙이 바짓단을 적셨지만, 그들의 발길을 막지는 못했다. 골목으로 깊이 들어가자, 초가이긴 하나 다른 집보다 규모가 크고 방이 여러 개인 집이 모습을 드러냈다.

"저 집이다. 내가 먼저 들어갈 터이니, 만석이 너는 뒤에서 나를 엄호해라."

"예, 대장."

반인 출신의 만석은 차마 도규를 형님이라 호칭할 수 없어, 늘 대장이라 불렀다.

도규가 앞장서서 사립문을 밀고 안의 기척을 살폈다. 별다른 동향은 없었고, 아무런 기척도 없었다. 아직 자고 있거나 아무도 없는 모양이었다. 도규가 안으로 들어서며 소리쳤다.

"게 누구 없느냐?"

아무런 반응도 없었다. 빗물이 지붕과 흙바닥을 세차게 때리는 소리만이 요란했다. 도규는 다급히 방문을 열어젖혔다. 아무도 없었다. 온갖 잡동사니만이 어지러이 흐트러져 있었다.

'한발 늦은 것인가.'

그는 다른 방문들도 벌컥벌컥 열어젖혔다. 세간이 놓여 있는 것이 얼마 전까지 사람이 있었음은 분명하나, 흐트러진 모양새가 다급히 달아난 형국이었다. 하지만 포도청 생활을 통해 단련된 그의 직감이 그리 멀지 않은 곳에 찾는 자가 있다는 것을 일러주고 있었다. 무언가 다급히 꾸며진 느낌이 들었던 것이다. 도주에 반드시 필요한 물품들을 챙기지 않은 점, 다급함을 가장하였으나 자연스럽지 않은 모양새 등이 그의 예리한 시선에 포착되었다.

그는 방들을 하나하나 꼼꼼히 살핀 후, 밖으로 나와 마당에 섰다. 빗방울이 요란했다. 그리고 그의 눈에 텃밭 한가운데 어색하게 놓인 장독들이 들어왔다. 그럴 법하긴 하였으나, 예리한 그의 눈썰미를 속이기엔 어색했다. 장독대 아래 밟힌 채 놓인 잡풀들의 모양은 원래부터 장독대가 거기 있던 것이 아님을 증명하고 있었다.

그는 가장 큰 장독에 다가가 뚜껑을 확 열었다. 혹시 숨어 있던 누군가가 튀어나올지 몰라, 한 손은 용천검에 올린 채였다. 하지만 빈 장독이었다. 그 옆의 것도, 그 옆의 것도 마찬가지였다. 가장 작은 장독은 아예 깨어버렸으나, 안에서 쏟아진 것은 검은 간장뿐이었다.

'아니었나? 하지만 왜 다급히 도망가는 와중에 장독대를 옮겨
둔 것이지?'

도규가 미련을 버리지 못하고 텃밭 주변을 꼼꼼히 살피기 위해
허리를 구부렸다.

다음 순간, 도규는 다급히 몸을 틀며 용천검을 뽑았다. 마당 한
가운데 낯선 사내가 서 있었다. 기척도 없이 민첩하게 다가온 것
이었다. 만석이 사립문 옆에 널브러진 채 비를 맞고 있었다. 만석
의 무예가 휘나 중권에 비해 다소 모자라기는 하나, 저리 쉽게 당
할 사내는 아니었다.

도규는 눈가로 얼룩처럼 번지며 떨어지는 빗물을 손등으로 훔
쳐내며 눈앞의 사내를 가만히 쳐다보았다. 그리고 대번에 그가 누
구인지 알았다.

눈앞의 사내는 그의 아비와 참 많이 닮았던 것이다.

24

　시훈은 눈앞의 사내가 고수라는 사실을 직감적으로 알아챘다. 문밖을 지키던 사내에게 기척 없이 다가가 급소를 후려치는 것은 어렵지 않았다. 그 기세로 텃밭에 정신이 팔린 사내마저 덮쳐 쓰러트릴 계획이었으나, 상대는 그의 접근을 대번에 감지하고 검을 뽑았다. 그의 기척을 알아챈 것도 그렇고, 그 짧은 순간 발검拔劍을 한 실력이나 그가 뽑은 검의 위용 또한 예사 무인이 아니라는 것을 증명하고 있었다.

　시훈 역시 패월도를 뽑지 않을 수 없었다. 지금은 빙애를 만나는 것이 훨씬 시급한 일이었다. 하지만 저런 검을 가진 상대를 만나 칼을 뽑은 이상 피를 보지 않고는 그 일이 불가능할 것임을 깨달았다. 어머니의 자진 소식을 들은 직후라, 그의 마음은 이미 어지러웠다. 아버지의 처형에 어머니의 자진까지, 그의 분노는 시간이 흐를수록 강해졌다. 그런데 이제 빙애마저 만날 수 없다면, 그로서는 모든 희망이 사라지는 셈이었다.

빗줄기를 뚫고 새벽녘 마을에 도착했을 때는 이미 옛집이 완전히 포위된 다음이었다. 시훈은 근처 나무 위에 몸을 숨기고 잠시 동향을 살핀 다음, 가까운 곳에 사는 외거노비의 집을 찾아가 자초지종을 들었다. 어머니의 자진 소식은 그를 절벽 끝으로 몰아넣었지만, 빙애가 복돌아범과 함께 출가했다는 말에 가까스로 힘을 낼 수 있었다. 적어도 빙애를 만난 후에라야, 무엇이든 할 수 있을 터였다. 포기든 도피든 복수든, 그 무엇이든. 그래서 한달음에 복돌아범네로 달려온 것이었다.

복돌아범네 앞에서 시훈은 가슴이 철렁했다. 벌써 누군가가 한 발 앞서 와 있었기 때문이다. 이미 늦은 걸까, 시훈은 초조하였다. 하지만 문 안에 얼마나 많은 사람들이 있는지 알 수 없었으므로 최대한 기척을 죽이고 다가가 기습적으로 문간의 사내를 제압했다.

예상외로 집 안에는 단 한 사람뿐이었다. 그리고 이제 그 사내와 시훈은 검을 마주한 채 팽팽하게 맞서 있었다.

빗발은 폭우가 되어 있었고, 바람은 매섭게 포효했다. 빗물에 진흙탕이 되어버린 마당에서 검술을 펼치는 것은 쉽지 않은 일이었다. 그것도 만만찮은 고수를 상대한다면. 자신은 있었다. 아버지에게 물려받은 무예와 명검, 그리고 가족을 잃은 분노가 그의 무기였다. 그것과 대적해 이길 수 있는 자가 이 세상에 얼마나 될까.

다만 피로가 문제였다. 한양에서 예까지 내내 질주했다. 그리고 곧장 이런 극한 상황에 마주친 것이다. 또한 오롯이 싸움에만 집중하지 못하는 이유는 빙애에 대한 염려 때문이었다. 여기에 빙애가 없다면, 그렇다면 도대체 어디에 있단 말인가. 빙애 또한 자진을 하였단 말인가. 아니면 저들이 이미 처리해버린 것인가. 설마 저 방 안 어딘가에 더 이상 말을 건넬 수 없게 된 빙애가 누워 있는 것은 아니겠지. 시훈의 머리는 번뇌로 가득했다.

그때 도규가 입을 열었다.

"네놈이 윤구선의 아들인가?"

"그렇다. 네놈 역시 청풍회 무사인가?"

"그렇다. 네놈이 상처 입힌 사내들이 내 부하들이다."

시훈은 번뜩 이름 하나가 떠올랐다.

"네놈이 장도규라는 자냐?"

"그렇다. 내가 장도규, 네 아비를 잡아들인 자다."

칼을 든 시훈의 손에 힘이 바싹 들어갔다. 이리 빨리 아버지의 원수와 대면하게 되다니. 네놈부터 시작해 하나하나 밟아줄 터이다. 시훈은 침을 삼켰다.

"네놈이나 나나 피차 말이 필요 없겠구나. 서로의 목숨이 필요한 처지이니."

도규의 말이 떨어지기가 무섭게, 시훈의 패월도가 먼저 움직였다. 쏟아지는 빗줄기조차 가를 듯 예리한 패월도의 칼날이 도규를 향했다. 도규가 재빨리 텃밭에서 몸을 솟구쳐 피하며 용천검을 시훈의 가슴팍을 향해 찔렀다. 두 명검이 챙 소리와 함께 맞부딪쳤다. 그와 동시에 검을 주고받는 속도가 빨라졌다. 마치 합을 맞춘

현란한 군무처럼, 물 흐르듯이 자연스럽게 두 사내가 어울렸다 떨어지기를 반복하며 날쌔게 움직였다. 보기엔 그러하여도, 한 치의 오차나 실수만 있어도 그대로 목숨을 잃을 만큼 온 힘을 다한 공수攻守였다.

맞붙을 때는 무념이었으나, 떨어지면 이내 상대에 대한 외경심이 우러났다. 그것이 더 큰 자극이 되어 다시 맹렬히 맞붙었다. 그야말로 용호상박, 누구 하나의 우위를 점할 수 없는 실력들이었다. 열 합이 오가도록 승부의 추가 기울지 않자, 두 사람 모두 잠시 대치 상태에 들어갔다. 둘 다 내색은 않고 있으나, 속으로는 거친 숨을 몰아쉬는 중이었다.

도규는 시훈의 실력에 깜짝 놀랐다. 이제 약관의 앳된 젊은이였다. 구선의 무예를 물려받았다 하나 이 정도 실력일 줄은 미처 몰랐다. 무예라면 누구에게 쉬이 뒤처지는 법이 없는 휘와 중권이 그토록 당한 것이 이해가 갔다. 구선의 무예가 한때 조선 제일이라 하더니, 그 아들이 그 명성을 확실히 보여주고 있었다. 그 짧은 순간의 겨룸을 통해, 그는 무사로서의 존중심이 생겼다. 참으로 죽이기에 아까운 무사요, 인재였다. 하지만 역적의 자식, 그것도 복수심에 불타고 그 복수를 실행할 능력 또한 갖춘 자를 그냥 보낼 수는 없었다. 그는 임금의 신하이고, 청풍회의 무사이며, 처자식의 복수를 해야 하는 가장이었다. 그는 다시 검을 그러쥐었다.

시훈은 가쁜 숨을 몰아쉬며 상대를 다시 살폈다. 아버지 구선과 칼부림을 벌이기에 모자람이 없는 상대였다. 어려서부터 무예 하나만큼은 자신이 있었기에, 조선에 이토록 강한 상대가 있다는 것이 실로 놀라웠다. 기실 현 임금의 호위무사도 자신을 당해내지 못하리라 장담했었는데, 청풍회라는 비선秘線 조직의 무사가 이토록 강하다는 사실이 적이 충격적이었다. 하지만 아버지의 원수였다. 어머니마저 돌아가셨다. 저자가 빙애의 삶까지 망가뜨리게 둘 수는 없었다. 무엇보다 자신은 살아서 빙애를 만나야 했다. 그가 다음에 나아가야 할 길을 알기 위해서라도 반드시 그리해야 했다. 시훈의 패월도가 울고 있었다. 그는 검의 울음소리를 들을 수 있었다. 그것이 자신의 마음이기도 하였기에.

둘은 누가 먼저랄 것도 없이 다시 충돌했다. 이번에는 처음보다 더 강렬했다. 저마다 목적이 있고 반드시 상대를 제압하고 살아야 할 이유가 있었다. 패월도와 용천검, 두 명검이 제 주인들의 기운을 받아 섬뜩하게 번득이며 맞부딪쳤다. 빗물이 튀고 그 사이로 불꽃도 튀었다. 그저 근처에 있는 것만으로도 베일 것 같은 검기가 애꿎은 빗물을 가르며 다시 군무를 이루었다.

천둥이 요란하게 울렸다. 번개가 내리쳐 어둑어둑한 아침 하늘을 순간적으로 섬뜩하게 비추었다. 다음 순간, 둘의 칼날이 서로의 빈틈을 향해 질주했다. 하나가 다른 하나의 허점을 노렸고, 그 노림수를 이용해 다른 하나가 하나에게 반격을 가했다. 누가 찰나의 빠름을 보였는가, 누가 칼에 온전히 힘을 다 실어냈는가, 하는 문제였다.

마당에 피가 흘렀다. 빗물과 뒤섞여 붉은 물웅덩이가 형성되었다. 시훈의 어깨가 베였다. 도규는 배를 감싸쥐며 무릎을 꿇었다. 검상은 도규 쪽이 더 심했지만, 시훈은 칼을 휘둘러야 하는 어깨를 다쳐 패월도를 떨어트렸다. 도규는 일어서서 시훈에게 최후의 일격을 날리고 싶었으나, 복부의 검상이 생각보다 깊은 탓인지 몸이 펴지질 않았다. 시훈 역시 다치지 않은 왼손으로 칼을 다시 집었으나, 오른 어깨의 부상이 심해 움직임이 자유롭지 못했다. 하지만 자신이 유리한 입장이라는 걸 알았고, 그래서 머뭇거리지 않고 도규를 향했다.

그때, 날카로운 단검이 시훈을 향해 날아왔다. 시훈은 찰나의 순간 날아오는 단검을 감지하고 몸을 비틀어 피했다. 만석이었다. 쏟아지는 빗물과 두 사내의 검무에서 발산된 기운 탓에 가까스로 정신을 수습한 만석이 절묘한 순간 끼어든 것이었다.

이제 다급해진 것은 시훈이었다. 왼손 검술과 맨손 무예도 나쁘지 않은 수준이나, 이런 고수들을 상대하려면 오른팔을 자유롭게 쓸 수 있어야 했다. 상황이 더욱 나빠진 것은, 만석이 주머니에서 폭죽 연통을 꺼내 하늘로 쏘아올린 탓이었다. 필시 무리들을 불러들이는 표식이리라. 곧 관졸들이 몰려올 것이고, 그러면 오른팔을 크게 다친 자신이 헤쳐나갈 수 있을지 장담할 수 없었다.

'빙애, 빙애를 만나야 하는데……'

생사조차 확인하지 못한 채 떠날 수는 없었다. 하지만 어떤 생각을 정교하게 다듬을 시간이 없었다. 만석의 단도가 다시 치고 들어왔다. 시훈은 왼팔로 패월도를 휘둘러 가까스로 쳐냈지만, 확실히 움직임이 굼떴다. 오른 어깨에서 흘러내리는 피의 양도 점점 많아지고 있었다. 시훈은 도리 없이 만석의 품으로 뛰어들어 단도의 동선을 제어하고 그의 가슴팍을 세차게 내질렀다. 만석이 뒤로 나자빠졌다. 하지만 어느새 도규가 몸을 일으키고 다가와 마지막 힘을 다해 시훈에게 검을 휘둘렀다. 시훈이 가까스로 피하긴 하였으나, 위험한 일격이었다. 도규의 공격이 한 번만 더 이어졌다면 시훈의 목도 거기서 떨어지고 말았으리라. 하지만 도규는 그것이 한계였던지 그대로 앞으로 고꾸라졌다. 만석이 몸을 추슬러 다시 다가오기 전에, 시훈은 복돌아범네 울담을 타 넘어 그대로 달아났다.

만석이 시훈을 쫓으려다 도규에게로 향하자, 도규가 소리를 질렀다.

"어서! 어서 저놈부터 잡아라! 부상을 입었으니, 지금이라면 잡을 수 있을 것이다!"

만석이 고개를 조아리고는 얼른 시훈을 쫓았다. 때마침 달려온 청풍회 무사들과 평양 관아의 관졸들이 만석을 따라 시훈을 쫓았다. 일부만이 도규를 보필하기 위해 남았다.

시훈은 부상 탓에 속도를 내지 못했다. 싸울 때는 몰랐는데, 달아나며 보니 어깨를 가른 상처가 깊었다. 언뜻 보아도 흰 뼈가 보이는 듯했다. 복수를 해야 하는데, 마을 어귀에 임시로 수습해둔 아버지의 시신을 온전히 묻어드려야 하는데, 그러니 여기서는 죽을 수 없는데. 시훈은 혼잣말로 자신을 다독였다. 그러나 무엇보다 희미해져가는 시훈의 마음을 다잡은 것은 빙애에 대한 갈망이었다.

'빙애를 만나야 한다. 반드시 살아서 빙애를 만나야 해!'

시훈은 자신도 모르는 사이, 빙애와 함께 놀던 대동강 지류의
둔덕을 향하고 있었다.

25

빙애는 홀로 침잠沈潛하였다. 빗물이 좁은 틈으로 계속 새어들
어왔다. 아주 조금씩 바닥에 물이 고이기 시작했다. 빙애를 숨 막
히게 하는 것은 좁은 공간에 밀폐된 그 폐쇄의 감각이었다. 그것
은 단순한 폐쇄가 아니었다. 세상 모든 것을, 살아갈 가치를, 그녀
의 존재 의의 자체를 회의하게 하는 감각이었다. 그 좁고 밀폐된
공간 안에서 그녀는 그야말로 아무것도 아니었다. 그냥 거기 그렇
게 세상으로부터 죽음을 선고받은 것만 같았다. 어디에도 구원은
보이지 않았다. 미세한 틈새로는 빗물만이 스며들어 그녀를 오들
오들 떨게 하였다.

빗소리만이 요란했다. 그것은 장독의 외부를 울려 빙애의 몸으
로 직접 전달되었다. 간간이 빗물을 받아먹으며 버티던 의식이,
완전히 사라지지도 그렇다고 이생의 것처럼 또렷하지도 않은 채
오락가락했다. 세상의 모든 소리가 그녀의 귀에서 사라졌다. 오로

지 장독을 직격하는 빗소리뿐이었다.

저기 바로 위의 세상이 빙애로부터 수만 리 떨어진 다른 세계 같았다. 자신의 슬픔과 외로움, 그리고 고립감과는 무관하게 평탄하게 하루하루를 이어가는 수많은 삶들이 존재하는 곳. 반면 빙애가 유폐된 곳은 오로지 죽음을 향한 마지막 여로인 듯 절망적인 암흑뿐이었다. 아무것도 없었다. 빙애에게는 남은 것이 없었다.

친어머니는 빙애가 태어나고 얼마 지나지 않아 세상을 떠났다. 빙애는 얼굴조차 기억할 수 없었다. 형제는 전혀 없었다. 친아버지는 나쁜 사람은 아니었으나, 제 삶 하나 건사하는 것도 버거워했다. 어쭙잖게 글을 배운 탓에, 반상의 틀을 깰 수 없는 현실 앞에 좌절했다. 그렇게 스스로 목숨을 끊고 말았다. 빙애에게 남은 혈육은 없었다. 아무도 없었다.

새로 얻은 가족은 빙애에게 새로운 세상이었다. 그것은 그녀가 가진 전부였다. 그런 세상도 얼마 가지 못했다. 딸처럼 귀애해주었던 양아버지는 역적이 되어 임금에게 숙청이 되었다. 그런 불운을 보아야 하는 것이 빙애의 운명이었던 것인가. 그렇다면 도대체 그 짧은 행복은 왜 주어졌던 것인가.

자신에게 양반가의 규수나 배울 법한 고급 자수와 그림 그리는 법을 가르쳐준 양어머니는 운명의 질곡 속에 자진하였다. 친아버지가 스스로 내몰리듯 자결하였다면, 양어머니는 세상에 떠밀리어 그런 선택을 할 수밖에 없었다. 그 마지막 순간에 빙애는 곁에 있어줄 수도 없었다. 그저 마음이 찢어지는 슬픔뿐이었다.

그렇게 새로운 부모도 떠나버렸다. 빙애에게 남은 것은 아무것도 없었다.

그런 그녀를 가까스로 버티게 한 것, 그 모든 충격과 절망에도 불구하고 마지막 한 톨의 희망에 기대어 근근이 하루를 연명하였던 것은, 단 한 번으로 끝나게 될지도 모를 오라버니와의 재회를 갈구한 까닭이었다. 오라버니이자, 그녀가 살면서 마음에 품은 단 하나의 정인. 화사한 봄날, 자신을 무뢰배들로부터 구해준 그 오라버니가 다시 한 번 자신의 삶을 구해줄 수 있기를 그녀는 바랐다. 아니, 그것은 지나치게 과분한 바람이다. 하지만 적어도 함께 죽을 수 있기를 바랐다. 아니다. 그것도 과분하다. 그저 얼굴 한 번, 목소리 한 번만 더 보고 들을 수 있기를, 빙애는 간절히 바랐다. 하지만 그런 생각조차 이 좁은 공간에 영원처럼 갇혀 있는 동안 서서히 희미해져갔다. 모든 것이 끝나고 말았다는 좌절감이 그녀를 휘감았다.

그 좁은 장독 안은 절대적 절망의 공간이었다. 눈물도 나지 않았다. 눈물은 마지막 희망, 적어도 자기 연민이 있을 때나 가능한 일이었다. 거기서 그녀는 그냥 무無로 변해갔다. 내면이 비어버린 육신, 중심을 상실한 무. 온전한 절망과 완벽한 고독이 거기 있었다.

시간이 얼마나 흘렀는지 알 수 없었다. 시훈 오라버니는 살아 있을까. 살아 있다면 지금 어디쯤에 와 있을까. 살아서 다시 만날 수 있을까. 살아서 다시 만나지 못한다면, 죽어서라도 곁에 있을 수는 있을까. 그것도 아니라면 그냥 이대로 영원히, 영원히, 영원히……

그녀의 정신이 흐려졌다. 치맛단이 서서히 젖고 장독 바닥에 물이 차오르는 것을 느끼며, 그녀는 죽음이 지척에 다가왔음을 깨달았다. 이대로 잠이 들면 다시 깨어나지 못할 것이란 생각이 스쳐갔다.

그녀의 흐릿해진 기억으로는, 이곳에 시원始原의 시간부터 유폐되어 있었던 것만 같았다. 운명이 그리 정하고 그리 길을 인도하였다. 그리고 그 대단원에 이른 것이다. 그녀는 지독한 절망 속에서 어렴풋이 정체가 불명한 쾌감을 느꼈다. 다 끝난다. 모든 번민이 이제 여기서 끝난다. 모든 고통과 외로움과 절망이, 바로 여기서.

그녀는 졸린 눈을 스르륵 감았다. 모든 것을 내려놓으려는 순간, 번뜩 시훈의 얼굴이 다시 떠올랐다. 그것만은 끝내 마음에 지녀야 한다는 듯이.

'오라버니, 부디 행복하셔요. 오라버니를 연모할 수 있어서 저는 행복했습니다. 죽어서라도 다시 뵐 수만 있다면 더 바랄 것이 없을 테지요.'

그때 무언가 머리 위에서 움직였다. 빗방울이 아닌 그 무엇, 절망적인 유폐를 끝내려는 찰나의 움직임이었다. 장독 뚜껑이 흔들리자 한 줌의 흙이 빙애의 눈가로 떨어졌다.

뚜껑이 힘겹게 왔다 갔다 하더니, 마침내 들렸다. 뚜껑이 사라진 곳으로 빗물이 왈칵 쏟아졌다. 바깥 역시 어두웠음에도, 암흑 그 자체였던 곳으로 새어드는 신선한 공기와 옅은 빛 때문에 빙애는 숨이 가빴다.

가물거리는 정신을 부여잡고 올려다보자, 누군가의 형상이 어른거렸다. 빙애는 너무 어지러워 그것이 누구인지 알아볼 수 없었다. 꿈인지 생시인지조차 분간할 수 없었다.

"오라버니? 오라버니예요? 오라버니가 절 구하러 오신 거예요?"

말없이 팔 하나가 내려와 그녀를 끌어올렸다.

26

도규는 자신의 배에 난 상처를 어루만졌다. 만석이 그때 깨어나지 않았더라면, 관졸들이 그 순간 달려오지 않았더라면, 도규의 목숨은 이미 이 세상 것이 아니었을 터였다. 일대일로 겨룬 그 싸움에서 더 큰 내상을 입은 것은 분명 자신이었다. 게다가 그의 임무는 시훈을 잡아 처형하는 것이었다. 그는 임무에 실패했다. 용천검은 적의 어깨를 갈랐을지언정 목을 쳐내진 못했다. 패배감이 엄습했다.

혼절했다 깨어나자, 역적의 아들이 활을 맞은 채 거센 폭우로 불어난 대동강 급류에 쓸려갔다고 만석이 보고했다. 그는 어떻게 판단해야 할지 알 수 없었다. 그자는 어깨에 심각한 상처를 입었다. 하지만 한 팔을 자유롭게 쓸 수 없게 되었다 해도 그의 무예는 범상한 수준이 아니었다.

만석과 청풍회 무사들, 평양의 관군들은 시훈이 달아난 방향을 향해 무작정 쫓았다. 만석의 입장에서는 자신이 무기력하게 당한 바람에 상전인 도규가 심각한 상처까지 입게 된지라 더더욱 필사적이었다.

시훈은 그들을 대동강 지류가 본류와 만나는 곳에 위치한 둔덕으로 이끌었다. 거센 빗줄기에 여름 꽃과 풀들이 사정없이 꺾이고 있었다. 더 이상 빙애와 함께하던 아늑하고 아름다운 공간이 아니었다. 대동강 물을 마시며 높게 자란 해송들이 흉포한 바람에 부러지기 직전이었다. 바위를 때리던 대동강 물은 이미 범람하여 바위를 삼켜버린 지 오래였다. 모든 게 위태위태하고 불안한 형국이었다.

거기서 시훈은 배수진을 쳤다. 만석과 관졸들은 시훈과의 근접전이 쉽지 않다고 판단하여 무수한 활을 날렸다. 시훈은 왼손으로 잡은 패월도로 활들을 쳐냈다. 하지만 다친 어깨에서는 끊임없이 피가 흘렀고, 패월도에 익숙하지 않은 왼팔은 한계를 드러냈다. 마침내 활 하나가 그의 가슴팍을 맞혔다. 그의 몸이 더욱 둔해졌다. 관졸들이 서서히 포위망을 좁히며 밀고 들어오자, 더 이상 버티지 못했다. 가물거리는 의식 속에 그의 몸이 둔덕 끝 절벽까지 내몰렸고, 어느 한순간 그대로 추락했다. 떨어지는 순간까지도 그는 패월도만은 손에서 놓지 않았다. 대동강 급류가 그를 냉큼 삼켜버렸다.

만석이 도규에게 보고했다.

"폭우와 급류가 그놈을 삼켰습니다요. 그놈이 아무리 고수라 해도, 온몸에 활을 맞고 어깨에서는 피가 철철 나는데다가 무거운 칼까지 두른 상태였으니 필경 죽고 말았을 것입니다. 역적의 자식을 하늘이 직접 심판한 것이 분명합니다요."

만석은 시훈의 죽음을 확신했다. 도규는 미덥지 않았다. 어떻게든 그의 시신을 찾고 싶었다. 그래야 박문수 대감에게 역적의 자식이 어명에 따라 처형되었다 말할 수 있을 것 같았다. 한편 만에 하나 그가 살아 있다면, 다시 한 번 겨루고 싶기도 했다. 여태 무수한 도적과 무뢰배들과 칼을 섞었다. 하지만 누구 하나 그에게 사소한 상처조차 안기지 못했다. 그는 다시 한 번 자신의 상처를 어루만졌다. 명주 천으로 감아놓기는 하였으나 피가 짙게 배어났다. 다시 패배감에 휩싸였다. 어찌 역적의 자식에게 칼을 맞는단 말인가. 조선의 검계 무리를 죄다 소탕할 각오를 지닌 그가 아니던가. 다시 맞붙게 된다면 반드시 복수를 해줄 것이다. 그는 자신의 무예를 더욱 다듬어야 하리라 각오를 다졌다.

몸을 일으키고 싶었으나, 복부의 통증이 심해 그는 끝내 다시 드러누웠다. 죄인의 목을 가지고 올라가 임금에게 보이고, 중권에게도 복수의 징표로 보이려 했건만, 자신이 반송장처럼 드러누워 올라가게 되었으니 참으로 면구스럽다 생각했다. 임금에게도, 박문수 대감에게도, 중권에게도. 무엇보다도 죽은 아내와 딸에게.

삼지창 표식의 검계 무리를 잡아 직접 목을 베기까지, 그에게 실패가 있어서는 아니 될 일이었다. 그나마 다행이라면 시훈 역시 죽었을 가능성이 크다는 점이었다. 살아날 도리가 없다는 만석의 말이 영 틀린 것은 아닐 터였다. 하지만 불안하긴 여전했다.

비는 더욱더 거세지고 있었다. 대동강 급류가 그자를 어디까지 데려갈지 알 수 없었다. 어쩌면 그의 죽음은 영영 확인할 수 없을지도 모를 일이었다.

27

박문수는 도규가 평양에서 보낸 전갈을 받았다. 구선의 아들이 죽었다. 검에 베이고, 활을 맞은 채, 무참하게 내린 비로 불어난 급류에 휩쓸려갔으니 살아날 가능성은 희박하다고 했다. 상황을 보니 살아 있기는 어려워 보였다.

도규는 상처를 입어 당장 한양으로 돌아올 수 없다 했다. 박문수는 자신이 아는 한에서는 도규보다 뛰어난 검술을 가진 자를 알지 못했기에, 도규가 시훈의 칼에 베였다는 사실에 꽤 놀랐다. 중권에 이어 도규까지 시훈의 검에 당했다는 사실은 청풍회 수장으로서 그의 마음을 무겁게 하였다.

그러나 박문수의 솔직한 내심은 도규에 대한 걱정 못지않게 시훈의 죽음에 대한 애석함도 컸다. 오랜 벗이자 사우인 구선의 처형에 관여할 수밖에 없었다는 사실은 내내 마음에 남았다. 그의 처가 자진하였다는 소식은 일견 예상한 일이었음에도 그를 세차게 후려쳤다. 그리고 이제 그의 혈육마저 목숨을 잃었다. 수양딸이라는 여자아이의 행방은 알 수 없으나, 그 아이가 실제로는 구선의 호적에 오르지 않았다는 사실 또한 알게 되었다. 이로써 구선의 대는 완전히 끊겨버린 셈이었다. 선왕의 호위무사이자 금군 별장으로 존경받는 무사였던 구선의 인생은 도대체 무엇이었을까. 박문수는 마음이 착잡하였다.

그리고 가슴이 다시 흔들렸다. 무엇을 위해 살아가고 있는 것인가. 임금을 위한 충정이 가장 중요한 것이라 믿었다. 하지만 그 때문에 오랜 벗과의 우정이 깨졌다. 그를 죽음으로 내몰고, 그의 아들마저 아버지 곁으로 보냈다. 이 모든 것은 무엇을 이루고자 함인가.

구선의 마음이 선왕에 대한 충정으로 가득하고, 또한 그래서 주상을 섬길 수 없는 정직함으로 가득하다는 것을 임금도 알고 있었다. 그것이 점점 늙어가는 임금의 비위를 거슬렀으리라. 선왕을 독살했다는 소문에 늘 민감했던 임금에게, 구선의 불복不服은 용납할 수 없는 것이었으리라.

그가 구선을 찾아가지만 않았어도, 그렇게 평행선을 그리며 살아갔을 것이다. 주상은 후세에 길이 존중받는 임금으로, 구선은 낙향하여 소일거리 삼아 술을 빚으면서, 그렇게. 그러나 거기 박문수가 있었고, 장도규가 있었다. 그리하여 일이 이런 비참한 지경에 이르렀다.

근 삼십여 년의 공직 생활 중에 처음 찾아온 회의감이었다. 청풍회를 맡을 때의 그 포부는 구선의 일을 계기로 그의 마음에서 혼탁해졌다. 지금 그 누구보다 술이 갈한 자가 바로 박문수 자신이었다. 유독 떠오르는 것은 젊은 날 구선과 함께 마셨던 바로 그 술, 조선의 명주 감홍로였다.

박문수는 눈을 감았다 떴다. 굳은 결심이 그의 머릿속에 남았다. 그는 내일 임금을 배알할 것이다. 그리고 주청奏請을 드릴 생각이었다. 청풍회를 떠나 어영대장 일에 충실하고 싶다고. 자신은 늙었으며, 더 이상 전국 방방곡곡을 누비며 암행어사 노릇을 하기는 어렵다고. 임금은 이해해줄 것이다. 임금도 늙어가고 있으므로. 자신의 노쇠함을 자각한 박문수와 달리, 임금은 천년만년 살 것처럼 행동하고 있었지만 말이다.

그리고 장도규도 있었다. 그보다 더 청풍회라는 조직에 어울리는 자는 없었다. 이미 구선의 일로 임금은 장도규를 직접 불렀다. 임금도 장도규가 믿음직한 인물임을 알았을 것이다. 도규는 그런 사람이었다. 일을 할 때 믿고 맡길 수 있는 자, 그 충성심을 의심하지 않아도 되는 자, 신념이 있으면 그에 목숨도 걸 수 있는 자. 그러나 박문수는 다른 생각도 들었다. 그 부러지지 않을 듯한 신념이 자비와 유연성마저 잃으면 스스로를 더 옭아매 무너뜨리게 될지도 모를 일이었다.

장붕익 대장과의 연도 깊었던 탓에 박문수는 도규에 대한 애틋함 또한 남달랐다. 그의 내면을 갉아먹는 해묵은 상처가 안타깝기만 했다. 아버지 같은 마음으로 박문수는 도규의 회복을 바랐다.

허나 도규는 오로지 복수만이 그 유일한 길이라 철석같이 믿고 있었다.

밤이 깊었다. 구선의 아들 시훈의 비보와 도규의 부상까지 전해 들은 마당에 편한 잠을 자기는 글렀다.

"구선 대감이 자신의 딸이라 칭했던 그 아이만은 살아주면 좋으련만."

박문수는 속내를 감출 수 없어 혼잣말을 하고 말았다.

28

빙애는 마침내 돈의문 입구를 지났다. 구선이 이 대문 위에 효
수되었다는 소식을 오는 길에 들었다. 가슴이 찢어질 듯 아팠다.
구선의 머리가 걸렸던 곳을 올려다보지 않으려 무던히도 애를 썼
다. 입술이 부들부들 떨리고, 하도 힘을 주어 어금니가 저렸다.

그렇게 한양에 도착했다. 이제 빙애는 더 이상 구선의 딸 빙애
가 아니었다. 복돌아범네 가짜 딸 행세를 하며 힘든 여로를 거쳐
이른 종착지였다. 여기 복돌아범의 사촌이 중인中人으로 제법 규모
가 있는 시전市廛을 꾸리고 있었다. 복돌아범만큼 사람 좋은 사촌
이 위험을 무릅쓰고 그들을 받아주었다.

그날, 그 폭우가 쏟아지던 날, 땅속 장독에서 빙애를 건져올린
것은 시훈이 아니었다. 절대적 절망 속에서 그녀를 끌어올린 것은
복돌아범의 다급한 팔이었다. 무슨 일이 있었던 것인지, 마당에는
핏자국이 선연하였다.

복돌아범은 아무 설명도 없이 다짜고짜 시간이 없으니 당장 떠나야만 한다고 했다. 그것이 모두가 사는 길이라고.

"시훈 오라버니는요? 오라버니를 기다려야 해요."

"……아씨, 도련님은 오시지 않을 겁니다."

복돌아범은 그리 말하고, 이미 기력을 쇠진한 그녀를 들쳐업었다. 그 등은 시훈의 등만큼 넓지도 단호하지도 아늑하지도 않았다. 그것은 자신만큼이나 지친 남자의 불안정하고 구부정한 등이었다. 하지만 그 등을 거부할 수 없을 만큼, 빙애는 기력이 없었다.

그렇게 한양을 향한 여로에 올랐다. 오랜 세월, 구선 대감의 명으로 한양과 평양 사이를 오간 덕에 복돌아범은 길을 잘 알고 있었다. 여로는 그다지 힘들지 않았으나, 빙애의 마음은 장독 안에서 느낀 절망감에서 한 치도 더 벗어나지 못했다. 그녀에게는 여전히 아무것도 남지 않았다. 오로지 시훈과의 만남에 대한 일말의 기대만이 그녀를 살아 있게 하였다.

늦은 밤, 세간의 눈을 피해 복돌아범의 사촌이라는 사내의 집으로 들어섰다. 복돌아범만큼이나 호인이었다. 중인인데도 돈이 제법 많은지 집이 번드르르했다. 시전에서 자수를 내다 파는데, 그 벌이가 쏠쏠한 모양이었다.

빙애는 구선의 처형이 지척에서 이루어졌다는 생각에 잠을 이룰 수 없었다. 이틀을 뜬눈으로 지새우자 곱디곱던 피부가 상하는 것이 절로 느껴졌다. 어디서 구해오는 것인지, 복돌아범은 온갖 약재가 들어간 한약을 달여오고, 쉽게 구하기 힘든 재료로 만든

요리들을 들여왔지만, 빙애는 도통 삼킬 수가 없었다. 그나마 복돌아범의 정성에 대한 답례로 몇 술 뜨는 정도였다.

삶이 귀찮았다. 기녀가 되기 위해 한양으로 끌려가던 열두 살 소녀의 암담함은 꽃다운 나이의 처녀가 되어 도망치듯 숨어든 지금도 그대로였다. 운명은 이미 예정되어 있는 것이었던가. 빙애는 서글펐다.

하지만 어느 순간, 헛된 것만은 아니었다고 스스로에게 속삭이곤 했다. 어찌 구선 대감의 은혜를 입은 것이, 김씨 부인의 총애를 받은 것이 헛되다 할 수 있을까. 어찌 시훈 오라버니를 마음속 깊이 연모한 것을 무의미한 꿈결의 일이라 치부할 수 있을까. 그럴 수 없었다. 그럴 수 없다고 생각하는 순간, 빙애는 미력하나마 아직 살아갈 힘이 있다는 걸 깨달았다.

복돌아범의 사촌은 수하에 사람들을 제법 부리고 있었다. 복돌아범은 그가 부호이고 양반들 사이에서도 신뢰가 두둑해, 여기서 숨어 지내면 할 일도 있고 충분히 비호를 받을 수도 있다 했다. 얼마간 여기 머무르며 상황이 잠잠해지기를 기다리다 보면 새로운 삶을 시작할 수 있을 것이라고도 했다. 빙애는 자신이 원하는 것은 새로운 삶이 아니라, 그녀가 가장 행복했던 예전 삶으로 돌아가는 것이라 생각했다. 그리고 그것이 불가능함을 알기에, 그녀의 삶은 이제 더 이상 예전과 같지 않을 것이라는 점 또한 알고 있었다. 마음이 아팠다.

복돌아범의 사촌은 사람을 보내 평양의 소식을 알아다 주었다.

복돌아범이 넣어준 탕약을 조금씩 마시며 기운을 찾아가던 빙애에게 어느 날 저녁, 복돌아범이 들어와 머리를 숙였다.

"아씨, 죄송합니다."

빙애는 불길한 기운에 휩싸여 복돌아범의 말을 듣고 싶지 않았다. 하지만 듣지 않고 살아갈 수도 없었다. 그녀는 그냥 기다렸다.

"시훈 도련님이 돌아가셨다 합니다."

빙애의 몸에 남아 있던 기운이 우르르 빠져나가는 것이 느껴졌다. 그대로 쓰러질 것을 굳은 의지로 간신히 버티며 그녀가 물었다. 울먹임이 치밀어올라와 그녀의 말이 흐렸다.

"어, 어찌 된 것인가요?"

"시훈 도련님이 평양에 오셨다 합니다. 도련님을 잡으려고 진을 치고 있던 자들과 맹렬히 싸우다, 그만 활을 맞고 대동강 급류에 쓸려갔다 합니다."

빙애는 놀랍게도 눈물이 나지 않았다. 이제 몸 안에 눈물이란 눈물은 죄다 동이 나버린 것일까.

"오라버니의 시신은요? 시신을 찾았답니까?"

"그것이…… 그날 워낙 대동강 물이 거세게 차고 넘쳐 어디로 떠밀려갔는지 알 수 없다 합니다요. 하지만 살아나올 물이 아니었고, 도련님 몸도 많이 상한 상태였다 합니다. 불쌍한 우리 도련님을 어찌하면 좋겠습니까요."

눈물을 폭포수처럼 쏟아내는 것은 복돌아범이었다.

"아니에요, 아니에요. 오라버니는 강물 따위에 목숨을 잃을 분이 아니에요. 필경 살아계실 거예요. 이제 곧 절 만나러 오실 거예요."

빙애는 그저 실성한 사람처럼 혼잣말을 주워섬겼다. 그것은 간절한 바람에 불과했다. 다시 시훈을 볼 수 없다는 사실을 도저히 받아들일 수 없었기에, 그녀는 필사적으로 그것에 저항했다. 그리고 곧 의식을 잃고 쓰러졌다.

빙애는 사경을 헤매었다. 친부모가 먼저 간 곳, 양부모가 떠나간 곳, 어쩌면 시훈 오라버니도 향하고 있을 그곳을 찾아 빙애도 걸음을 옮기고 있었다. 난삽한 기억과 어지러운 광경들이 혼수상태인 빙애의 머릿속을 헤집었다. 장면과 장면 사이를 거칠게 오가며 행복과 불행, 기대와 절망, 암담함과 공포가 마구 뒤섞였다. 장독 안에 갇혀 있던 순간의 절망감이 스쳐간 직후, 마침내 형상이 모습을 드러냈다.

가장 먼저 모습을 드러낸 것은 구선 대감이었다.

"아버님!"

빙애가 반가움에 목청을 높였지만, 구선은 고개도 돌리지 않은 채 말했다.

"여기는 네가 올 곳이 아니다. 너는 가야 할 길이 따로 있다."

"저는 아무것도 할 수 없고 아무 데도 갈 수 없어요. 저는 무력한 계집애일 뿐이에요."

구선은 등을 돌린 채 고개를 저었다. 그가 고개를 돌리는데, 그것은 구선이 아니었다. 꿈에서 한 번 본 적이 있는 선왕의 얼굴이었다.

"구선이 죽고, 그 아들마저 그리되었다면, 이제 네가 해야 한다."

빙애는 겁에 질려 저절로 몸이 떨렸다.

"무, 무엇을 말씀입니까?"

"복수다. 나의 복수, 너를 거둬준 이들의 복수, 그리고 네 운명을 갉아먹은 자에 대한 복수가 모두 한 사람을 향하고 있질 않더냐!"

빙애는 그 자리에 그만 주저앉았다.

"소녀같이 미천한 계집이 어찌 그런……"

그때 빙애의 어깨를 차분히 감싸는 손이 있었다. 빙애는 화들짝 놀라 올려다보았다. 시훈이었다. 빙애는 한 줄기 구원을 만난 듯, 반가움에 소리를 질렀다.

"아아, 오라버니!"

"살아 있어라, 빙애야. 반드시 살아 있어야만 한다."

빙애가 시훈을 만지려는 순간, 시훈의 형상은 한 줄기 연기가 되어 그녀의 손을 빠져나가 다시 소멸되었다.

그리고 깨어났다. 복돌아범이 안도의 한숨을 내쉬며 말했다.

"아씨, 사흘이나 깨어나지 못하셔서 아씨마저 잃는 줄 알고 가슴이 철렁하였습니다요. 제발 마음 단단히 잡수십시오. 대감마님의 유지가 있지 않으셨습니까. 아씨만은 사셔야 합니다. 그래야, 그분들의 제라도 올려드릴 수 있지 않겠습니까요."

빙애는 답답했다. 정말 죽고 싶은데, 그들을 따라가고 싶은데, 세상에 하나 미련이 남지 않았는데, 어찌하여 모두들 자신만 살라고 하는 것인지, 자신만은 살아야 한다고 하는 것인지.

한참을 그렇게 가슴을 부여잡고 통곡한 다음, 그녀는 마음속으로 결심을 하였다.

'그래, 살아야 한다. 이것은 삶에 대한 미련이 아니다. 내가 해야만 할 일이 있기 때문이다. 그때까지 죽음을 잠시 유예할 뿐이다. 오라버니가 말하지 않았는가. 반드시 살아 있어야 한다고. 그러니 나는 살아갈 것이다. 그리고 내가 해야 할 그 일을 하리라.'

빙애는 자신을 나락으로 떨어트리는 것이 운명의 가혹한 장난이라면, 그 장난에 기꺼이 응수해주리라 작정하였다.

29

"스님, 저기 뭐가 걸려 있는데요?"

열두어 살쯤으로 보이는 귀엽게 생긴 소녀가 나이 지긋한 노스님에게 강물을 가리키며 말했다. 스님은 소녀가 말한 곳을 향해 눈을 치뜨고 살폈다. 사람 형상을 한 무엇인가가 강물로 뻗어나간 두툼한 나무뿌리에 걸려 간당간당 흔들리고 있었다. 의식은 없어 보였다.

"그렇구나. 불쌍한 중생 하나가 제 운명에 휩쓸린 모양이로구먼. 저걸 건져, 말어?"

노스님은 스님의 품격 따위는 어디 벗어던져버린 것인지, 웃통을 까고 자글자글 주름진 육체를 태연하게 드러낸 채였다. 소녀가 고개를 갸우뚱하며 말했다.

"그래도 건져야 하지 않을까요? 부처님이 중생에게 자비를 베풀며 살라고 하셨잖아요?"

"그러셨지. 근데 네 아비는 왜 그리 사람을 못 잡아먹어 안달이라더냐."

노스님은 나무뿌리에 걸린 사내가 곧 물살에 휩쓸려갈지도 모를 상황인데도 전혀 조바심을 내지 않았다. 외려 소녀를 놀리는 재미에 폭 빠진 듯했다.

"올 아버지야 나면서부터 그리 자라서 그래요. 저야 스님께 배움을 입었으니 그리 살 수는 없지요."

"허허 참, 산적 두목의 여식이 이리 성정이 고와서 어쩌누. 그래, 네 말이 옳다. 저치를 한번 건져보자꾸나. 이 또한 부처가 이끈 운명이 아니겠느냐."

노스님은 바짓단을 침착하게 걷어올리더니 첨벙첨벙 강물 속으로 뛰어들었다. 잠시 후 그는 가슴 높이까지 차오른 물결 위를 능숙하게 헤엄쳐 나무뿌리에 걸린 사내에게 다가갔다. 쓰러진 자는 등에 화살이 꽂힌 채였고, 피딱지가 등과 어깨에 엉켜 있었다. 그 와중에도 손에는 칼이 들려 있었다. 명검이었다.

'죽었으려나?'

스님은 사내의 뒷목과 손의 맥을 짚더니, 크게 숨을 쉬었다.

"운이 좋은 사내로군. 아니면 아주 강한 자이거나. 이리 베이고 찔린 후에도 맥이 살아 있으니, 놀랍네, 놀라워. 어쨌든 자넨 예서 죽을 운명은 아닌가 보네."

스님은 들을 리도 없는 사내의 귀에 호방하게 말을 건넨 후에, 그 작은 체구에서 나온다고 보기에는 실로 놀라운 힘으로 사내를 나무뿌리에서 끌어내 목을 감고 헤엄쳐 나왔다.

물가로 데리고 오자, 소녀가 부리나케 달려와 사내의 얼굴에 묻은 오물들을 손으로 쓸어냈다.

"와, 잘생겼다."

"쪼그만 놈이 벌써 인물 생김을 보나. 커서 얼마나 남자를 홀리려 그러누."

"치이, 그냥 보이는 대로 얘기할 뿐인걸요, 뭐. 잘생긴 건 잘생긴 거고, 스님처럼 못생긴 건 못생긴 거죠."

대찬 소녀의 농에 스님이 껄껄 웃었다.

"넌 정말 크게 될 년이야. 하필이면 산적 우두머리의 딸로 태어날 건 뭘꼬."

소녀는 스님에게 물었다.

"근데 살아는 있는 거예요?"

"그럼, 살아 있지. 내 죽은 자면 뭐하러 힘들여 예까지 끌어왔겠느냐. 저기서 뒈지도록 내버려두지."

"가서 사람들을 좀 불러올까요?"

스님이 물기 맺힌 민머리를 쓸어내며 말했다.

"아서라. 다들 도적질하느라 바쁜데 뭘 부르느냐. 내 아직 힘이 있으니 들쳐업고 가마. 살아는 있어도 이만한 부상이면 얼른 치료하는 것이 좋겠다. 저 검은 이자한테 소중한 것인 모양이니 네가 들고 오너라. 괜히 날 베진 말고. 그래, 도와줄 테냐?"

"그럼요, 잘만 하면 잘생긴 오라버니가 생길지도 모르잖아요.

못생긴 스님이랑 노는 것보단 더 재미있겠지요."

"암만 그래 봐라. 산적 딸내미하고 이리 놀아주는 것은 나뿐일 테니."

스님은 소녀에게 끝까지 농을 걸며, 쓰러진 사내를 둘러업었다. 못해도 칠십은 되어 보이는 스님은 괴력이 있었다. 소녀가 얼른 스님의 웃옷과 검을 챙겨 뒤를 따랐다.

스님이 씩씩 가쁜 숨을 내쉬며 산길을 타고 한참을 오르자, 장정 둘이 알아보고 다급히 달려왔다.

"스님, 뭐 하시오. 우리들을 부르지 그러셨소?"

"예끼, 아무리 내가 힘이 없기로서니 산적놈들 힘을 빌려야 할 만큼 비리비리해 보이는가?"

말은 그리 하면서도 스님은 냉큼 둘러업은 사내를 장정들에게 건네고, 숨을 내몰아 쉬었다.

"물에 불어 그러나, 고놈 참 무겁구먼."

"웬 놈이오?"

스님은 따르는 소녀를 가리키며 말했다.

"향아가 구한 사내이지. 운명이 아직 끝나지 않은 자라네."

"아니, 이런 다 죽어가는 자를 무엇하러 데려오셨소? 어데 쓸데가 있다고."

사내를 둘러업은 장정이 투덜거리며 말했다. 명선스님은 농을 걸 때와는 달리, 자상하고 나긋한 말투로 말했다.

"이보게, 여기 있는 자들 모두가 다 그런 자들이 아니었나. 다 죽어가고 버림받고 쓸데없던 이들이 그나마 도적질 좀 잘한다고 예 모여 있는 게 아닌가. 자네 또한 그렇고, 향아 애비도 그런 것이지. 이놈도 똑같은 게야. 안 그런가?"

투덜거리던 장정이 입을 다물고 존경을 담아 스님에게 말했다.

"내가 너무 나댄 모양이오. 스님 말씀이 다 옳소. 이자는 어디로 데려가면 좋겠소?"

"내 처소로 데려가세. 내가 손을 좀 볼 터이니."

스님과 장정과 소녀는 나란히 스님의 거처로 향했다. 산기슭을 한참 헤집어 그들 무리만이 아는 길로 들어서자 이내 무리의 진영이 나왔다. 가운데 가장 큰 움집의 꼭대기에 그들만의 표식이 그려진 누덕한 깃발이 나부끼고 있었다. 삼지창 모양이었다.

그 오른편 뒤로 소박한 움집이 또 하나 있었는데, 거기가 명선 스님의 거처였다. 거기엔 삼지창 표식 대신 만卍 표식이 나부끼고 있었다. 짚으로 얼기설기 짜인 발을 열고 들어가자 소박한 세간이 놓여 있었다. 침구 위에 사내를 내려두고 장정은 물러났다.

스님과 향아는 건져온 사내를 극진히 보살폈다. 특별한 탕약은 없으나, 묘향산 북쪽 자락이 제공하는 천연의 약초들이 많았다. 스님은 그런 면에서도 지식이 풍부하여, 이들 산적 무리의 의원 노릇까지 톡톡히 하고 있었다. 향아는 자신의 움집과 스님의 움집 사이를 오가며 최선을 다해 사내를 간병했다.

그렇게 닷새가 지나서야 사내는 실눈을 떴다.

"내가 보여요?"

자그마한 소녀의 얼굴을 보고 사내가 힘겹게 손을 뻗으며 말했다.

"빙애야, 빙애야……"

"아이참, 빙애가 뭐예요. 전 향아라고요. 제가 스님을 불러올게요."

잠시 후 스님이 들어왔다.

"이제 정신이 드느냐?"

사내는 여전히 상황 분간이 안 되는 듯했다. 그럴 법도 했다. 그야말로 낯선 풍경 속에서 깨어났으니. 명선스님이 그에게 말했다.

"네놈이 예까지 온 것 또한 하늘의 뜻이겠지. 여기는 세상에서 밀려난 자들이 오는 곳이다. 아마 네놈에게도 딱 맞는 곳이 아니겠느냐. 나는 어쩌다 보니 여기 적을 둔 명선이라 한다. 그래, 네놈의 이름은 무엇이냐? 기억은 나느냐?"

사내는 여전히 혼란스러운 머리를 가까스로 다잡으며 힘겹게 말을 뱉어냈다.

"윤시훈이라 합니다. 빙애는……"

"그런 이름을 내 어찌 아누. 이 아이는 빙애가 아니라 향아다. 널 구해준 아이이니 깨어나거든 은혜를 갚도록 하여라."

시훈은 조금 전 어릴 적의 빙애로 착각한 소녀가 다른 얼굴임을 비로소 알아보았다.

"빙앤가 뭔가 하는 아이는 내 모르겠다만, 세상에 아픔 없는 자가 어디 있겠느냐. 이리 살아난 것도 운명이니 일단 몸을 추스르고 다음을 이야기하는 것이 좋을 것이다."

시훈은 힘겹게 차린 의식이 이내 가물거리더니 다시 까무룩 잠이 들고 말았다.

30

이 년의 세월이 흘렀다. 빙애는 이제 여인으로서 절정의 아름
다움을 드러내고 있었다. 삶의 목표를 다시 세운 후, 그녀는 스스
로 몸을 가꾸었다. 마음의 상처로 인해 메말랐던 살결과 먹지 못
해 초췌했던 얼굴은 이제 찾아볼 수 없었다. 피부는 보드라웠고,
단아하면서도 도전적인 미태를 뽐내는 여인으로 성장했다. 직접
수놓은 물건들을 시전에 내어다 놓으러 길을 나설 때면, 사내들의
눈길이 따라붙는 것은 다반사였다. 그러나 그녀의 미모 저변에서
서늘하게 흐르는 냉기 때문인지 그 누구도 선뜻 다가서지는 못하
였다.

마음의 상처가 그 이 년 새 눈 녹듯 사라진 것은 물론 아니었다.
오히려 그녀 안에서 그 기억은 더욱 또렷하고 강렬해졌다. 그녀는
비로소 구선이 경종임금 승하 후 반평생을 수치와 한으로 몸부림
친 연유를 이해할 수 있었다. 절대로 잊을 수 없을 어떤 기억은 사

람의 몸과 정신을 지배한다. 이제 그녀도 그런 기억들을 짊어지고 살아가는 것이었다.

빙애는 제 밥벌이를 했다. 김씨 부인에게 배운 자수 실력을 발휘해 내놓은 자수 물품은 시전의 그 어떤 것보다 뛰어났다. 복돌아범의 사촌은 곤경에 빠진 친척을 도와주려 자선을 베푼 덕에 절로 복을 누렸다. 빙애의 물품이 나오자, 시전의 매출은 서너 배 이상 뛰었다. 그가 복돌아범과 빙애를 객식구처럼 여기지 않고 상전 모시듯 한 데는, 빙애의 이런 능력도 한몫했다.

빙애는 그사이에도 몇 차례나 평양에 사람을 보내 시훈의 일을 알아보았다. 혹시라도 시훈이 살아 있을지, 그리하여 다시 만날 수 있을지 모른다는 희망 때문이었다. 만일 시훈만 살아 있다면, 어쩌면 가슴속 분노를 영원히 묻고도 살 수 있을지 몰랐다. 하지만 희망적인 소식은 들려오지 않았다. 관아에서도 시훈은 이미 죽은 사람으로 여겨 더는 찾지 않았다. 그것은 빙애에 대해서도 마찬가지였다. 어차피 호적에도 오르지 않은 실체 없는 딸이었기에, 굳이 일을 보탤 필요가 없었으리라.

시훈의 생존에 대한 기대가 무너질수록 그녀 내면의 절망은 더욱 커졌고, 절망이 커질수록 분노 또한 함께 자랐다. 그렇게 시훈을 찾기를 이 년째 한 날, 빙애는 굳은 결심을 하였다. 더 이상 오라버니를 찾지 않으리라. 그저 내내 가슴에 묻으리라. 그리고 이제 내가 해야 할 일을 하리라. 그런 연후에 오라버니를 따라가리라. 대동강 급류에 몸을 던지면 아마 시훈 오라버니가 있는 곳까지 나를 데려다 주겠지. 하지만 그 전에, 그 전에 꼭 해야만 할 일이 있었다. 그때까지는 살아 있어야 했다. 구선이 그러하라고 했고, 김씨 부인이 그러하라 했다. 그리고 시훈이 그래야만 한다고 했다. 꼭 찾으러 오겠다고. 오라버니는 찾으러 오지 않았지만, 그래도 그녀는 한을 머금고 살아갈 작정이었다. 시한부로, 복수의 칼날이 마침내 임금의 가슴을 찌를 때까지. 어쩌면 그 최후의 순간에까지는 이르지 못한다 할지라도, 그녀는 자신이 할 수 있는 데까지는 가볼 작정이었다.

어차피 그날, 그 폭우가 쏟아지던 날, 땅에 파묻힌 장독 안에서 빙애의 생명은 끝난 것이나 마찬가지였다. 죽음을 두려워하지 않는 자가 임금인들 겁이 날까.

어느 저녁, 그녀는 작심하고 복돌아범에게 말했다.

"아저씨, 그간 저를 잘 보살펴주셔서 고마워요. 마지막 청이 있습니다. 입궁入宮을 하고 싶습니다."

"네? 아니 아씨, 갑자기 입궁이라니, 그게 무슨 말씀입니까?"

복돌아범은 당황스러워하였다.

"시전에 다녀오는 길에 소문을 들었습니다. 중인 집안에서도 은밀히 궁녀를 모집한다 하더군요. 제겐 자수 실력이 있으니, 들어갈 수 있을 것 같습니다. 다만 출신을 알고자 할 것이기에, 이 댁에서 손을 써주었으면 합니다."

"아씨, 무슨 생각이십니까? 궁의 일이 얼마나 힘들고 기피되는 일인지 아십니까? 노비나 가는 길입니다. 그런데도…… 혹여?"

"아니에요. 아저씨가 걱정할 만한 일은 없을 거예요. 이미 시훈 오라버니를 잃었다 생각합니다. 저는 누군가와 혼약할 계획이 없어요. 이대로 홀로 늙어가느니 궁녀가 되어, 임금 곁에 있고자 한 오라버니의 소원을 제가 대신할까 합니다."

복돌아범은 반신반의하였으나 빙애의 단호한 표정을 보고는 입을 다물었다. 지난 이 년 동안, 빙애가 많이 달라졌다는 것을 복돌아범 또한 눈치챘기 때문이었다. 여전히 예의 바르고 살가운 아씨였지만, 이전에는 없던 결기와 냉기 같은 것이 느껴진 까닭이었다. 복돌아범은 빙애의 청을 들어주었다. 복돌아범의 사촌은 장사 밑천이 동날 처지라 무척 아쉬워하였으나, 빙애가 그간 자수 기술을 전수해준 계집아이들을 두고 가겠다 하니 말릴 도리가 없었다. 외려 입궁에 필요한 수속도 직접 나서서 처리해주었다.

그리하여 신미년辛未年(1751년) 대보름을 막 지난 어느 날 밤, 빙애는 궁에 들어가기 위한 마지막 관문에 이르렀다.

그녀를 기다리고 있는 사람은 남색 치마와 옥색 저고리를 입은 나이 마흔 줄의 상궁이었다. 눈매가 매섭고 앙다문 입술이 마치 먹잇감을 노려보는 매의 모습을 닮은 여인이었다. 박 상궁이라 자신을 소개한 여인은 빙애를 찬찬히 뜯어보았다. 이 년 전이었다면, 그 눈매에 기가 죽었을 것이다. 하지만 빙애는 이제 죽음을 두려워하지 않는 여인이었다. 어쩌면 왕을 시해한 요부妖婦로 역사에 남을지도 모를 터였다. 그녀는 당당히 섰다.

"미색이로군. 궁녀가 되기에는 너무 미색이야."

박 상궁이 미심쩍은 목소리로 말했다.

"어디 네가 가진 재주를 한번 보자."

빙애는 직접 자수를 놓은 비단 몇 장을 꺼내 박 상궁에게 건넸다.

"네가 직접 놓은 것이냐?"

"네, 소녀가 소싯적에 어미에게 배운 대로 한 것입니다."

박 상궁은 비단을 쓱 펼쳐보며 고개를 끄덕였다.

"자수 놓는 솜씨는 상당하구나. 네가 만든 비단이 시전에서 그리 인기라지? 네 나이가 입궁하기에는 적지 않은 나이이나, 이 솜씨를 그냥 내버리기에는 또한 아쉽구나."

보통 열세네 살의 계집을 받아들이는 법이기에, 열여섯의 빙애는 나이가 제법 든 축에 속했다. 박 상궁은 잠시 고심하는 듯하더니, 마침내 한숨을 내쉬며 결정을 내렸다.

"좋다. 내 너를 궁녀로 받을 생각이다. 허나 그 전에 치러야 할 의식이 있다. 먼저 물어보마. 궁녀란 왕의 여자인 법, 너는 결단코 외간 사내와 정을 통한 적이 없어야 한다. 확실히 그러한 것이냐?"

마음의 정을 통하였다. 시훈이 이미 세상을 등졌다 여기는 지금 이 순간에도, 빙애의 마음만은 여전히 한 남자의 것이었다. 하지만 그와 육체적 지정을 나누진 못했다. 그럴 수 없는 처지였기에.

"네, 소녀는 아직 처녀이옵니다."

"나는 감찰상궁監察尙宮이다. 만일 이 일에 한 치의 거짓이라도 있다면, 너는 참혹한 죽음을 면치 못할 것이다. 돌아갈 수 있는 순간은 바로 지금뿐이다. 다시 묻겠다. 네 말은 정말 진실한 것이냐?"

"네, 진실합니다. 또한 간절합니다."

박 상궁이 감찰상궁 특유의 예리한 눈매로 빙애를 쏘아보았다. 그리 보고 있으면 빙애의 마음속까지 읽을 수 있다는 듯이.

'다른 궁녀 후보생들은 저 눈초리에 질려버렸을 테지. 그리고 도망치듯 달아났을 거야. 하지만 제아무리 유능한 감찰상궁이라 해도 내 마음 깊은 곳의 원한을 읽지는 못할 거야. 내가 그것을 꺼내 보일 그 순간이 올 때까지는.'

박 상궁은 빙애의 그런 속내를 꿰뚫어볼 수 없었다. 대신 그녀는 품 안에서 작은 병을 꺼냈다. 점 같은 구멍이 뚫린 기묘한 호리병이었다. 박 상궁이 빙애의 손을 잡아당기더니 손목 위로 병을 기울였다. 붉은 액체가 빙애의 손목 위로 톡 떨어졌다. 빙애가 물었다.

"이 피는……?"

"앵무새의 피다. 처녀의 몸이라면 이 피가 네 손목에 머물 테지. 네가 부정한 여자라면 흘러내릴 것이다. 어디 한번 보자꾸나."

정말로 앵무새의 피가 여인의 정결함을 판독할 수 있는 것일까. 육체의 순결에 관해서라면 빙애에게 스스럼이 없었으나, 혹여 피가 그냥 흘러버린다면 어찌할까. 혹여 앵무새의 피가 마음속의 연심戀心까지 판단할 수 있는 것은 아닐까. 그녀 마음속에 때를 기다리며 묻어둔 역심逆心마저 읽는 것은 아닐까. 빙애는 궁에 꼭 입성할 각오였기에 더더욱 긴장이 되었다.

피는 손목 위에 고여 있었다. 그녀의 순결을 확실히 보장하려는 듯, 떨어진 자리에서 한 치의 미동도 없이 그대로 머물러 있었다.

박 상궁이 손목 위의 피를 한참 들여다보더니 곁에 선 나인들에게 명했다.

"이 아이를 궐에 들이도록 하라."

나인들이 빙애 곁으로 다가와 빙애의 양팔을 부여잡았다. 그러고는 함께 보폭을 맞춰 빙애를 단봉문丹鳳門 안으로 들였다. 붉은 봉황이 지키는 동문이었다. 궁궐의 정문인 돈화문敦化門은 임금이 행차하는 문이었고 대신들은 주로 서쪽의 금호문金虎門으로 출입했다. 궁녀와 내관들이 쓰는 문이 궐의 동문인 단봉문이었다. 문을 넘어서면 이젠 돌이킬 수 없었다. 곧장 궁녀로서의 삶이 시작되는 것이다.

그녀의 오른팔을 잡은 나인이 단봉문을 넘어설 때 속삭였다.

"나는 네 스승항아가 될 거야. 입궁을 축하해. 이제 너는 죽거나 병에 걸리지 않고서는 궁궐 밖으로 나갈 수 없어. 혹 피치 못할 사정으로 궁의 일을 그만두고 출궁한다 하여도 영원히 다른 남자와 혼인할 수 없어. 알겠어? 혹여 다른 남자와 정을 통하다 발각되면 둘 다 참형을 당할 거야."

빙애는 마치 자신의 속내를 들여다본 것처럼 이야기하는 나인을 물끄러미 바라보았다. 남자와 혼인할 생각은 전혀 없었다. 혼인을 꿈꾼 단 하나의 남자는 이제 세상에 없으므로. 궁궐 밖으로 살아서 나갈 생각도 없었다. 왕과 함께 죽을 것이므로. 빙애는 나인에게 알았다는 의미로 고개를 끄덕였다.

"그 외에도 지켜야 할 법도가 많긴 한데, 그건 차근차근 알려줄게."

그 나인은 후배 나인이 들어온 것이 즐거운지 한껏 들떠 있는 듯했다. 정작 빙애의 마음은 그 어느 때보다도 비감悲感했다. 시훈과 정분을 나누며 부부의 연을 맺는 일은 이제 이 세상에서는 영원히 불가능하게 되었다는 것이 비로소 실감났다. 이미 시훈이 이 세상 사람이 아닐 것이라 여긴 까닭에 예까지 온 것인데도, 그녀의 마음은 아리고 슬펐다. 아마 궁에서의 생활 내내 그러할 터였다.

그녀의 등 뒤로 단봉문이 굳게 닫히는 소리가 들렸다.

2부

운명을 거슬러

1

"그래, 이 세누비를 만든 것이 너란 말이지?"

"네, 마마."

눈앞의 여인이 빙애에게 물었다. 빙애는 고개를 조아린 채 떨리는 목소리를 가다듬으며 대답했다. 그녀는 당혹스러웠다. 왕의 목숨을 노리는 처지임에도, 차원이 다른 신분의 여인을 눈앞에 대하자 저도 모르게 떨렸다. 자신이 앞으로 하려는 일이 얼마나 어렵고 힘든 일인지 새삼 실감할 수 있었다. 하지만 기어이 해낼 터였다. 그러니 지금의 이 불안한 감정 또한 추슬러야만 했다.

인원왕후仁元王后는 대왕대비였다. 세제 시절부터 임금의 가장 든든한 지원군이었고, 현재 궁에서 가장 높은 어른이었다. 그런 인원왕후가 새파란 새앙각시인 빙애를 부른 것은 실로 이례적인 일이었다. 지밀상궁至密尙宮이 곁에서 혹시나 빙애가 실수라도 저지를까 싶어 초조한 눈을 번뜩이며 지켜보고 있었다. 견습나인들

에게 가장 무서운 이가 바로 지밀상궁이었다. 궁궐 법도를 가르치
느라 엄하게 다룬다고는 하나, 나이가 들어 입궐한 빙애에게 유독
까다로웠다. 그에 비하면 입궐할 때 엄포를 놓으며 겁을 주던 감
찰상궁은 그 직책에도 불구하고 빙애를 귀애해주는 편이었다. 첫
만남의 그 당돌함이 맘에 든 모양이었다.

"내 여태 본 세누비 중 가장 훌륭하구나. 입궐하여 십 년이 넘게
침방나인을 지낸 자들도 이리 정교하게 만들기는 어려울 터인데,
이제 갓 입궐한 새앙각시인 네가, 그것도 가장 만들기 어렵다는
세누비를 이리 다루다니, 내 놀라워 너를 한번 보자 하였다."

"황공하옵니다, 마마."

"이름이 빙애라 하였던가. 얼굴도 참으로 곱구나. 그래, 궁궐 생
활은 힘들지 않느냐?"

"소녀, 마마를 곁에서 모실 수 있어 더할 나위 없는 영광이옵니
다. 어려움은 전혀 없사옵니다."

"그래, 참으로 기특한지고."

머리가 희끗한 노대비는 빙애가 어지간히 마음에 든 눈치였다.
빙애가 처신을 잘하는 것을 보고 지밀상궁 역시 마음이 놓였는지
번뜩이던 눈빛이 온순해졌다.

"이 아이가 나이 여물어 들어와 그런지 배우는 속도도 남다르
고, 조신하고 차분하여 일을 참 잘하옵니다."

빙애 앞에서는 사소한 것도 트집 잡아 호령만 하던 지밀상궁이
인원왕후 앞에서 빙애를 치켜세웠다. 지밀상궁 역시 성실하고 꼼

꼼한 빙애가 마음에 들었으나, 견습나인들의 성장을 위해서는 칭
찬보다는 엄히 다룸이 더 낫다 여기는 것이었다.

"그래, 내 이 세누비와 자수가 무척 마음에 드니, 네게 명주 한
필을 내리마. 앞으로도 지켜볼 터이니, 열심히 하거라."

"소녀, 마마를 모심에 열과 성을 다할 것입니다."

'그래야, 제 목표에 더 가까이 다가갈 수 있을 테니까요.'

빙애는 속말을 삼키며 뒷걸음질 쳐 대왕대비전大王大妃殿에서 물
러나왔다. 빙애를 데리고 나온 지밀상궁은 인원왕후 앞에서와는
사뭇 다른 엄격함으로 빙애를 다그쳤다.

"새앙각시에게 명주 한 필을 하사하시는 것은 이례적인 일이다.
그만큼 네가 만든 세누비가 마음에 드셨다는 이야기이다. 허나,
궁궐 생활은 단순히 의복 만드는 기술만 좋아서 할 수 있는 것이
아니다. 감사하는 마음은 품되 결코 자만하지 말 것이며, 오늘 일
을 다른 새앙각시들에게 자랑하여 누를 끼치는 일도 없어야 할 것
이다. 알겠느냐?"

"네, 상궁마마님."

그깟 명주 한 필에 감격할 빙애가 아니었다. 그런 것은 아무래
도 좋았다. 궁궐 생활이 언제까지 이어질지는 알 수 없었지만, 인
원왕후의 인정을 받는 것은 나쁜 일이 아니었다. 임금조차 깍듯이
모시는 궁궐 어른이었다. 그런 인원왕후에게 다가갈수록 임금에
게도 가까워지리라.

밖으로 나오자, 스승항아인 명주가 기다리고 있었다. 열 살에

입궐하여 오 년이 된 견습나인이었다. 빙애의 스승항아가 되긴 하였으나, 나이도 빙애보다 어리고 오 년 경력이 무색할 만큼 야단맞는 일이 잦은 터라, 빙애의 누비 짓는 실력을 보고는 대번에 언니 소리가 나왔다. 공적인 자리에서는 스승항아로 행세해도 둘이 방에 들어가거나 이런저런 심부름을 함께 다닐 때면 빙애를 언니라 부르며 살갑게 굴었다. 가난 때문에 부모가 어린 나이에 궁녀로 입궐시킨 명주는 야단을 맞아도 항상 구김이 없고 낙천적인 아이였다. 한 살 차이지만 빙애에게 서린 세월의 결기와 고난의 흔적 탓인지, 명주는 한참 어린 동생처럼 보였다.

지밀상궁이 돌아가자, 명주는 곧바로 빙애에게 물었다.

"빙애 언니, 어찌 된 일이에요? 뭐가 잘못된 건 아니죠?"

"아니에요. 그냥 세누비 짓는 법을 어디서 배웠나 물어보셨어요."

"하긴, 언니 실력이 워낙에 좋으니까요. 여태껏 그런 세누비는 처음 봤다니까. 나는 오 년 내내 배워도 세누비는 조금도 늘지 않아요. 어제도 상궁마마님께 얼마나 혼이 났는지…… 아, 언니가 날 좀 가르쳐주오. 네?"

"그럴게요."

명주는 빙애가 기술을 전수해주면 대번에 실력이 나아질 거라 여긴 것인지 어느새 싱글벙글했다. 빙애는 그저 눈앞의 삶을 즐길 수 있는 명주의 처지가 내심 부럽기도 하였다. 그 나이 또래의 여자아이들처럼 그저 해맑고 순수하게, 그리 살 수 있다면. 누군가의 죽음을 내내 마음에 품은 채, 누군가를 죽이기 위해 사는 삶이 아니라면.

하지만 빙애는 그런 삶을 선택할 수 없었다. 그것은 궁에 입궐하기 전, 빙애의 마음에 굳게 자리 잡은 것, 이제는 바꿀 수 없는 각오였다. 만일 그것을 바꿀 수 있는 것이 존재한다면 그것은 단하나, 그만하라는 시훈의 목소리뿐일 터였다. 하지만 그 목소리는 이제 이생에서는 들을 수 없는 것이겠지. 빙애는 재잘거리는 명주 옆에서 또 홀로 상념에 잠겼다.

그때 갑자기 명주가 빙애의 팔을 잡아 세웠다. 빙애가 퍼뜩 정신이 들어 앞을 보았다. 대왕대비전 문을 넘어 누군가가 다가오고 있었다. 그 뒤를 내시와 나인들이 이 열로 쭉 늘어서서 따르고 있었다. 빙애는 임금인가 싶어 넋을 놓고 바라보는데, 명주가 다급히 빙애를 뒤로 끌었다.

"뭐해, 죽고 싶어요? 어서 고개 숙여요. 세자 저하란 말이야."

다급했는지 명주의 입에서 반말이 섞여 나왔다. 빙애가 그제야 정신을 수습하고 고개를 숙였다. 그러기 전에 그녀는 다가오는 사내의 얼굴을 일별하였다.

시훈처럼 풍채가 좋은 사내, 그가 바로 세자 저하였다. 시훈 오라버니가 과거에 합격하면 마음이 잘 맞을 거라며 농을 나누었던 기억이 불현듯 떠올랐다. 그 둔덕은 여태 그대로일까. 꽃은 지고 또 피겠지만, 우리 두 사람이 머물렀던 흔적은 이제 바람에 실리고 강물에 휩쓸려 깨끗이 사라져버렸겠지. 빙애는 시훈에 대한 그리움이 차올라 그만 눈물이 치솟았다.

온 힘을 다해 꾹 눌러 참느라 눈시울이 붉어지던 바로 그 순간, 세자가 그녀 곁을 스쳐갔다.

찰나의 마주침이 지나가는 순간, 세자가 빙애를 흘낏 훔쳐보았다. 그녀의 붉어진 눈시울에 아롱지는 눈물 또한 보았을까. 빙애는 알 수 없었다. 하지만 세자는 아주 짧은 한순간 멈칫한 듯하였다. 아니, 그것은 빙애의 착각일지도 모른다. 그저 걸음이 잠시 엉킨 것일 뿐인지도. 세자는 그대로 걸음을 옮겨 빙애를 지나쳤다. 빙애의 수그린 머리 아래로 나인들의 치맛자락이 바닥을 쓸듯이 지나갔다.

저만치 앞에서 지밀상궁이 인원왕후에게 아뢰는 소리가 들렸다.

"마마, 세자 저하 납시었사옵니다."

빙애는 명주가 그녀의 붉은 눈시울을 볼까 봐, 여전히 고개를 조아린 채 속말을 하였다.

'나는 당신의 아버지를 죽일 생각입니다. 당신의 아버지가 내 아버지를 죽였으므로, 나 또한 당신의 아버지를 죽일 것입니다. 몇 년이 걸리든, 어떤 결과를 가져오든 그리할 것입니다. 만에 하나 살아 해내지 못한다면 죽어서라도 그리할 것입니다. 당신 또한 아비 잃은 슬픔을 맛보겠지요. 저는 그것을 원합니다. 간절히……'

2

　겨울의 산기슭에도 비가 스며들었다. 차라리 눈발이면 나았을 것을, 빗방울이 듣자 시훈은 또다시 심란해졌다. 그 엄청났던 폭우의 밤, 그는 모든 것을 잃고 목숨만 겨우 부지했다. 자괴감이 다시 치밀어올랐다. 이미 묘향산 북쪽 자락에 자리를 잡은 지도 이태나 되었건만, 마치 오랜 상흔처럼 빗방울만 들으면 그의 아픈 상처가 욱신거렸다. 왕의 호위무사가 되고 빙애를 아내로 맞으려 했던 그의 포부는 오래된 꿈처럼 가물가물해졌다. 이제는 왕의 무사가 될 수도 없을뿐더러, 빙애를 다시 만날 것도 기약할 수 없었다. 전자에 대한 아쉬움은 시간이 가면 스러질 것이지만, 후자에 대한 그리움은 해가 갈수록 더했다. 부모의 원수를 갚는 일은 그가 자리를 튼 산기슭의 험로險路만큼이나 요원해 보였고, 사라져버린 빙애의 자취는 그의 마음속에 온갖 생채기를 냈다. 이제 그는 아무것도 아니었다. 고작 산적패의 일원에 불과했다. 세상의 패배자들 가운데 하나일 뿐이었다.

마음을 추스르기 어려워진 시훈은 패월도를 뽑아들었다. 검이라도 휘둘러야 할 듯했다. 이렇게 차가운 비가 내리기 시작하면 산적들도 몸을 사렸기 때문에 산채는 조용했다. 누구의 방해도 받지 않고 온 숲을 헤집으며 검을 휘두르면 그나마 마음이 조금 풀어졌다. 하지만 그것은 평안한 감정과는 거리가 먼 것이었다. 그저 몸을 노곤하게 하여 잠시나마 생각을 떨쳐낼 뿐이었다. 그렇게라도 하지 않으면 그는 미칠 것만 같았다.

패월도가 가느다란 빗물을 사정없이 퉁겨내며 검기를 내뿜었다. 날카로운 검기에 나뭇가지와 수풀이 상처를 입었다. 저들은 붉은 피를 흘리지 않는 대신 스스럭거리는 소리로 아픔을 토로했다. 시훈이 아버지에게 물려받은 검술은 본래 섬세하고 유려하며 물 흐르듯 베어들어가는 것이었다. 하지만 모든 것을 잃은 그날 이후, 그의 검은 훨씬 사납고 투박하며 분에 찬 것이 되었다. 시훈은 아직 바로잡을 방도를 알지 못했다.

한 마리 범이 숲을 헤집듯이 시훈은 인적 없는 숲을 마구 가르며 미친 듯이 내달렸다. 한참을 그렇게 내달리다 한없이 고요한 숲속의 어느 공간에 도달했다. 세속의 모든 것을 초월한 듯, 차분한 공기가 가득 찬 신비로운 곳이었다. 그곳에 도달해서야 가쁜 숨을 몰아쉬는데, 시훈의 등 뒤에서 느닷없이 목소리가 흘러나왔다.

"예끼, 이 미친놈아. 네놈이 도적떼 사이에 있더니 정녕 도적 중의 도적이 되려 하는 게냐. 네놈의 잔악한 검에 죄 없는 숲의 생명들이 다치질 않느냐."

시훈이 깜짝 놀라 고개를 돌려 주위를 살피자, 텅 빈 공간 깊숙한 곳의 커다란 바위 위에 명선이 가부좌를 튼 채 시훈을 물끄러미 바라보고 있었다. 어조는 호령조였으나, 얼굴만은 한없이 자비로운 표정이었다. 땡중마냥 향아와 노닥거리는 줄만 알았더니, 이리 비가 쏟아지는데도 바위에 자리 잡은 명선의 자세는 한 치의 어긋남 없이 꼿꼿하였다. 시훈이 기척조차 느끼지 못했을 정도로 그는 그 공간과 혼연일체가 되어 있었다. 사실 시훈은 이미 그가 예사 스님이 아니라는 것을 알고 있었다. 그에게는 생명의 은인이기도 하였다. 그리 얻은 생명이 그다지 달갑지만은 않았지만.

"스님, 이리 비가 오는데 예서 어찌 그러고 계십니까?"

"그러는 네놈은 왜 그리 발광인 것이냐. 내 검은 잘 모른다만, 딱 보아도 네 검은 지키고 살리는 검이 아니라, 거칠고 포악한 검이로다. 내 희대의 살인귀를 살린 것은 아닌가 걱정이로고."

시훈의 마음이 울컥하였다. 그는 항변조로 말했다.

"제 검이 그리된 것은…… 지킬 것을 잃어 그렇습니다. 제겐 더는 살아갈 목적이 없습니다."

"어허, 어찌 지킬 것이 없단 말이냐. 너를 구해준 것도 모자라 네게 온 정성을 쏟는 향아는 어떠하냐. 도적놈들이긴 하나 너에게 살 거처와 먹을 음식을 내어준 저치들은 또한 어떠냐. 다 죽은 너를 낫게 하려 이 산이 내어준 것들은, 네가 갚아야 할 것이 아니더냐?"

"제가…… 원한 생명이 아니었습니다."

시훈은 자신이 말을 뱉고도 염치없다는 생각이 들었다. 이미 두 해나 그리 연명해온 것을.

"네 스스로도 네 말이 가당치 않음을 알 것이다. 하다못해 너를 구해준 향아에게라도 은혜를 갚아야 하질 않겠느냐. 그게 세상 사는 염치다, 이놈아. 땡중인 나도 아는 것을, 양반가의 도령인 네가 모르는 걸 보니 여태 헛공부를 했구나."

향아는 시훈과 첫 만남 이후부터 내내 친누이처럼 살갑게 굴었다. 그리고 이태 사이 부쩍 자란 향아의 감정이 연모의 감정으로 바뀌어가고 있음을 모를 만큼 시훈은 무디지 않았다. 허나 그것 또한 시훈에게는 부담스럽기만 하였다.

"제겐 다른 정인이 있습니다. 그 여인을 만날 수 없다 해도, 다른 여인을 들일 마음의 공간은 없습니다."

"누가 향아와 정분을 나누랬느냐. 의지할 데가 없으면 의지할 데를 찾고, 지켜야 할 것이 필요하면 그것을 만들면 된다는 것이지. 여기 너만 한 상처 없고 아픔 없는 자들이 없다. 저 적만이만 하더라도 처자식이 눈앞에서 목이 베이는 것을 지켜본 자다. 이 산채에 들어와 얻은 여자가 또 죽어가며 낳은 아이가 향아다. 두만 할배의 손은 아이들 먹일 쌀이 없어 양반집 쌀 한 줌을 훔치다 들켜 잘려나간 것이다. 그 아이들 또한 기어이 굶어 죽고 말았다. 세상에 분 없는 자가 어디 있으며, 고통스러운 기억 하나 없는 자가 어디 있겠느냐. 그런 저들도 살아갈 희망을 붙잡고 기어이 지금껏 살아낸 것이다. 하다못해 네 정인이라는 여인은 아직 살아 있을지도 모르질 않더냐. 하늘의 뜻이 있다면 만날 길도 있을 터, 그때까진 어떻게든 살아야 하질 않겠느냐."

적만은 향아의 아비이자 산적패의 두목이었고, 두만 할배는 무두장이로 왼쪽 손목 아래가 잘려나가고 없었지만 조수 하나를 두고 한 팔로도 무두질을 능숙하게 해내고 있었다.

시훈은 가슴이 시큰거렸다. 빙애를 다시 만날 수 있을까. 정말 하늘이 그런 기회를 허락할까. 그렇다면 그때까지 어떻게든 살아야 하지 않겠는가. 미미한 희망 하나를 부여잡고서라도.

명선이 가부좌를 튼 다리를 쭉 뻗어 기지개를 켜더니, 시훈보다 앞서 산을 내려가기 시작했다. 따라오라는 말은 없었지만, 시훈은 패월도를 칼집에 넣고 따라 내려갔다. 길이 없는 숲 속을 헤집어 올라올 때와 달리, 명선이 밟고 내려가는 길은 좁지만 단정한 길이 나 있었다. 쉬이 알 자가 없을 곳이니, 필시 명선이 오랫동안 밟아 낸 길일 터였다. 시훈은 명선의 뒤를 따라 내려오며 말없이 많은 생각을 했다.

한참을 비를 맞으며 두 사내가 숲길을 내려오니, 산채 입구에서 맑고 청아한 목소리가 먼저 달려왔다.

"스님! 오라버니! 저만 빼놓고 어딜 다녀오시는 거예요? 아이고, 이 비에 감기들 드시겠네."

향아가 치맛자락을 부여잡고 거친 산길을 날다람쥐처럼 재게 올라왔다.

"허허, 괜히 나까지 끼워 걱정할 필요 없다. 시훈이 오기 전에는 내가 비를 맞건 말건 상관도 않더니만."

스님은 방금 전의 고승의 모습에서 어느새 천진난만한 노인의 모습으로 돌아와 있었다. 향아가 곱게 눈을 흘겼다.

"안 그래도 제가 따지려 했어요. 스님만 비를 맞으면 되었지, 어찌 오라버니까지 데려가신 거예요? 스님이 나라님도 아닌데 무슨 호위무사까지 두는 호사를 누리신담. 그나저나 오라버니, 옷이 다 젖었네요."

시훈은 스님과 스스럼없이 농을 주고받는 향아를 새삼 바라보았다. 자신에게 살갑게 굴 때마다 그것이 고마우면서도 마음 한구석이 묵직해 눈길을 피했었지만, 오늘만큼은 향아를 똑바로 보았다. 밝고 씩씩한 모습이 참 어여쁜 아이였다. 산속에서 거친 사내들과 어울려 지내면서도 천성이 착하고 마음이 바른 소녀였다. 아니, 이제는 가슴이 봉긋하니 솟고 시훈 앞에서 새침해지기도 하는 여인의 모습으로 변하는 중이었다. 방금 전 명선스님의 조언과 빙애에 대한 그리움이 한순간 어우러져 시훈은 알 수 없는 감정에 휩싸였다.

그런 흥을 깨트린 것은 적만이었다.

두목의 움집에서 거적을 젖히며 적만이 모습을 드러냈다. 시훈이 보기에 참으로 기이한 자였다. 체구도 그리 크지 않은데, 이상하리만치 위압적인 인상을 지닌 자였다. 산사람답게 거칠고 투박한 자였지만, 덩치 크고 우악스러운 사내들을 잘 통솔하여 산채는 비교적 규율이 잘 잡혀 있었다. 사람 몇은 눈 깜박하지 않고 죽일 듯 냉철해 보이는데, 그 딸은 저리 여리고 착하다니 그 불균不均의 느낌이 이질적이었다.

적만은 시훈을 처음 만난 순간부터 경계심을 드러냈다. 양반 자제에 대한 불신이 가슴 깊은 곳에 도사린 탓이라고 스님은 말하였지만, 시훈은 향아와 관련된 것이 아닌가 의심스러웠다. 그렇다고 딱히 시훈을 못살게 굴거나 하는 것은 아니었다.

"스님, 이 비에 뭔 오지랄이오. 건강은 알아서 챙기시오."

적만은 시훈은 보이지도 않는 듯, 명선에게 퉁명스럽게 말했다. 말은 저리 해도 그 역시 스님을 존경하고 있음을 느낄 수 있었다. 그가 산채의 두목이라면, 스님은 그들 무리의 정신적 지주였다.

"어허, 내 걱정은 말게. 그리 쉽게 쓰러질 것이면 내가 이 나이 먹도록 살았겠는가."

스님 역시 적만을 대할 때는 두목으로서의 면을 세워주었다.

"산채를 잠시 비울 것이오. 수하 열 명쯤 데리고 서산마루에 다녀오겠소. 어느 부잣집에서 여기 탐관오리 양반에게 뇌물을 먹이려는 모양이오. 그걸 좀 털어올까 하오."

"그러시게. 허나 사람은 해하지 마시게."

"굳이 해할 것까지는 아니나, 싸움이란 본디 원치 않게 누군가 다치기도 하는 법이라오."

적만은 그러더니 향아의 어깨를 잡고 말없이 힘을 주었다. 그들 부녀는 그런 식으로 투박하게 정을 나누었다.

"향아나 잘 부탁하오."

적만은 늘 산채를 비울 때마다 혹 돌아오지 못할 것을 대비하는 것인지, 명선에게 딸을 부탁하곤 했다. 스님이 고개를 끄덕였다.

그때 시훈이 불쑥 나섰다.

"두목, 나도 데려가주시오. 도움이 되고 싶소."

적만이 의심스런 눈초리로 시훈을 흘깃 바라보았다.

"이태나 얻어먹었으니, 구실이나 할까 하오."

"양반집 도령이 산적질을 하면 얼마나 할까."

적만이 고개를 절레절레 젓자 명선이 나섰다.

"그러지 말고 데려가게. 이 녀석 검이 모가 나긴 했지만, 실력은 타의 추종을 불허할 정도라네. 자네에게 도움이 될 걸세. 이자 또한 예서 살려면 제구실은 해야겠지."

명선까지 나서자 적만이 도리 없다는 듯 고개를 끄덕였다.

"바로 떠날 것이니 행장을 차려 나오게."

시훈이 고개를 끄덕이고 처소로 몸을 돌이키는데 향아와 눈이 마주쳤다. 향아가 걱정스러운 눈빛으로 속삭였다.

"오라버니, 부디 몸조심하셔요. 초행길이니 괜히 나서지는 마시고요."

시훈은 다시 한 번 고개를 끄덕였다. 그러곤 갑자기 생각이 난 듯, 향아에게 엷은 미소를 지어 보였다. 향아의 얼굴이 순간 붉게 달아올랐다.

3

궁에 큰 경사가 났다. 삼종三從의 혈맥血脈을 잇는 거사였기에 크고도 큰 일이었고, 그 덕분에 어느 전 소속이냐 할 것 없이 모든 궁녀들이 분주했다. 입궐한 지 이태밖에 되지 않았지만, 인원왕후의 총애를 듬뿍 받으며 어느새 한 사람의 궁녀로 자리를 잡은 빙애 역시 다른 생각을 할 겨를 없이 바빴다. 대왕대비전의 궁녀들도 일부 동궁전東宮殿으로 보내져 이런저런 일을 맡아 하게 되었다. 궁에서 옷감 짜는 실력과 미색으로 소문이 자자한 빙애 역시 동궁전으로 보내져 세자빈의 수발을 거드는 한편, 틈틈이 세손의 아가 옷을 짜는 일을 거들었다.

방금 전까지 세누비를 짜던 빙애는 동궁전의 침방나인과 잠시 교대하여 세자빈의 곁을 지켰다. 빙애 또래의 세자빈 홍씨는 곱상하고 단아한 전형적인 왕가의 여인이었다. 살면서 마음고생 한번 안 해보았을 것처럼 가녀리고 유약했다.

시훈과 그녀가 숱한 역경을 뚫고 기어이 혼약을 맺었더라면, 빙
애 역시 그에게 이런 아들을 낳아주었을 것이다. 하지만 이제 시
훈은 없고, 그녀도 더는 아이를 낳을 수 있는 신분이 아니었다. 만
에 하나 그럴 일이 생긴다 해도 그 아이는 시훈의 아이가 아닐 터
였고, 그것은 빙애가 결코 원치 않을 일이었다.

"네가 빙애라 하는 아이냐?"

세자빈이 곁에 다소곳이 앉아 명을 기다리는 빙애에게 불쑥 말
을 꺼냈다. 빙애는 세자빈이 자신의 이름을 아는 것에 놀랐다.

"네, 빈궁마마. 대왕대비마마전에 소속된 빙애라 하옵니다."

"알고 있다. 대왕대비마마께 문안을 드리러 가면 네 칭찬을 어
찌나 하시던지, 내 어떤 아이인가 궁금하였다. 듣던 대로 고운 아
이로구나. 그래, 네가 그리 옷 짓는 솜씨가 좋다지."

"황공하옵니다, 마마."

"지금은 무엇을 만들고 있느냐?"

"소녀, 세손마마의 세누비 짓는 일을 돕고 있사옵니다."

"그래, 열과 성을 다해 만들어다오. 세손은 나의 모든 것이니라."

모정에서 나온 말이겠지만, 세손을 자신이 가진 전부라 말하는
그 단호함에 서린 결기가 너무 강해 빙애는 사뭇 의아했다.

'마마께는 세자 저하도 계시지 않사옵니까. 제 정인은 이제 마
음속에만 있을 따름입니다.'

하지만 감히 입을 열지는 못했다.

그녀가 기다리는 때는 좀처럼 다가올 기미가 보이지 않았다. 세

자에게 대리청정을 맡기고 주로 침전寢殿인 희정당熙政堂에 머무르는 임금을 만날 기회 자체가 없었다. 대왕대비마마에게 종종 들르긴 하였어도 인人의 장막 안에 거하는 임금에게 일개 궁녀에 불과한 빙애가 접근할 기회란 전혀 없었다. 궁의 규율과 예법도 생각보다 훨씬 까다로웠다.

그때 세자빈이 한숨을 내쉬었다.

"내 세손을 낳아 이제야 한시름 놓게 되었다. 어쩌면 저하의 마음 또한 더 살가워지실 테지. 내가 그분의 마음을 좀 더 잡아드릴 수 있으면 좋을 텐데. 그럼 모든 것이 더 나아질 것을."

그녀는 스스로에게 다짐을 두듯 혼잣말로 속삭이더니, 빙애에게 말했다.

"미음을 좀 들어야겠구나. 도와주겠느냐."

"예, 마마."

빙애는 얼른 갓 들여놓은 미음 그릇을 들고 세자빈에게 바싹 다가가 한 술 떠먹였다. 가까이에서 바라본 그녀는 더욱 가녀렸다. 하지만 그 심지에 무엇이 들어 있는지, 그녀에게서 알 듯 말 듯 새어나오는 한탄이 의미하는 것이 무엇인지는 좀처럼 종잡을 수 없었다. 세자빈에 대한 빙애의 첫인상은, 그저 알 수 없는 사람이라는 것이었다.

두 술도 채 뜨기 전에 밖이 소란스럽더니, 이내 기별이 들어왔다.

"마마, 세자 저하 납시었사옵니다."

"그래? 어서 뫼시어라."

빙애는 말없이 대접 그릇을 정리해 들었고, 세자빈은 흰 소복 차림의 지친 몸을 일으켰다.

빙애가 문을 열고 물러나오자 마침 들어오려던 세자가 그녀를 흘낏 쳐다보았다. 빙애는 깊이 고개를 조아렸다. 그런 빙애를 세자는 물끄러미 지켜보았다. 어떤 인상이 그의 뇌리에 스쳤다. 이선은 어려서부터 기억력이 좋았다. 그가 문득 떠올린 것은 대비마마께 들른 어느 날의 풍경이었다. 아직 궁녀 태도 갖추지 못한 소녀 둘이 대비전에서 나오며 고개를 조아렸다. 머리를 깊이 숙이기 전에, 이선은 한 소녀가 슬프고 깊은 눈에 눈물을 그렁그렁 매달고 있던 것을 보았다. 걸음을 멈추고 연유를 물을 계제가 아니라 지나치긴 하였으나, 그것이 그의 인상에 깊게 남아 있었다. 그것은 그녀의 미모가 사내의 눈길을 끌 만큼 아름답기 때문이기도 했다. 그는 한눈에 방금 전에 스쳐간 나인이 그 아이임을 알아챘다.

이번에도 세자는 그 나인을 불러 세울 수 없었다. 아들을 낳은 부인을 만나러 온 참이었으니 더욱 그랬다.

그는 빈이 가까스로 몸을 일으킨 방으로 들어섰다.

"그러지 말고 자리에 누우시오. 이러다 탈이 나겠소."

이선은 들어서자마자 부인에게 예보다 몸을 챙기라고 권했다. 하지만 집안 교육이 뼛속까지 각인되어 있는 빈이 그의 말을 듣지 않으리라는 것도 이미 알고 있었다.

"산이는 어디에 있소?"

"유모가 젖을 물리고 있습니다."

"방금 나간 아이가 유모란 말이오?"

빈이 헛웃음을 내뱉었다.

"그 아인 대왕대비마마께서 제 간병을 위해 보내준 나인일 뿐입니다."

"여하튼 수고가 많았소. 몸조리를 잘하여 어서 산이와 함께 다니는 모습을 보고 싶구려."

수고가 많았다. 그 말뿐이었다. 빈은 그것이 못내 섭섭하였다. 세손을 낳았다. 삼종의 혈맥을 이은 것이야 명목적인 것이라 치더라도, 그의 하나뿐인 적자를 낳지 않았나. 그 이상의 다정한 말은 없단 말이던가. 빈은 세자의 무심함이 원망스러웠다. 비단 그런 무심함 때문만은 아니었다. 아버지 홍봉한에게 들은 말들이 그녀를 괴롭히고 있었다.

"네, 그리하겠습니다. 헌데……"

세자가 고개를 갸웃거렸다. 빈은 잠시 망설이다 산모의 지위를 획득한 지금이야말로 적기라고 여긴 듯 입을 열었다.

"대신들과 불화하시어 국정 운영이 여의치 않다 들었습니다."

선은 슬그머니 불쾌감이 치밀어올랐다. 빈이 이런 말을 꺼내는 연유는 자명했다. 장인이 또 무언가를 떠벌인 것이다. 빈은 세자의 얼굴에 불쾌감이 드러나는 것을 못 본 척, 작심하고 계속했다.

"전하께서도 늘 대신들과 의견을 조율하는 일에 세심한 신경을 쓰셨습니다. 그리하여 만대에 두루 이름을 남기실 성군으로 칭송받는 것이고요."

"어차피 내가 무슨 결정을 내릴 것도 아니오. 전하께서 일일이 보고를 받으시고 중요한 결단을 하시니 나는 그저 자리만 차지하고 있을 뿐이오. 다만 대신들의 당이 한쪽으로 편향되어 전하께서 그리 강조하신 탕평이 이루어지지 않는 면이 있기에 과한 의견들을 막는 정도요. 왜, 장인께서 그리 불만이라 하더이까?"

"아니, 불만이 아니오라 아버지 나름의 충정에서……"

세자는 비아냥의 어조를 가능한 감추려 했지만, 완전히 숨기지는 못했다. 빈이 움찔했다. 아무리 노론의 세상이고 홍봉한의 위세가 드높다 해도, 어쨌거나 눈앞의 사내는 결국 지존이 될 남자였다. 빈이 바라는 것은 그저 자신의 남편과 아버지가, 세자의 기개와 노론의 위세가 조화를 이루기를 바랄 따름이었다. 그런데 아버지는 세자가 어울려서는 안 될 자들과 가까이 지낸다며 한탄했다.

이선은 빈에게까지 이런 이야기를 듣는 것이 갑갑했다. 대리청정을 하며 국정에 참여한다지만 그저 명목일 뿐이었고, 그는 여전히 아버지에게 일거수일투족을 감시당하는 처지였다. 노론 일색의 편협한 조정에서 그는 원대한 이상은커녕 숨 쉴 구멍조차 제대로 찾을 수 없었다.

그들로는 불가능했다. 그들과는 아니었다. 효종대왕孝宗大王이 꿈꾸었던 북벌北伐의 원대함은 노론의 경색되고 궁색한 면면으로는 함께 도모하기 어려운 것이었다. 소론에게 기우는 마음은 어찌할 수 없었으나, 그들의 위세는 너무나도 미미해서 기실 없는 것이나 마찬가지였다. 그는 답답했다. 한없이 답답했다. 그런데 가장 가까이에서 힘이 돼줘야 마땅할 빈에게서조차 갑갑함을 느껴야 했다.

"부인은 몸조리나 잘하시오. 국사는 주상 전하가 계시고 나 또한 나름의 노력을 기울이고 있으니 말이오."

세자와 빈은 잠시 서늘한 침묵에 잠겼다. 어색하고 형식적인 담소를 잠시 나눈 후, 선은 그 갑갑함에서 도망치듯 방에서 나왔다.

밖으로 나오자 그제야 숨통이 트였다. 그런 선의 눈에 여전히 뜰 한 켠에 대기하고 있던 빙애의 모습이 들어왔다. 무슨 충동에서인지, 그는 빙애에게 다가갔다. 빈의 처소 앞에서 어여쁜 나인에게 말을 거는 것은 호사가의 입방아에 오를 수도 있는 일이었지만, 그는 머뭇거림이 없었다.

"네가 대왕대비마마께서 그토록 총애한다는 아이냐?"

빙애는 세자가 불쑥 말을 건네는 바람에 당황했다. 그만 머리를 조아려야 하는 것도 잊고 외려 그의 눈을 들여다보고 말았다. 다음 순간 스스로 화들짝 놀라 황망히 고개를 숙였다.

"네, 저하."

"고개를 들어보거라."

빙애는 연유를 모른 채 세자의 명을 받들었다. 다음 순간, 세자에게서 나온 말은 의외의 것이었다.

"참으로 슬픈 눈이로구나. 어찌하여 그런 눈을 가지게 되었을까?"

빙애는 놀란 마음을 들키지 않으려 이를 앙다물었다. 어떻게 그는 자신의 슬픔을 단박에 읽어낸 것일까. 여태 그녀의 가장假裝에

속지 않은 이가 없었는데. 그때 빙애는 다시 세자를 바라보았다. 그의 눈 역시 깊은 갈망과 절망 사이를 오가는 눈이었다. 눈과 눈이 서로를 응시하며 잠시 머물렀다.

빙애의 마음 한구석이 아렸다. 동시에 이해하기 어려운 위로가 깃들었다. 누군가 자신의 슬픔을 알고 있다는 것이 이토록 위로가 될 줄은 그녀도 미처 몰랐다. 궁은 참으로 알 수 없는 것투성이였다. 알 수 없는 세자빈의 의중, 알 수 없는 세자 저하의 행동, 알 수 없는 마음의 흔들림.

"언젠가 네 이야기를 들려다오. 너는 참으로 내 심중에 궁금함을 느끼게 하는 아이다."

"네…… 저하."

빙애는 달리 어떤 대답을 해야 할지 몰랐다. 느닷없이 다가왔다 순식간에 성큼성큼 멀어지는 세자의 뒷모습이 시훈처럼 넓고 듬직하였다. 빙애는 그런 생각을 재빨리 털어내려 다시 각오를 다졌다.

'원수의 아들이다. 너는 그의 아비를 죽여야 해. 그것이 바로 네가 여기 있는 이유야. 그 사실을 잊어선 안 돼.'

그런 다짐에도 불구하고 빙애의 마음은 심란하기만 하였다.

4

비록 파직당해 쉬는 중이었으나, 박문수에 대한 임금의 신임은 변함없이 두터웠다. 조정을 노론 세력이 장악한 상황에서도 요직을 두루 전전한 것이 그 한 증거였다. 지난해 내의원제조內醫院提調로 봉직奉職할 당시, 세자의 첫아들인 의소세손懿昭世孫이 얼마 살지 못하고 사망한 바람에 그 책임을 지고 관직에서 물러났지만, 채 일 년도 흐르지 않아 임금이 그를 예조참판에 임명할 것이라는 소문이 파다하게 돌고 있었다.

하지만 박문수는 근래 들어 슬슬 관직에서 물러날 때가 되었다는 생각을 품고 있었다. 구선의 처형 이후, 그의 안에서 무언가 급격하게 무너졌다. 노론 일색의 조정 풍토도 그를 힘겹게 했거니와, 젊어 무리하여 활약한 탓인지 몸도 슬슬 말을 듣지 않기 시작했다. 자신의 노쇠한 육신을 바라볼 때마다, 여전히 정정한 주상의 존안尊顏이 실로 감탄스러울 지경이었다. 또 그럴 때마다 궁지에 몰린 맹수처럼 몸을 웅크린 채 임금과 노론의 견제 속에 국사를 돌보는 세자가 안쓰럽게 느껴졌다. 그나마 다행이라면 의소세손을 잃고 곧바로 다시 세손을 보았다는 점이었다.

언젠가 세자는 사석에서 박문수에게 속내를 드러내기도 했다.

"기은 대감, 나는 삼종의 혈맥을 잇는 유일한 계승자인데, 어찌하여 이리도 외롭기만 한 것이오?"

그것이 무슨 의미인지 잘 아는 박문수는, 그렇기에 섣불리 답을 할 수 없었다. 그저 외롭고 적적하시면 자신을 불러 토해놓으시라 아뢸 뿐이었다. 세자가 그를 좋아하는 만큼, 그도 젊은 세자가 마음에 들었다. 세자는 호랑이의 기백과 용과 같은 포부를 지닌 자였다. 조선의 군주로서는 드물게 무를 숭상하는 점이나 효종임금의 북벌론을 무모하다 여기지 않는 점 등이 그랬다. 그런가 하면, 한편으론 섬세한 면도 있었다. 병조판서 시절, 법을 집행할 때 그 형편을 잘 따져 피치 못하여 죄를 저지른 백성들을 구제할 방도를 모색해보라 한 것도 그랬다. 그는 주상만큼이나 백성을 아끼는 애민군주愛民君主의 자질을 갖추고 있었다. 박문수는 자신과 같은 노구가 쓰러진 후 펼쳐질 젊은 군주의 세상이 사뭇 기대가 되었다. 하지만 노회한 노론 세력이 어떻게 젊은 세자를 자신들의 입맛대로 휘어잡으려 들지 벌써부터 걱정이었다.

아침나절부터 세자에 대한 이런저런 상념에 사로잡혀 있는데, 밖에서 기척이 났다.

"대감마님, 청풍회 대장 나리 오셨습니다요."

"들라 하게."

그는 마침맞게 도규를 부른 참이었다. 청풍회는 떠났으나 함께 고락을 나눈 수하들을 나 몰라라 할 박문수가 아니었다. 장도규는 그가 떠난 자리를 차지하고 있었다. 박문수의 자리를 물려받은 셈 이니 도규의 신분으로는 바라기 힘든 자리였으나, 박문수가 임금 에게 강력히 천거한 덕에 조직을 물려받을 수 있었다. 하지만 애 석하게도 그가 물러난 이후, 청풍회 활동에 대한 임금의 관심도 이내 시들해지고 말아 다소 김이 빠진 상태였다.

도규가 방으로 들어서며 문수에게 예를 갖추었다.

"부르셨습니까, 대감."

"어서 오시게, 도규 대장."

문수는 이제 도규를 그리 불렀다. 도규가 좌정하고 앉자 문수는 직접 차를 따라준 다음, 곧장 본론으로 들어갔다.

"그래, 요즘 청풍회 일은 어떠한가?"

"아시다시피 한양 인근의 밀주단과 검계 무리는 이미 격퇴한 지 오래이고, 마음 같아서는 관서지방으로 올라가보고 싶은데, 전하의 명이 떨어지지 않아 기다리는 중입니다. 우리의 손이 닿지 않은 평 안도와 함경도 일원에는 여전히 밀주가 활개를 친다 하더군요."

그가 북쪽으로 올라가려 하는 이유는 잘 알고 있었다. 남쪽으로 는 이미 모든 검계 무리를 샅샅이 뒤진 후였다. 남은 것은 저 관서 지방과 함경도 정도밖에 없었다. 그의 원수가 거기 은거하고 있을 지도 몰랐다.

"근자에 소백산맥 자락의 검계 무리를 소탕했다 들었네. 애썼네. 허나 내 듣자니 자네 처분이 좀 과하이. 달아난 검계 잔당들의 자식들까지 목을 벤 것은 지나치지 않았나?"

"전하의 명을 받아 행한 일일 따름입니다. 어명을 수행함에 어찌 옳고 그름이 있겠습니까. 게다가 장성한 자들의 목만 베었을 뿐입니다."

박문수는 속으로 한숨을 뱉었다. 참으로 유능하고 강직한 자인데, 검계 무리에 대한 분노가 그의 내면을 지나치게 경직되고 잔악하게 만들고 있음이 염려스러웠다.

"허나, 그런 처분이 또 다른 화를 불러오는 법이야. 자네 부친은 그야말로 뛰어난 무사였으나 종종 지나친 처벌로 구설에 오른 적이 있었지. 그 결과가 자네에게 아픈 상처로 남게 되질 않나. 그런 악순환을 반복해 좋을 게 무엇 있겠나."

"잘못된 것은 제가 아니라 법을 따르지 않고 극악한 짓을 저지른 그들에게 있는 것입니다. 어찌 그들을 도륙하지 않을 수 있겠습니까."

도규의 목소리가 설핏 떨렸다. 자신의 묵은 상처를 헤집는 것은 그 어느 때고 그를 분에 떨게 하였다. 도규의 생각으로는 문수의 판단이 틀렸다. 질책은 자신이 아니라 어명을 우습게 아는 저들에게 향해야 하는 것이었다. 도규는 윤구선의 일이 있은 후 박문수가 지나치게 유약해졌다 여기고 있었다.

"근원을 따지고 들자면, 그이들에게도 그 길을 갈 수밖에 없는 사정이 있질 않았겠나. 그것도 헤아려 살필 줄 아는 것이 관리하는 자의 덕목일세."

"그런 개별적인 사정을 따지는 것은 다른 높으신 어른들이 하실 일이고, 수족에 불과한 저나 청풍회 무사들은 그저 명을 받아 수행할 뿐입니다. 수족이 일일이 의문을 가지고 스스로 판단하기 시작하면 규율이 서질 않는 법이지요."

청풍회 수장이 되면서부터 도규는 보다 뚜렷한 소견과 강단을 드러냈다. 박문수는 이런 논쟁이 소모적일 뿐이라는 생각이 들어 주제를 바꾸었다.

"그래, 그 이야긴 이제 그만하세. 내 자넬 부른 다른 연유가 있네. 내 일전에 세자 저하를 뵈었는데, 저하께서 곁에 둘 유능한 무사를 찾는다 하시더군. 내 바로 자네가 떠올랐네. 자네를 천거할까 하는데, 어떤가. 이참에 청풍회 일은 휘나 중권에게 맡겨두고, 자네는 세자 저하의 무사가 되는 것이. 세자 저하께서도 무예에 일가견을 가지고 계시니, 자네와 합이 잘 맞을 듯하네만."

박문수는 그를 청풍회에서 떼어놓고 싶었다. 복수의 욕망에서 멀어져 새로운 미래를 꿈꿀 수 있다면, 그에게도 더 좋은 일일 터였다.

"말씀은 감사하오나, 소신은 지금 주어진 일에 더 열심을 내고자 합니다."

"그리 쉽게 정하지 말고, 세자 저하를 한번 뵙는 것이 어떤가. 그분은 언젠가 조선의 주상이 되실 걸세. 그분의 무사가 되는 것은 가치 있는 삶이 될 게야."

"지금 제 삶은 가치가 없다는 말씀이십니까?"

도규의 대꾸에 문수는 크게 놀랐다. 도규는 변해가고 있었다. 시간이 흐를수록 하나의 집념에 더욱 깊이 매몰되고 있었다. 문수는 적이 걱정스러웠다.

"어찌 그리 듣는가. 그런 말이 아닐세. 그저 자네 보기가 안쓰러워 그러네. 자네도 이제 새장가를 들고, 출세도 꿈꾸며 남들처럼 살아보는 것도 좋을 것 같아 그러네. 사람이 어찌 한 가지에만 천착하여 살겠는가. 그것도 누군가를 해치는 것이 일생의 목적인 삶이 어찌 온전하다 할 것인가."

박문수도 더는 돌려 말하지 않고 직설적으로 뱉어냈다. 잠시 서먹한 침묵이 오갔다. 좁지 않은 사랑채였지만, 문수의 등을 타고 알 수 없는 긴장감이 흘렀다. 도규의 눈이 매서워진 듯하여 그는 흠칫했다.

"말씀은 깊이 새겨듣겠습니다. 허나, 지금은 청풍회 일에 집중하겠습니다."

도규는 짧게 말하고 입을 닫았다. 박문수는 더 말해봐야 소용이 없음을 깨달았다. 그리고 여느 때보다 더 지친 자신의 마음도 깨달았다. 그랬다. 그는 늙고 지쳐가고 있었다. 무엇이 옳고 그른지에 대해서도 요즘은 통 분간하기 어려웠다.

"알겠네. 자네 뜻이 그러하다면 내 더는 권유치 않음세. 허나 언제고 세자 저하를 모실 마음이 들면 내게 알리게. 기꺼이 연을 놓아줄 터이니. 그나저나 휘와 중권, 만석이는 잘 지내고 있는가?"

"휘는 여전히 기생 치마폭에 푹 싸여 있고, 중권과 만석이도 여전합니다."

문수와 도규는 애써 어색함을 지우려 옛 동료들의 특별할 것 없는 근황을 잠시 나눈 후 헤어졌다.

박문수 대감댁의 대문을 나서며 도규는 애써 감정을 추슬렀다. 박문수의 조언이 자신을 걱정한 진심에서 비롯된 것임을 잘 알고 있음에도 화가 치밀었던 것이다. 이상하게 그는 근래 들어 점점 더 화를 참기가 힘들었다. 검계 무리들을 그 마지막 한 조각의 살덩이까지 찢어 쪼개고 싶었다. 그 역시 나이를 먹어가고 있었기 때문이다. 초조했다. 복수를 이루어야 비로소 다음을 생각할 수 있을 터였다. 설령 그 길에 다음이라는 것이 없을지라도, 지금은 그 길을 그저 걸어갈 수밖에 없었다.

그가 성난 걸음으로 대로를 성큼성큼 걸어가는데, 뒤에서 누군가가 그를 불렀다.

"대장 나리."

그가 고개를 돌려 보자, 두 집의 담벼락 사이의 좁고 음습한 골목에서 웬 자그마한 체구의 사내가 그를 향해 손짓을 했다.

"누구요?"

사내는 주변을 두루 살펴 듣는 귀가 없는 것을 확인한 후에야 속삭이듯 말했다.

"우상右相 대감의 전갈이 있어 뵙습니다요. 대감께서 나리를 뵈

시라 하십니다요."

"우상 대감께서? 그분과는 면식이 없는데, 무슨 연유로 나를?"

"소인은 그저 말씀을 전할 따름입니다요. 함께 가시지요."

노론의 영수領袖이자 조정 실세인 김상로金尙魯 대감이 부르는데, 거절할 명분이 있을 리 없었다. 연유가 궁금하기도 하여, 도규는 발길을 돌려 그 사내를 따랐다.

5

우의정 김상로가 예조참판 홍봉한에게 차를 권했다. 홍봉한은 우롱차가 담긴 잔을 들어 입만 댔다 내려놓았다. 세자의 장인이자 척신戚臣으로서의 그의 지위는 확고했음에도, 열 살 터울의 노회한 노론 영수 앞에서는 한없이 작아지는 것만 같아 홍봉한은 내심 긴장하고 있었다. 그들 둘은 현 조정의 실세 중의 실세들이었다.

"세자 저하는 어떠시오?"

김상로가 운을 띄웠다. 무슨 말인지 모를 홍봉한이 아니었다. 사위인 세자가 소론과 어울리는 양태를 꼬집는 것이었다. 홍봉한 역시 적지 않은 책임감을 느끼고 있었다. 딸인 세자빈을 통해 거듭 언질을 주고 있음에도, 세자는 알고 그러는 것인지 정말 몰라 그러는 것인지 개심의 조짐을 보이지 않았다.

"대감께서도 이미 잘 알고 계시지 않습니까. 원 그 병을 어찌 고쳐야 할지 참."

홍봉한이 난감하다는 듯 입맛을 다셨다. 침이 고였다. 어떻게 얻은 권력인데, 이제 막 그 맛을 제대로 즐겨볼 참인데, 자기 출세의 진원인 세자가 외려 자신의 발목을 잡는 형국이었다.

"참으로 우려스럽게 되었소. 세자 저하께서 이대로 보위에 오르시면, 소론들이 어떤 작당을 할지 알 수 없질 않소. 선왕 시절의 그 피비린내가 아직도 가시질 않는구려."

노론의 견제 속에서도 끝내 왕위에 오른 경종이 재위 이 년이 되던 해, 묵호룡의 고변을 빌미로 노론 영수 사대신四大臣을 사사賜死하고 노론에 궤멸에 가까운 화를 입혔던 일을 말하는 것이었다. 그때 죽거나 멸문하였던 노론 대신들의 명예는 금상이 즉위한 이후 모두 신원되었다. 금상은 아무리 탕평을 운운한다 해도, 결국 노론의 임금이었다. 노론의 전폭적인 지지가 없었더라면 보위에 오르지도 못했을 터였다.

그러나 세자는 달랐다. 나날이 노론 세력에 대한 세자의 적대감이 커지는 것을 느낄 수 있었다. 더군다나 대리청정 이후로는 툭하면 '따르지 않겠다'는 말로 일관하며 노론과 대척점을 세우고 있으니, 김상로는 여간 걱정스러운 것이 아니었다. 그나마 주상이 건강하고 허울뿐인 대리청정이라 지금은 노론의 뜻을 관철시키는 데 큰 걸림돌은 아니었으나, 만일 이대로 세자가 보위에 오른다면, 정국이 어떻게 회오리칠지 알 수 없는 노릇이었다.

"예, 어떻게든 세자 저하의 마음을 바로잡아드릴 영험한 묘책이 필요할 텐데 말입니다."

"바른말로 끊임없이 말씀을 드려도 차도가 없으시니, 이제는 그것이 가능키나 할는지 슬슬 걱정이 되오."

김상로가 포기에 가까운 발언을 하자 홍봉한은 깜짝 놀랐다. 세자의 장인이긴 하나 세자와의 친밀감은 거의 없었다. 홍봉한은 권력에 대한 타고난 감각으로 노론 세력과 결탁하는 것이 자신의 위세에 더 유리하다 여기고 있었다. 딸이 이제 세손까지 보았으니, 현상 유지만 잘해도 대대로 부귀영화를 누릴 수 있을 터였다. 오로지 세자의 처신만이 변수가 될 터였다.

"그리 포기하시면 아니 됩니다. 어떤 수를 써야지요. 저승 가서 우암尤庵 어르신을 바로 뵈려면 우리 후대가 이리해서는 아니 될 일입니다."

"대안이 없질 않소, 대안이."

김상로가 아랫사람 하대하듯 홍봉한에게 역정을 부렸다. 홍봉한은 초조했다. 세자의 장인이라는 것이 보호막이 되기는 이미 글렀다. 사위의 존경을 받지 못하는 장인의 직함이 다 무슨 소용이란 말인가.

"우상 대감께서는 숱한 위기를 헤쳐오셨지 않습니까. 어찌 방법이 없겠습니까?"

김상로가 잠시 고심하더니, 목소리를 한껏 낮추어 말을 꺼냈다.

"하늘이 비를 내려주지 않는다면, 비를 내려줄 하늘을 만들면 어떻겠소?"

순간 홍봉한은 겁이 덜컥 났다. 자칫 허투루 새어나갔다간 역모로 몰려도 할 말이 없을 언사가 아닌가. 홍봉한은 자신도 모르게 주변을 살폈다. 그런 홍봉한을 보며 김상로는 못마땅한 듯 속으로 혀를 찼다.

"하지만 어떻게 말입니까? 세자가 저리 건강한데다 여태 큰 실책도 없질 않습니까. 설령 꼬투리를 잡는다 해도, 삼종의 혈맥이니 쉽게 폐위할 수도 없을 터. 어설프게 일을 꾸미다간 자칫 역화逆火를 입을 수도 있습니다. 주상 전하께서 연로하시어 보위가 언제 바뀔지 모를 판인데……"

"내 말이 그 말이오. 주상 전하께서 장수하신다 하나 사람의 명은 하늘이 내리는 것이라, 언제 세자가 즉위하게 될지 알 수 없단 말이오. 혹여 내일이라도 사달이 나면 우리 노론에 큰 화가 닥치지 않겠소? 그건…… 세자의 장인이라 해도 마찬가지일 게요."

식은땀이 흘렀다. 홍봉한은 대꾸할 말도 찾지 못한 채 침만 꿀깍 삼켰다. 김상로가 말을 이었다.

"홍 대감, 주상 전하는 말할 것도 없고 대왕대비마마 또한 우리 사람이요, 빈궁마마와 세손도 다 우리 사람이 아니오? 허나 세자가 개심하지 않고 저리 보위에 오르면 이 모든 것이 무슨 소용이겠소. 정 방도를 찾지 못한다면 우리는 다른 수를 찾을 수밖에 없을 거요."

"다른 수라니요?"

김상로는 여기서 한층 더 목소리를 낮추었다.

"전하께서 요즘 문 숙의淑儀의 거처에 자주 들른다 하더이다. 며칠 전 어의가 내게 은밀히 보고하기로는, 문 숙의의 기척이 심상치 않다더군요."

문 숙의는 금상의 맏아들이었으나 일찍 세상을 뜬 효장세자孝章世子의 비인 현빈賢嬪 조씨趙氏에게 속한 나인인데, 현빈의 장례를 치르던 중 임금이 연정을 느껴 품은 후궁이었다. 그녀가 승은을 입은 덕분에 천민 출신인 문씨 집안이 벼슬을 얻는 특혜까지 누리게 되었다.

"기척이 심상치 않다면…… 혹시?"

"그렇소. 아직 확실치는 않으나 태중에 아기가 들어섰을지도 모른다는 거요."

"그럼……"

"태어날 아이가 아들이길 바라야겠지요. 그럼 그것은 하늘이 준 기회가 될 겁니다."

"하지만 설령 그렇다 하더라도, 어찌 천출인 숙의의 아들이 세자 저하의 위상과 비할 수 있겠습니까? 무슨 명분이 있어……"

"그럴 명분을 만드는 것이 나와 대감처럼 노론의 늙은이들이 마땅히 해야 할 일이 아니겠소. 따지고 보면 주상의 생모께서도 궁중 나인 출신이 아니셨소. 또한 꼭 폐세자를 이루지는 못한다 해도 세자를 압박할 하나의 수는 될 수 있지 않겠소."

실로 무서운 발언이었지만, 홍봉한은 자신을 은근히 치켜세워주는 김상로의 말에 현혹되었다. 장래 임금의 장인이라는 지위를 누리는 것보다 영원히 계속될 것만 같은 노론의 권력을 나누어 먹는 쪽이 더 좋았다. 그리고 만에 하나 일이 꼬여도, 세손이라는 패가 언제고 모든 것을 제자리로 돌려놓을 수 있으리라는 복심 또한 가지고 있었다. 문 숙의의 아들 생산을 바라는 것은 세자빈의 위상을 위태롭게 할 가능성이 있었기에 썩 내키진 않았으나, 홍봉한은 일단 호응했다.

"그럼 우선은 문 숙의가 아들을 낳기를 바라야겠군요."

"그건 하늘의 뜻에 맡길 따름이지요. 다만 우리는 우리 일을 해야겠지요."

홍봉한은 잠시 이 일에 자신이 어떤 역할을 맡아야 할지 속으로 헤아려보았다.

그때 밖에서 소리가 들려와 홍봉한은 화들짝 놀랐다. 김상로 앞에서 약한 모습을 보이기 싫어 엉덩이를 꾹 눌러 앉혔기에 망정이지, 자칫했으면 저도 모르게 몸을 일으킬 뻔하였다.

"대감님, 말씀하신 자를 데려왔습니다."

"들라 하게."

문이 열리고 도규가 들어섰다. 도규는 우의정과 예조참판이 함께 있는 것을 보고 의아했으나, 일단 예를 갖추었다. 홍봉한도 의아하긴 마찬가지였으나, 김상로가 하는 양을 그냥 지켜보기만 했다.

"그래, 자네가 청풍회의 장도규 대장인가?"

"예, 우상 대감. 어인 일로 소인을 보자 하셨는지요?"

"내 자네에게 긴히 명할 것이 있어 불렀네. 단도직입적으로 말하겠네. 기은 대감이 자네를 세자 저하의 호위무사로 천거하려 한다는 소문을 들었네. 오늘 자넬 부른 건 그 때문이지 않았나?"

도규는 어찌하여 그걸 자신에게 확인하려 드는지 알 수 없어 괜히 불안했다. 어떤 식으로든 박문수 대감에게 폐를 끼치고 싶진 않았다.

"그렇습니다만, 소인은 아직 미천하고 부족하다 말씀드렸습니다."

"받아들이게."

"네?"

도규는 우의정의 단도직입적인 명에 깜짝 놀랐다.

"세자 저하의 무사가 되게. 그리고 자네는 나의 사람이 되는 것일세. 이것은 또한 주상 전하의 뜻이기도 하다네."

필시 거짓일 터인데 임금을 공공연하게 들먹이는 데는 홍봉한마저 놀랐다.

"허나 소인은……"

"내가 염치없이 아랫사람을 마음대로 부릴 사람으로 보이는가. 그에 대한 대가로 나는 자네가 찾는 것을 주겠네. 자네가 복수를 꿈꾼다는 이야기는 전해 들었네. 한 사내로서, 한 가장으로서 그것은 당연한 바람이겠지. 암, 사내라면 응당 그러해야지. 어찌 처자식을 죽인 무뢰배를 요절내지 않고 방관할 수 있겠나. 내 나의 인맥을 통해 그놈에 대한 정보를 알아봐줄 것이네. 또한 때가 되면 필요한 병력도 지원해줄 생각일세. 물론 그 이후에도 나는 자네를 내 사람으로 챙길 것이고. 그 대가로 자네는 세자 저하의 동향을 지척에서 확인하고 내게 알려주기만 하면 된다 이걸세. 아,

이것을 어떤 협잡이라 여기지 말게. 근래 들어 세자 저하의 광증과 무분별한 방랑벽이 도지는 듯하여 주상 전하께서 여간 걱정이 아니시니, 내 그 대책을 마련코자 함일세. 다시 말해 이 일은 자네 자신을 위해서도, 이 나라 조선의 미래를 위해서도 실로 의미 있는 일이란 말이네."

조선 최고 세도가의 약속이었다. 그의 지원은 도규가 목적을 달성하는 데 실로 큰 힘이 될 터였다. 거기다 주상의 뜻이 함께하는 것이라면 명분도 없지 않았다. 세자가 주상의 기대에 못 미쳐 꾸지람을 듣는 일이 잦다는 소문은 궁 안팎에 널리 퍼져 있었다. 게다가 우상 대감의 눈빛에서는 박문수 대감과 달리 반론을 허용치 않겠다는 단호함이 엿보였다.

"소인이 할 일은 무엇입니까?"

"지금은 그저 세자 저하의 호위무사가 되는 것, 그뿐이라네. 세자 저하의 신뢰를 얻게. 자네라면 그리 어렵지 않을 게야. 세자 저하께서도 무예가 출중하시니 자네와는 아주 잘 맞는 합이 될 테지."

도규는 오늘만 벌써 그 말을 두 차례나 들은 셈이었다.

"여기 세자 저하의 장인 되시는 홍 대감 또한 자네가 미래의 주상이 되실 세자 저하를 잘 보필하는 데 손색이 없으리라 믿고 계시다네. 그저 자네가 곁에서 유심히 지켜봐주기만 하면 되네. 그렇담 우리 대신들은 말할 것도 없고, 주상 전하께서도 크게 안심하실 수 있을 게야. 내 말을 알아듣겠나."

"예, 대감."

"그럼 그리 알고, 기은 대감에게 며칠 상간에 다시 들르도록 하게."

도규는 여전히 얼떨떨한 기색을 풀지 못한 채 물러갔다. 그가 떠난 후, 김상로가 홍봉한을 바라보며 말했다.

"대감, 이것이 당장 우리가 할 최선이오. 세자 주변에 가능한 한 촘촘하게 망을 엮어두는 것 말이오. 빠져나갈 구멍이 없을 정도로 조밀하게. 그리고 때가 되면 그것들이 덫이 되어 세자를 옴짝달싹 못하게 옭아매게 되는 것이라오."

6

"제, 제발 목숨만은 살려주시오."

양반의 행색을 한 사내가 흐트러진 옷매무새도 가다듬지 못한 채 바닥에 몸을 비비며 간절히 사정했다. 생명의 위협을 느낀 사내의 울부짖음이 산지를 울렸지만, 이 첩첩산중에 그를 구하러 올 자는 아무도 없을 터였다.

무리들 사이에서 이 광경을 지켜보는 시훈의 마음은 편치 않았다. 언짢기는 명선과 향아도 마찬가지였는지 일찌감치 자리를 뜨고 없었다. 같은 산적 무리라고는 해도, 워낙 다양한 이들이 모인 집단인지라 그야말로 성정이 천양지차였다. 복수심에 불타는 자들이 있는가 하면, 언제 관군이 들이닥칠지 몰라 노심초사하는 치들도 있었고, 시훈처럼 몰락한 양반가의 선비 기질이 남은 자들이 있는가 하면, 태생적으로 비열함이 몸에 밴 자들도 있었다.

두목 적만의 역량이 만만치 않은 것은, 이들 모두에게서 두루 인정을 받고 있다는 점이었다. 적어도 무리 내에서 큰 다툼이 일지 않는 것은 적만이 구심점 역할을 잘하고 있기 때문이었다. 물론 명선이 정신적 지주 역할을 하며 갈등을 수시로 해소해준 덕분이기도 했지만, 애초에 두목에 대한 신뢰가 없다면 이 산중에 틀어박혀 생사를 건 노략질로 연명하기는 힘들 것이었다.

적만은 첫인상과는 달리 잔인하고 냉혹한 자는 아니었다. 산적 두목이라는 위치의 사내가 가질 법한 무뚝뚝함과 거친 면면이 없는 것은 아니었으나, 그의 치리治理는 비교적 합리적이었고 규율도 뚜렷했다. 특별한 사안이 아니라면 직접 나서서 위세를 드러내는 법도 드물었다. 그런데 바로 그런 점 때문에 때로 이런 광경이 펼쳐지곤 하였다.

적만의 오른팔로 여겨지는 아귀라는 별칭의 사내는 잔악한 성정을 지닌 자였는데, 산채에서 그의 세력이 적지 않았다. 적만은 더 큰 불화를 막기 위해 아귀의 폭력을 종종 방관하고 놔두었다.

시훈이 따라나선 다섯 번째의 노략질에서 그들은 한양의 양반가로 향하던 무리를 급습했다. 노략한 물품만 챙기면 그만이었을 터이나, 이번 노략을 지휘한 아귀는 개중 도망친 종복 둘을 살해하고, 서출로 보이는 양반 하나와 여종 둘을 끌고 산채로 올라왔다. 그러고는 그들을 가축 취급하며 유흥을 즐기는 중이었다. 산채의 대다수 사람들은 그런 일을 즐기지 않았으나, 아귀를 따르는 무리들은 산속 생활의 드문 오락거리로 여겼다. 이 반쪽짜리 양반을 개 취급하고 논 다음에는, 잡아온 여종들을 겁탈할 작정이었다.

산채의 가장 큰 결핍은 사내들에 비해 계집이 부족하다는 것이었다. 그것이 때론 긴장감을 자아내기도 하였다. 날이 따뜻할 때는 적만의 허락하에 조를 이뤄 기생을 탐하러 가기라도 할 수 있었지만, 이리 살얼음이 이는 듯한 겨울이 오면 거동조차 불편한 곳이었다. 아귀 패의 오래 눌린 욕구가 희번덕거렸다. 적만처럼 지켜야 할 여식이 딸려 있다면, 이들의 욕정이 여간 불안한 것이 아니었기에, 이런 일이 종종 묵인되는 것이었다.

그런 내막을 안다 해도 시훈의 마음이 편할 리 없었다. 아귀 패와는 처음부터 사이가 좋지 않았다. 그들은 과할 정도로 자신들과 다른 부류를 혐오했다. 명선의 충고를 귀에 담지 않는 것도 그들뿐이었다. 노략질에 유능해 산적으로서는 모자람이 없는 자들이었으나, 그 잔악함은 산채에서도 눈살을 찌푸릴 정도였다. 그런 자들에겐 번듯한 양반가의 자제가 입성하여 산채의 꽃으로 여겨지는 향아의 마음까지 훔친 것이 여간 아니꼬운 게 아닐 터였다.

적만을 따라 첫 산적질에 나섰을 때도 아귀는 불만을 드러냈다.

"양반가의 자제라는 자가 우리 같은 잡스런 자와 도적질이나 하러 나서다니, 구천을 떠돌 네놈 아비의 영이 알면 기절초풍하겠구나."

"내가 승인하였다. 더는 말하지 마라."

적만이 입을 다물게 하였기에 망정이지, 그렇지 않았다면 시훈은 그들과 칼부림을 벌일 뻔하였다. 아버지를 들먹이는 것은 시훈에게 참을 수 없는 분의를 불러일으켰다. 하지만 시훈을 데려가라

한 명선의 면을 보아 참을 인忍 자를 가슴에 새겼다.

하지만 이내 그들은 저절로 입을 다물었다. 시훈이 노략을 하러 나선 첫날, 때마침 노략의 대상이 된 상대들 역시 만만찮게 거친 자들이었던 것이다. 서로 간에 짧은 칼부림이 오갔고, 시훈의 패월도가 진가를 드러냈다. 오합지졸로 배운 검술이라 해도 다들 폭력과 검에 의존해 살아온 치들인지라, 대번에 시훈의 실력이 범상치 않음을 확연히 알아보았던 것이다. 아귀 패의 노골적인 비아냥은 많이 수그러들었으나, 그를 대하는 시선은 그만큼 불길하고 음험해졌다. 군계일학의 숙명이었다. 닭들의 세계에서 학의 존재는 달가운 것이 아니었다. 더군다나 무언가 속이 잔뜩 꼬인 상태의 닭들이라면 더욱 그랬다.

아귀 패 중 하나가 서출 사내의 바지를 훌렁 까 아랫도리를 드러내더니, 칼로 사내의 음부를 도려내는 시늉을 하며 벌벌 떨고 있는 여종들을 희롱하기 시작했다.

"이리 쪼깐한 것을 가지고 다녀봐야 네놈에게는 짐이나 될 뿐이지 않겠느냐. 잘라서 저년들 재미나 보라고 던져주는 게 좋겠구나. 하하하."

"제, 제발 불쌍히 여겨 그, 그리하지 말아주오. 살려주시오, 제발."

사내는 제 아랫도리를 가린 채 울부짖었고, 여종들은 거의 혼절 직전이었다. 곧 자신들에게 닥칠 역경을 버텨낼 기력이 없어 보였다. 시훈은 더는 참을 수 없었다. 살인도 마뜩잖았으나, 이런 모욕은 인간에게 가할 것이 아니었다.

"이제 그만들 하는 것이 어떻겠소."

순간 정적이 깃들었다. 다시 사내의 비참한 절규가 메아리쳤으나, 그것은 더 이상 인간의 소리라 보기 힘들었다. 사내는 시훈이 유일한 희망이라도 되는 양 발목에 걸린 아랫도리를 부여잡고 시훈에게 기어오며 소리쳤다.

"제발, 좀 살려주십시오. 내 처자식이 있는 몸이오. 부디 자비를 베풀어……."

그때 아귀의 날 선 목소리가 흘러나왔다.

"네놈이 뭔데 우리에게 하라 말라 하느냐. 옳아, 양반집 도령이라 우리 같은 잡것들과는 어울리기 싫다 이거냐. 그래서 이젠 우리 위에서 두목 행세라도 할 것이란 말이냐."

아귀 패들이 자신들의 대장을 따라 일제히 웅성거리며 욕설을 내뱉었다. 감히 그들의 흥을 깬 것이 불만인 것이었다. 시훈은 눈 하나 깜빡하지 않았다. 그들이 잔악하긴 하나, 시훈의 패월도 앞에서는 쉽게 본색을 드러내지 못할 것임을 알고 있었다. 하지만 아귀는 산전수전을 다 겪은 노회한 산적이었다. 젊은 도령의 말에 호락호락 물러날 수는 없는 노릇이었다.

"보자 보자 하니까, 이 잡것이 어디서 나대냐, 나대? 내가 아이를 깠으면 네놈만 한 것을 두었을 것이다."

아귀 패의 작달막하지만 다부진 사내가 대장을 대신해 시훈에게 큰소리를 쳤다. 개중 가장 무술 실력이 출중하다는 사내였다. 분위기가 험악하게 달아올랐다. 내심 시훈을 응원하는 자들이 없진 않았으나, 그 산채에는 적만을 제외하고는 누구도 아귀보다 목소리가 세지 않았다.

"우리가 산적질을 한다고 해도 사람은 사람이오. 사람이 지켜야 할 최소한의 도리는 해야 하는 것이란 말이오. 사람을 쉽게 죽이면 반드시 그 응보를 받게 되는 법이오."

시훈의 말에 아귀 패는 더욱 흥분했다.

"이 새끼가 이제는 아예 우릴 인간 취급도 안 하겠다는 것인가 보이. 네놈도 우리 중 하나라는 것을 잊은 것이냐."

아귀는 눈대중으로 좌중을 훑고 있었다. 시훈의 실력이 뛰어나다는 것은 알고 있으나, 자신 앞에서 섣불리 시훈의 편을 들 자는 많지 않을 것이고, 거기 모인 자기 패만 해도 스물 남짓이었다. 수하 한둘의 수족을 희생한다 해도 저놈 하나를 잡을 수 있다면 나쁘지 않다는 생각이 들었다. 아귀는 눈짓으로 패의 대열을 정비했다.

시훈 역시 패월도 칼집에 손을 올렸다. 여차하면 발검하여 한둘을 베어야 하리라. 산채에서 분란을 일으키고 싶진 않았으나, 이 판국에 물러서기도 어려웠다. 그가 물러서면 저 사내는 목이 달아날 테고, 두 여종 역시 온갖 치욕을 당한 후 도륙될 터였다.

"뭣들 하는 짓이오! 오라버니에게 손끝 하나 대면 우리 아버지가 가만두지 않을 거요."

갑자기 향아가 튀어나왔다. 분위기가 심상치 않다는 이야기를 들은 탓인지, 어느새 명선과 향아가 달려온 것이었다.

"향아 네년이 낄 데가 아니다. 물러나거라. 스님도 아무 말 마쇼.

이건 사내들이 직접 처리할 문제이니."

아귀는 괜히 건드렸다 골치 아플지도 모를 스님과 향아를 멀찍이 밀어내려 선수를 쳤다. 명선이 통 크게 웃어젖히더니 말했다.

"아귀, 이놈아. 네놈이 저 아이를 이길 수 있을 것 같더냐? 네 체면만 구기고 말 것을."

"맞소. 우리 오라버니가 호락호락 당할 것 같소? 안 그래요, 오라버니?"

향아가 걱정스런 얼굴로 시훈을 바라보았다. 향아의 얼굴에는 그를 향한 믿음과 불안이 동시에 어려 있었다. 시훈을 대하는 내내 그랬다. 향아는 언제라도 시훈이 훌쩍 떠날까 겁이 났다. 향아의 마음 깊은 곳에는 시훈이 이곳에 어울리는 사내가 아니라는 것을, 그리고 자신과도 어울리지 않는 신분이라는 것을 알고 있었다. 그것이 그녀로 하여금 더더욱 시훈에게 매달리게 하는 그 무엇인지도 몰랐다.

시훈이 향아에게 말했다.

"아귀의 말이 맞다. 결국 이런 날은 오게 될 것이었다. 나는 저들의 이런 짓거리를 보는 것이 구역질이 난다. 네가 다치는 것은 나도 원치 않는 일이니, 스님 곁에 멀찍이 떨어져 있거라."

향아는 잠시 망설이더니, 스님에게로 물러나며 아귀에게 톡 쏘아붙였다.

"설마하니, 사내들의 일이라 함서, 시훈 오라버니에게 떼로 덤빌 건 아니겠지요? 그건 나 같은 계집도 할 일이 아니오. 그렇잖아요, 스님?"

"너처럼 정의로운 아이에게는 그렇겠지만, 어디 저 아귀가 그런 치더냐. 너무 걱정은 말거라. 네가 연모하는 오라버니는 네 생각보다 더 강할 터이니. 허나 한쪽은 작정하고 죽이려 덤빌 테고, 한쪽은 살생을 하지 않으려 할 테니, 그것이 변수로고."

스님의 말은 걱정이라기보다는 시훈에 대한 충고에 가까웠다. 아무리 미워도 살생은 안 된다는 의미였다. 시훈은 스님의 말을 알아듣고는 패월도를 끌러 바닥에 내려놓고, 대신 곁에 있는 나무 작대를 들었다. 그것이 아귀의 성을 더 북돋웠다.

"이놈이 보자 보자 하니! 얘들아, 누가 이 산채의 정당한 주인인지 저 애송이에게 본때를 보여줘라."

아귀의 말이 떨어지기가 무섭게 땅딸보가 먼저 검을 휘둘렀다. 아니나 다를까, 죽일 기세로 맹렬히 시훈의 가슴팍을 향해 칼날이 날아왔다. 하지만 시훈은 잽싸게 나무 작대로 검의 방향을 틀어버리고는 발로 땅딸보의 무릎을 찍었다. 달려오던 기세 그대로 땅딸보가 바닥에 머리를 짓이겼다. 이를 신호로 스물 남짓의 사내가 일제히 몰려들었다. 하지만 시훈은 요령 있게 공격을 받아치며 빈 공간을 파고들어서는 그대로 아귀의 면상에 나무 작대를 휘둘렀다. 부하들을 믿고 뒷짐을 진 채 사태를 관망하던 아귀는 시훈의 재빠른 몸놀림에 흠칫 놀라 뒤로 자빠지며 엉덩방아를 찧었다. 자빠진 아귀의 머리를 시훈의 나무 작대가 그대로 내리쳤다. 가까스로 정타는 피했지만, 이미 아귀의 이마에서는 피가 흐르고 있었다. 싸움을 시작하기 무섭게 아귀가 피를 보자, 부하들이 우물쭈물했다. 그 찰나에 시훈이 선두에 선 사내들 서넛을 그대로 후려쳐 자빠트리자, 더 이상 다가올 엄두를 내지 못하고 뒤로 슬금슬금 물러났다.

스님이 먼발치에서 껄껄 웃으며 향아에게 말했다.

"내 뭐랬더냐. 상대가 되지 않는다 하지 않았더냐. 하지만 저놈도 고삐 풀린 망아지처럼 풀어놓으면 제 안의 분을 못 이기고 미쳐 발광할 터이지. 그만하면 되었다."

향아가 뭐라 입을 열기도 전에, 뒤에서 성난 목소리가 터져나왔다.

"이게 무슨 짓들이냐!"

적만이었다. 적만은 향아가 사내들 싸움판에 끼어 있는 것을 보고 눈살을 찌푸렸다. 그러나 스님을 흘깃 보고는 별말 없이 시훈과 아귀 패를 향해 말했다.

"이놈들이 떼로 미쳤나. 같은 동지끼리 싸움질을 하다니!"

아귀는 피가 흐르는 머리를 쳐들고 소리를 질렀다.

"두목, 어찌 이럴 수가 있소. 이놈은 위아래도 없는가 보오. 굴러들어온 돌이 박힌 돌을 뺀다고, 우리가 관행으로 즐기는 오락까지 훼방 놓는 법이 어디 있소? 이놈에게 벌을 주시오!"

시훈은 담담히 항변했다.

"두목, 아무리 금수라도 지켜야 할 것이 있는 법이오. 우리가 비록 노략을 한다 하나, 원래부터 타고난 도적들은 아니질 않소. 이

들이 하는 짓은 금수의 짓이오. 산에 있다고 짐승처럼 지내야 하는 것은 아니질 않소이까."

적만은 잠시 말없이 시훈을 노려보았다. 아귀가 다시 소리를 지르려 하자, 적만이 손을 들어 막았다.

"됐다. 그만. 유흥은 끝났다. 저 사내와 여종들은 포박하고 눈을 가려 산 아래 어귀에 데려다 놓아라. 오늘 일은 더 이상 왈가왈부하지 않고 넘어갈 것이나, 다시 이런 일이 일어났을 때에는 이유를 불문하고 처벌할 것이다."

적만은 누구의 잘잘못을 명확히 밝히지도 않은 채, 잠시 더 시훈을 노려보다 몸을 돌려 처소로 돌아갔다. 아귀는 부하들 앞에서 망신을 톡톡히 당한데다, 적만까지 시훈의 뜻을 따라 자신의 체면을 깎은 것에 부아가 치밀었다. 어느새 산채의 모든 사람들이 소란을 지켜보고 있었다. 적만의 말은 법이었다. 아귀는 분을 가슴에 품은 채 물러날 수밖에 없었다. 하지만 피범벅이 된 얼굴로 시훈을 노려보며 말했다.

"네놈은 반드시 오늘의 대가를 치르게 될 것이다. 두목 역시 오늘의 판단에 대해 책임을 져야 할 날이 올 것이다."

그가 씩씩거리며 물러나자, 향아가 재빨리 시훈에게 달려왔다.

"괜찮아요, 오라버니? 저 잡것들은 신경 쓰지 말아요. 아버지가 저리 일러두었으니 섣불리 굴지는 못할 거예요."

시훈이 향아의 손을 가만히 쥐었다 놓았다.

"저들을 걱정하지는 않는다. 그러니 너도 걱정 말거라."

향아의 얼굴이 금세 붉어졌다. 스님이 뒤에서 헛기침을 했다.

"여기 나도 있느니라. 아니다, 신경 쓰지 마라. 난 그만 가볼 테니."

"함께 가시지요."

시훈이 성큼 앞서 처소로 향했다. 왠지 모르게 한층 더 어른이 된 듯하여 그는 마음속에서 뿌듯함이 일었다. 또 하나, 비록 나무 작대를 들긴 하였으나 유연한 검법을 되찾은 것을 깨달아 기쁘기도 하였다. 그의 어깨가 절로 넓게 펴졌다.

7

　이선은 마음이 천근만근 무거웠다. 나이 스물다섯에 이복동생을 보게 될 상황이었다. 왕가에서 배다른 동생이란 언제나 위험한 경쟁자일 수밖에 없었다. 더군다나 그의 실각失脚을 바라는 무리들이 조정을 장악하고 있고 부왕의 마음이 그에게서 멀어지는 시점이기에, 숙의 문씨의 잉태 소식은 그를 한층 더 궁지로 내몰고 있었다. 그녀의 생산이 임박할수록 선의 마음은 초조했다.

　아버지는 어찌하여 그리하셨단 말인가. 선에게 대리청정을 맡기고 일선에서 물러난 모양새를 취하고 있었지만 여전히 조선의 제왕은 아버지였다. 대리청정을 한다고는 하여도 그가 할 수 있는 일은 거의 없었다. 노론의 정견에 반하는 일이라도 벌일라 치면 조정 대신들의 완강한 저항에 부딪혔고, 독한 마음을 먹고 밀어붙인다 해도 부왕의 꾸중과 질책을 면할 요량이 없었다. 게다가 부왕은 걸핏하면 양위讓位 소동을 벌여 존재감을 과시했다. 느닷없이 양위 소동이 벌어지면 선은 자던 중에도 버선발로 달려나가 대전大殿 앞에 무릎을 꿇고 머리를 찧으며 울부짖어야 했다.

선은 자신이 아무것도 아니라는 것을 알고 있었다. 적어도 지금은 그랬다. 하지만 언젠가는 그가 조선의 임금이 될 터였다. 무병장수하는 아버지였지만, 영원히 살 수는 없을 것이고, 신체 건강한 자신이 아버지보다 먼저 죽지는 않을 터였다. 아무리 노론이 자신을 탐탁지 않아 해도, 저들 역시 딱히 대안은 없었다. 삼종의 혈맥이라는 것은 그의 가장 큰 무기였다.

지금까지는 그랬다. 하지만 문씨가 아들을 낳는다면? 적어도 그들은 쓸 수 있는 패 하나를 손에 쥐게 되는 셈이었고, 가진 패 하나가 아쉬운 상황에서 그것은 세자에게 적잖은 타격이 될 터였다.

주상은 올해 예순셋이었다. 아들보다 어린 여자에게 연정을 느껴 몸을 품고, 아이를 잉태케 한 것은 우스운 일이었다. 이선은 주상의 행동을 순수하게만 볼 수 없었다. 그는 이것이 마치 자신을 향한 아버지의 경고처럼 여겨졌다. 반복되는 양위 소동과 같은 맥락이 아닐까. 문씨가 아들을 낳으면, 그는 더 깊은 불안을 느껴야 할 터였다.

답답함을 참지 못한 이선은 빈의 처소로 발걸음을 했다. 오늘 밤만큼은 빈 역시 자신만큼이나 문 숙의의 생산에 예민할 것이라 여겼다. 그 소소한 공감이 서먹한 그들 사이의 관계를 유연하게 만들어줄지도 모를 일이었다. 박문수 대감의 천거로 들인 무사 장도규도 먼발치에서 그의 곁을 따랐다. 말수가 적고 무예가 뛰어난 사내라, 선은 그가 꽤나 맘에 들었다. 하지만 아직 곁을 허락지는 않았다. 그저 좀 더 지켜볼 계획이었다. 때가 될 때까지, 그는 사람을 아껴야만 했다.

세자빈은 세자를 맞은 후, 곧장 문 숙의에 대한 이야기를 꺼냈다.

"문 숙의의 생산이 오늘내일한다 합니다. 들으셨는지요?"

그녀의 목소리는 불안하다기보다는 오히려 화가 난 듯했다.

"들었소. 아마도 요 며칠은 궁에 잠을 이루지 못할 자들이 많을 듯싶구려."

이선은 복합적인 의미를 담아 말했는데, 빈은 생뚱맞은 답변을 내놓았다.

"부모라면 마땅히 제 자식을 지켜야 하는 법입니다."

"그야 당연한 말이오만…… 헌데 빈궁, 왜 그런 말을 하는 게요? 혹여 부왕께서 숙의의 자식을 어찌할까 걱정이라도 된단 말이오?"

"아닙니다. 문 숙의의 아이가 아니라 저와 저하의 아들, 세손을 말하는 것입니다."

빈이 답답하다는 듯 말했다. 그녀의 성마른 목소리가 이선의 귀에 거슬렸다. 하지만 선은 그대로 잠자코 있었다. 선의 대꾸가 없자, 빈의 어조가 약간 신경질적으로 변했다.

"저하께서 삼종의 혈맥을 이으셔야, 우리 산이도 먼 미래에 성군이 될 수 있겠지요."

"나도 아직 위에 오를 일이 멀기만 한데, 어찌 우리 아들의 위를 염려한단 말이오."

이선의 뱃속에서 불쾌한 기운이 꿈틀거렸다.

"문 숙의의 아들은 저하께도 그렇지만, 세손에게도 위협이 됨을 모르십니까?"

그런 이야기를 단도직입적으로 하는 것은, 그녀 역시 불안에 싸여 있다는 뜻일까. 이선은 애써 담담함을 가장하며 말했다.

"나는 적자고, 문 숙의의 아이는 서자인 셈이오. 어찌 내게 위협이 될 거라 하는 것이오?"

"그것은…… 저하께서 조정 대신들의 신뢰를 얻지 못하고 계신 까닭입니다."

그것은 빈이 세자에게 할 수 있는 말이 아니었다. 무례하고 법도에 어긋난 말이었으나, 빈은 거침이 없었다.

"어찌 왕이 될 자가 조정 대신들의 눈치를 보아야 한단 말이오. 대신들이 왕을 따르는 것이 조선의 법도요."

"그럼 어찌하여 저하께서는 주상 전하의 뜻을 한사코 외면하십니까?"

이선은 속이 부글부글 끓어올랐다. 빈은 어찌하여 내 편이 되어주지 못하는가. 세자의 속내를 모를 여인이 아니면서도 빈은 계속 그의 속을 긁어댔다.

"노론 대신들과 유하게 지내십시오. 그들과 합을 맞추어 성군이 되십시오. 그것이 주상 전하와 조선의 백성들이 한마음으로 저하께 바라는 바입니다."

"그것은 한낱 한 당파의 이론일 뿐이오. 어찌 그들의 주장을 백성의 것이라 확언하시오?"

"어찌 그들은 무조건 그르다 하시고 무능력한 소론의 이야기에만 귀를 기울이십니까?"

"빈궁이 그것을 어찌 안단 말이오. 빈궁은 노론 가문의 딸로서만 생각하고 있질 않소! 나는 조선의 세자이고 대리청정을 명받아 국정을 운영하는 자요. 한 당의 사사로운 견해만을 좇아 조선의 운명을 그들 입맛에 맞출 수는 없소. 그것이야말로 장차 조선의 임금이 될 자로서 마땅히 경계할 바란 말이오!"

선의 강경한 일성에 빈의 얼굴이 사색이 되었다. 그녀는 떨리는 목소리로 힘겹게 대꾸했다.

"기어이, 그들을 저버리고 조선을 혼란에 몰아넣으실 생각이십니까?"

"빈궁은…… 참으로 무서운 사람이오. 언젠가는 내가 미쳐서 조선을 망치려 했다 하겠구려."

이선은 그대로 자리를 박차고 일어났다. 그런 그를 빈이 원망스러운 눈초리로 쏘아보았다.

세자의 호위를 책임진 우익장右翊將이 얼른 다가와 이선을 따랐다. 이선이 분에 차서 무작정 걸음을 옮겼다. 한동안 하릴없이 후원을 거닐고서야 이선의 마음이 조금 차분해졌다. 그 틈을 보아 우익장이 그에게 보고했다.

"저하, 방금 내의원內醫院에서 전갈이 왔사옵니다. 문 숙의의 진통이 시작되었다 하옵니다. 아마 오늘 밤에 생산할 듯하옵니다."

이선은 별수 없다는 생각이 들어 그저 하늘만 올려다보았다. 모든 것이 막막했다. 그리고 외로웠다. 정치적인 고립감을 부부간의 위로로 다독일 수 있다면 그래도 나았을 것이다. 하지만 빈에 대한 연정은 식은 지 오래였고, 오늘은 외려 미움만 쌓이고 말았다. 서로 간에 신뢰가 없는데 어찌 위로 얻기를 기대했더란 말인가.

울컥 눈물이 치솟으려 하였다. 허나 아랫사람 앞에서 울 수는 없는 노릇이었다. 서글퍼도 마음껏 울 수 없는 것, 그것이 세자의 삶이다. 서러움과 외로움이 그의 가슴을 답답하게 내리누를 즈음, 그의 뇌리에 불현듯 하나의 얼굴이 떠올랐다. 눈가에 눈물을 머금은 여인의 얼굴, 눈망울에 풀 수 없는 회한과 아픔을 간직한 여인의 얼굴이었다.

'빙애라고 하였던가.'

세자는 저승전 측실에 입실한 후, 호위무사까지 모두 물리고는 동궁전의 지밀상궁을 불렀다. 세자가 갓난아이였을 때부터 수발해온 노상궁은 세자가 가장 믿을 수 있는 사람 중 하나였다. 조정 대신들보다 늙은 궁녀를 더 의지할 수밖에 없다는 것이 그가 처한 현실을 보여주는 듯했다.

"대왕대비전의 빙애라고 아는가?"

"예, 저하. 대왕대비마마의 사랑을 받는 아이라 소문이 자자합니다. 그런데 어인 일로 그러시는지요?"

"내 그 아이와 이야기를 좀 나누고 싶네. 이유는 묻지 말고, 그 아이를 좀 불러다 주게."

상궁이 조금 저어하는 듯 말했다.

"허나 대왕대비마마께 속한 아이인지라, 저하께서 그 아이를 따로 부름은 모양이 좋지 않을 듯하옵니다."

"그러니 내 자네에게 은밀히 하는 말이 아닌가. 내 후안무치한 일을 하려 함이 아니네. 그저 이야기를 나누고 싶은 것뿐이니, 그 아이를 조용히 데려와주게. 대왕대비전에도 자네의 사람들이 있질 않나."

상궁은 이내 머리를 조아렸다.

"분부대로 하겠나이다."

상궁이 물러나자, 다시 독한 적막이 선의 주위를 감쌌다. 한없이 추웠다. 지금쯤 문 숙의가 기거하는 건극당建極堂 고서헌古書軒은 열기로 가득하겠지. 기대에 가득 찬 시선과 노골적인 열망이 온기를 한층 데워주었겠지. 부왕은 자신이 태어날 때처럼 초조하게 발을 구르고 있을 테고, 빈은 무심하다며 자신을 원망하고 있을 테지. 이선은 가슴을 조여오는 고통에 몸부림쳤다. 아랫목에 따스한 온돌이 느껴지는데도, 너무 춥기만 하여서 누군가의 온기가 한없이 그리웠다.

8

둘이 쓰는 처소에서 빙애는 명주에게 바느질을 가르치고 있었다. 궁에 들어온 건 명주가 한참이나 앞서도, 바느질 실력은 이제 갓 입궐한 새앙각시보다 나을 게 없어 늘 꾸중을 듣는 처지였다. 그래서 틈틈이 빙애에게 바느질을 배우고 있었다. 대왕대비마마의 총애가 워낙 두드러진 탓에 빙애는 부러움과 질시를 동시에 받는 형편이었다. 하지만 마음이 순수하고 아이 같기만 한 명주는 친동생마냥 빙애를 따랐다.

"빙애 언니는 정말 솜씨가 좋아요. 나도 언니처럼 좀 잘하면 대왕대비마마의 인정도 받고 상도 받고 참 좋을 텐데, 난 왜 이리 맨날 사고만 치는 걸까요?"

명주가 스스로를 책망하며 쓴웃음을 뱉어냈다. 이러다가도 다음 순간엔 금세 까먹고 헤벌쭉하며 희희낙락하는 아이였다.

"노력하면 안 되는 것은 없겠지요. 항아님도 금방 늘 터이니 걱정 말아요."

"에이, 언니가 이리 가르쳐주어도 좀체 늘질 않으니, 이젠 그게 될는지 정말 모르겠어요."

시무룩해진 명주는 그것도 잠시, 다시 눈을 반짝였다. 그녀의 호들갑에 촛불이 장단을 맞추며 흔들렸다.

"그보다 궁궐이 지금 난리도 아니래요. 문 숙의마마께서 오늘 밤 생산할 거란 소문이 자자하더라고요. 참 복에 겹지, 어째 일이 그리 풀려 승은을 입었을까요?"

"오늘 밤은 다들 바쁘겠네요."

담담히 말했지만, 빙애의 속내는 복잡했다. 자신의 양부모와 오라버니를 죽인 원수는 자신의 양아버지가 돌아가신 그 나이에 자식을 보려 하고 있었다. 구선을 생각하니, 어느덧 눈시울이 시큰거렸다. 이제는 익숙하다는 듯, 명주가 말했다.

"언니, 또 그러시우. 도무지 영문을 알 수 없네요. 그리 눈물이 잘 고이는 건 왜 그런 것이오? 내가 내의원의 동기에게 말해 안약이라도 좀 얻어줘요?"

"참, 나도 내가 왜 이러는지 모르겠네."

빙애는 얼버무리며 얼른 눈물을 닦아냈다. 빙애는 화제를 돌리려고 얼른 명주가 잡고 있는 바늘의 위치를 조정해주었다.

"여기선 한 번 매듭을 주어야지요. 또 그대로 가면 천이 다 엉켜버릴 거예요."

"아 참, 또 놓쳤네. 어유……."

홀로 푸념하는 명주가 귀여워 빙애는 설핏 미소가 지어졌다. 심성 고운 명주와 한방을 쓰게 되어 참 다행한 일이란 생각이 들었다. 그러지 않았더라면 기약 없는 궁중 생활에 한 톨의 위로조차 얻지 못했을 것이다.

"고마워요, 명주 항아님."

"언니도, 참. 맨날 언니를 귀찮게만 하는데, 또 뭐가 고맙소?"

그러면서도 싫지는 않은 듯 명주의 얼굴에도 미소가 걸렸다.

그때였다. 밖에서 낮고 중후한 여성의 음성이 들려왔다.

"빙애 있느냐? 잠시 나오거라."

빙애가 얼른 문을 열고 밖을 보니, 누군가 홀로 서 있었다. 달빛 하나 없는 그믐이라 얼굴을 금방 알아볼 수 없었다.

"나다."

감찰상궁인 박 상궁이었다. 명주는 걸핏하면 박 상궁에게 혼쭐이 나는 터라, 그녀를 보자마자 바짝 얼어버렸다. 자신이 또 뭔가 잘못했나 싶어 걱정스런 기색이 완연했다.

빙애 역시 야심한 밤 이리 직접 찾아온 박 상궁이 의아하긴 하였다.

"내 너를 잠시 데려가야겠다. 급히 자수를 두어야 할 옷이 있는데, 빙애 네가 적임이니 돕거라."

"네, 마마님."

빙애가 얼른 복색을 갖추고 밖으로 나섰다.

"명주 너는 내가 온 것을 함부로 떠들지 말고, 예서 조용히 있거

라. 빙애는 아마 오늘 밤 내내 나와 함께 일을 해야 할 듯하다."

명주가 얼른 고개를 끄덕였다. 빙애는 문 숙의의 생산으로 바빠진 탓에 일손이 모자란가 보다 여기고 따라나섰다.

"어느 전의 일인지요?"

"가보면 알 터이니, 조용히 따르기나 하거라."

"네, 마마님."

감찰상궁의 엄한 얼굴을 보고 빙애는 더 이상 입밖으로 말을 내지 않았다. 왠지 상궁의 얼굴에 긴장감이 엿보이는 듯했다. 게다가 너른 길을 두고도 어둠 속을 헤집어 돌아가는 듯해 빙애는 내내 의아했다. 그들이 가는 길은 대왕대비전도 건극당도 아니었다. 상궁은 내내 굳은 얼굴을 풀지도 한마디 말을 보태지도 않았다. 고요한 적막이 그녀들을 감쌌다.

한참 어둠 속을 조용히 걷고 나서야 빙애는 그들이 동궁을 향하고 있음을 깨달았다. 동궁 안에 들어서서도 세자빈이 기거하는 곳이 아니라, 세자가 집무를 보는 저승전으로 향했다. 빙애는 불현듯 자신이 세자를 만나러 가는 길이라는 것을 직감했다.

언젠가 한 차례 짧은 대화를 나눈 바 있던 세자의 얼굴이 떠올랐다. 한 나라의 지존이 될 자의 기상과 풍모를 느낄 수 있었으나, 그 속에 담긴 알 수 없는 불안감과 서글픈 감정 또한 첫눈에 알 수 있었다. 아마도 그것은 슬픔과 불안의 감정을 공유한 동류의식 때문일지도 모른다. 어쩌면 그것은 단지 빙애의 마음이 불러일으킨 허상일지도 몰랐다. 궁녀들 사이에 왕왕 오가는 시쳇말처럼, 세자는 성미가 강퍅하고 변덕스러운 사람인지도 모를 일이었다. 그런 그가 일전에 그녀가 흘린 눈물을 보았다 했고, 언젠가 그 눈물의 연유를 듣겠다 하였다. 오늘이 그날인 모양이었다. 갑자기 아랫배가 찌르르 울리는 듯했다. 두려움이 엄습했다. 세자라니, 장차 임금이 될 자를 만나다니. 원수의 자식을 이리 쉽게 대면하게 되다니.

동궁의 중문을 경비하던 무사 하나가 그들이 지나칠 때 까딱 고갯짓을 했다. 은밀한 수신호, 텅 비어 있는 길목, 기이할 정도의 적막. 모든 밤의 흔적들이 빙애를 소름끼치게 했다. 어디선가 동궁전의 노상궁이 나타났다. 아무도 거느리지 않은 채 혼자였다.

"네가 빙애라는 아이냐?"

"네, 마마님. 소녀 빙애라 하옵니다."

거두절미하고 상궁이 물었다.

"지금부터 내가 하는 얘기를 명심하거라. 만에 하나, 오늘 밤 네가 여기 다녀간 일이 다른 누군가의 입에서 회자된다면 너는 화를 면치 못할 것이다."

까마득한 노상궁의 지엄한 명에 그녀는 저도 모르게 움츠러들었다. 죄를 지은 것도 아닌데, 몸이 먼저 반응했다.

"소녀, 함구하겠습니다."

노상궁은 보다 위협적으로 빙애를 한참 노려본 후, 감찰상궁에게 말했다.

"자네는 수고했네. 이 일이 달리 새어나가지 않도록 주의해주시게."

"네, 마마님."

감찰상궁이 물러나자, 동궁전의 상궁이 빙애를 저승전 측실까지 이끈 다음, 안을 향해 고했다.

"저하, 말씀하신 아이를 데려왔사옵니다."

"들여보내게."

안에서 나긋하지만 단호하고 강인한 목소리가 흘러나왔다. 상궁이 문을 열어 빙애를 안으로 들였다.

어두운 방 깊숙한 곳에 음울한 기운을 몸에 휘감은 채, 세자가 정좌하고 있었다. 무언가를 갈구하듯이, 그의 시선이 가만히 선 빙애를 탐했다.

빙애는 자신도 모르게 다리에 힘이 풀려 털썩 내려앉으며 머리를 조아렸다. 세자의 신분이긴 하나, 장차 조선의 지존이 될 이였다. 그녀가 힘이 닿아 임금을 죽이게 된다면, 그녀의 목을 베게 될 사내이기도 하였다. 그 일이 당장이라도 일어날까 봐, 그가 네 속내를 이미 알고 있다고 외칠까 봐 빙애의 가슴이 사정없이 뛰었다.

하지만 그럴 리는 없었다. 빙애의 마음속 깊은 이야기는 아무도 아는 자가 없을 터였다. 게다가 세자는…… 궁에서 그녀의 눈물에 관심을 보였던 유일한 사람이었다. 그가 자신을 박하게 대하지는 않을 것 같았다. 그리 믿고 싶은 감정은 또 무슨 연유인지 알 길이 없었다.

빙애는 어찌하여 자신이 세자와 독대를 하게 된 것인지, 지금 이 자리에서 무슨 일이 일어나려는 것인지, 자신의 삶이 또 어떤 격랑에 휘말리려 하는 것인지 종잡을 수 없었다. 그저 세자의 입에서 어떠한 말이 나올지, 가만히 떨며 기다릴 뿐이었다.

(2권에서 계속)